周作人之平家物語

周作人 譯

世事無常
見證一段家族興衰的史詩

祇園鐘聲響，世事無常終將逝
從榮華到殞落
在烈焰與戰火中覆滅的輝煌
—— 一個家族的興亡，一個時代的結束 ——

目錄

卷一

一　祇園精舍 …………………………………… 010

二　殿上暗害 …………………………………… 011

三　鱸魚 ………………………………………… 013

四　禿童 ………………………………………… 015

五　本身榮華 …………………………………… 016

六　祇王 ………………………………………… 018

七　兩代的王后 ………………………………… 026

八　上區的紛爭 ………………………………… 028

九　火燒清水寺 ………………………………… 030

一〇　立東宮 …………………………………… 031

一一　殿下爭道 ………………………………… 032

一二　鹿谷 ……………………………………… 035

一三　俊寬事情　鵜川之役 …………………… 038

一四　許願 ……………………………………… 041

一五　抬神輿 …………………………………… 045

一六　大內被焚 ………………………………… 047

目錄

卷二

一　座主被流 …………………………………… 052

二　一行阿闍梨的事情 ………………………… 055

三　西光被誅 …………………………………… 058

四　小教訓 ……………………………………… 063

五　少將乞請 …………………………………… 068

六　教訓狀 ……………………………………… 072

七　烽火事件 …………………………………… 075

八　大納言被流 ………………………………… 078

九　阿古屋的松樹 ……………………………… 081

一〇　大納言死去 ……………………………… 084

一一　德大寺的事情 …………………………… 087

一二　山門滅亡　堂眾合戰 …………………… 089

一三　山門滅亡 ………………………………… 091

一四　善光寺失火 ……………………………… 092

一五　康賴祝文 ………………………………… 093

一六　板塔漂流 ………………………………… 095

一七　蘇武 ……………………………………… 097

卷三

一　赦書 ··· 102

二　兩腳踩地 ····································· 104

三　產生王子 ····································· 107

四　公卿齊集 ····································· 110

五　大塔建立 ····································· 111

六　賴豪 ··· 113

七　少將還都 ····································· 115

八　有王 ··· 118

九　僧都死去 ····································· 121

一〇　旋風 ······································· 124

一一　醫師問答 ··································· 124

一二　無文佩刀 ··································· 127

一三　燈籠事件 ··································· 129

一四　黃金交付 ··································· 130

一五　法印問答 ··································· 131

一六　大臣流罪 ··································· 134

一七　行隆的事情 ································· 136

一八　法皇被流 ··································· 138

一九　城南離宮 ··································· 141

目 錄

卷四

一　嚴島臨幸 …………………………………………… 146

二　迴鑾 ………………………………………………… 149

三　源氏齊集 …………………………………………… 152

四　鼠狼事件 …………………………………………… 155

五　信連 ………………………………………………… 156

六　競 …………………………………………………… 160

七　山門牒狀 …………………………………………… 166

八　南都牒狀 …………………………………………… 167

九　長時間的會議 ……………………………………… 170

一〇　大眾齊集 ………………………………………… 171

一一　橋頭交戰 ………………………………………… 174

一二　高倉宮最後 ……………………………………… 177

一三　王子出家 ………………………………………… 181

一四　通乘的事情 ……………………………………… 183

一五　怪鳥 ……………………………………………… 184

一六　三井寺被焚 ……………………………………… 187

卷五

一　遷都 ………………………………………………… 190

二　賞月 ………………………………………………… 194

三　妖異事件 …… 196

四　快馬 …… 199

五　朝敵齊集 …… 200

六　咸陽宮 …… 201

七　文覺苦修 …… 205

八　募化簿 …… 207

九　文覺被流 …… 208

一〇　福原院宣 …… 212

一一　富士川 …… 214

一二　五節的事情 …… 219

一三　還都 …… 222

一四　奈良被焚 …… 223

卷六

一　上皇駕崩 …… 228

二　紅葉 …… 230

三　葵姬 …… 232

四　小督 …… 233

五　檄文 …… 239

六　急足到來 …… 240

七　入道死去 …… 242

目錄

八　築島 …………………………………………… 245

九　慈心房 ………………………………………… 246

一〇　祇園女御 …………………………………… 249

一一　沙聲 ………………………………………… 256

一二　橫田河原交戰 ……………………………… 257

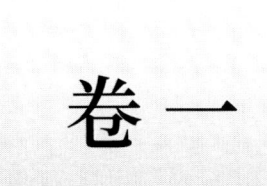

卷一

卷一

一　祇園精舍

「祇園精舍的鐘聲，有諸行無常的聲響，

沙羅雙樹的花色，顯盛者必衰的道理。

驕奢者不久長，只如春夜的一夢，

強梁者終敗亡，恰似風前的塵土。」

遠征外國的事，有如秦之趙高，漢之王莽，梁之朱异，唐之安祿山，這些人都因為不遵舊主先皇的政治，窮極奢華，不聽諫言，不悟天下將亂的徵兆，不恤民間的愁苦，所以不久就滅亡了。近觀日本的例，如承平年間的平將門，天慶年間的藤原純友，康和年間的源義親，平治年間的藤原信賴等，其驕奢的心，強梁的事，雖然各有差別，但是即如近時的六波羅入道，前太政大臣平朝臣清盛公的事蹟，就只照傳聞的來說，也有非意料所能及，言語所能形容的。

查考清盛公的先祖，乃是桓武天皇的第五皇子，一品式部卿葛原親王第九代的後裔。是讚岐守正盛的孫子，刑部卿忠盛朝臣的嫡男。親王的兒子高見王，在無官無職中去世了，他的兒子高望王的時候，始賜姓平氏，任官上總介，自此遂脫離王室，列於人臣的地位。其子鎮守府將軍良望，後來改名國香，從國香到正盛之間共計六代，雖然歷任了各地的國守，卻未蒙准許名列仙籍，得到登殿的恩典。

二　殿上暗害

在忠盛還是備前守的時候,他因為鳥羽院上皇的敕願,建造了「得長壽院」,是一所三十三間的佛堂,奉安著一千另一尊的佛像,於天承元年(一一三一)三月十三日舉行供養儀式。論功行賞,奉諭給以遇缺即補,其時適值有但馬守出缺,就給他補上了。上皇喜悅之餘,並許可他升殿,忠盛是時年三十六,始得升殿。但公卿們雲上人為此很懷嫉妒,商議於同年的十二月廿三日,在五節豐明會的夜裡,把忠盛來暗害了。

忠盛得知這個消息,便說道:「我本非文筆之吏,生於武勇之家,今如一旦遭到意外的恥辱,這在家門或是一身,都是遺恨的事。總之所當保全此身,報效君王,如書上所說。」於是預先作了準備,當他進宮去的時候,便預備了一把腰刀,在衣冠束帶之下隨隨便便的掛著,到了裡面在火光微弱的地方,緩緩的拔出刀來,舉到鬢邊,望去宛然冰似的寒光。公卿們注目而視,不禁慄然。此外還有忠盛等世僕,原是同族木工助平貞光的孫子,進三郎大夫季房的兒子,左兵衛尉家貞,穿了一件淡藍色的狩衣,底下是淺黃的腰甲,掛著拴有弦袋的大刀,在殿上的小院裡規規矩矩的伺候著。藏人頭以下的人看了覺得奇怪,便叫六位過去說道:

「在那空柱的靠近鈴索處,有一個穿著布衣的人,你是什麼人?擅自進來,實屬不法,著即出去!」家貞恭敬回答道:

「聽說世代的主君,備前守大人今夜要遭到暗算,我為了要看到一個究竟,所以來此,不能輕易退出。」這樣說了,仍舊在那裡跪坐著。殿上人們見此情形覺得形勢不利,所以將當夜的暗害作罷了。

在忠盛召到御前起舞的時候,人們都用怪聲叫道:「伊勢平氏是醋瓶

卷一

子！」其實說到平氏，本來乃是柏原天皇的後人，只因中間不曾住在京裡，成為地下人，長久住在伊勢，故假借那裡出產的陶器，稱為伊勢平氏，又因為忠盛眼有大小，又以醋瓶子嘲之。忠盛雖是氣憤，但無可如何，乃於歌舞未終之前悄悄退出御前，其時在紫宸殿的北廂，故意在殿上人都看著的當中，將腰間掛著的刀交付給主殿司的女官，便走出去了。家貞等著問道：

「情況怎麼樣？」待要告訴他受辱的事情，看他便要拔刀上殿去的樣子，所以答說：

「沒有什麼別的。」

在五節的時候，本來人們用了什麼薄紗紙，紫染紙，纏絲筆，畫著渦卷的筆幹種種有趣的事物來歌舞的。從前有一個太宰權帥季仲卿，因為臉色很黑，見者都稱為黑帥，當任職藏人頭的時候，在五節會起舞，人們也怪聲叫道：

「好黑呀，黑的頭，是什麼人塗了黑漆了。」又在花山院前太政大臣忠雅公，還沒有十歲的時候，父親中納言忠宗卿去世，成為孤兒，故中御門藤中納言家成卿那時是播磨守，便以他為女婿，使他得享受榮華，也是在五節，被人家嘲諷道：

「播磨米是木賊草麼，還是樸樹葉，為什麼給人家刮垢磨光！」大家議論道：

「這樣的事，是古來就有的，什麼事也沒有起來，可是現在是末世，這會怎麼樣呢？這就有點難說了！」

果然，五節一過，所有殿上人的公卿都訴於上皇說道：

「查帶劍參加公宴，或隨帶武裝衛士出入宮禁，必須遵守格式之禮，

經過敕許，向有先例。今有忠盛朝臣，或稱舊日僕從，將布衣兵士，召進殿庭，或腰橫佩刀，列座節會，此二者都是曠古未聞的暴舉。兩罪併發，罪責難逃，請即削去殿上之籍，並罷免其官職。」上皇聽公卿們的訴說，大為驚詫，即傳忠盛前來詢問，忠盛答說：

「僕從殿庭侍候的事，實未預知，但近日或聽見有人暗中謀劃的事情，多年的家人因此想來助我，免受意外的恥辱，所以私自進來，為忠盛所不及知，亦不及阻止。倘若此事有罪，當即召集其人前來，至於那刀前已交存於主殿司處，可請提取，查明刀的真相，再行定罪。」上皇認為所陳有理，即命將此刀提來，加以御覽，乃見表面鞘上塗漆，內中卻是木刀，上貼銀箔。上皇說道：

「為得免於當前的恥辱，做出帶刀的樣子，但又預防日後的責難，卻帶了木刀，用意周到，殊堪嘉尚。凡從事弓矢的人的計謀，應當這樣才是。至於僕從至殿庭裡伺候，那是武士從人的慣習，不是忠盛的過失。」這樣他反得到了上皇的好感，沒有什麼處分。

三　鱸魚

忠盛的兒子們都做了諸衛府的佐官，許可升殿，公卿出身的殿上人也更不能妨害他們了。其時忠盛從他的任所備前國回到京都，鳥羽院上皇問他道：

「明石的海邊怎麼樣？」忠盛回答道：

「殘月微明，明石海邊的風，

卷一

夜裡推著浪來，煞是可觀呀！」

上皇很是欣賞，即命將這首歌收入《金葉集》中。

忠盛又在上皇那裡做事的女官中間有著一個愛人，時去訪問，有一回在她的房裡，將一把扇面上端畫著月亮的扇忘記了。同僚的女官看見，便調笑說：

「這是從哪裡漏下來的月光呀？出處是有點可疑哩。」那個女官作歌回答說：

「這只是從雲上漏下來的月光，所以並不想隨便的回答呢。」忠盛聽見了這話，愛情更是深厚了。這女官便是薩摩守忠度的母親。俗語說，夫婦相似，忠盛既是風流，這女官也是優雅。後來忠盛官至刑部卿，於仁平三年正月十五日亡故，年五十八歲。清盛是嫡男，便繼承其後。

保元元年（一一五六）七月，宇治左府代作亂的時候，清盛為安藝守，效力朝廷，升為播磨守，同三年為太宰大貳。其次在平治元年十二月，信賴卿謀反，效力討平賊徒，敕云「勳功不止一次，恩賞宜厚」，乃於次年正月敘正三位，接著是參議，衛府督，檢非違使別當，中納言，大納言，到了丞相的地位。不經過左右大臣，便從內大臣直至太政大臣從一位。雖然不是大將，可是下賜兵仗，隨帶僕從，又蒙牛車輦車的宣諭，可以乘車出入宮禁。這樣便同於執政之臣了。「太政大臣為一人師範，四海儀型，治國論道，攝理陰陽，如無其人，則可從闕。」因此名為「則闕之官」。本來若是沒有適合的人不是可以隨便任命的，可是一天四海既歸其掌握，那也無從批評起了。

平家這樣的榮華，據說這全是由於熊野權現的保佑。這個緣故是在往昔清盛公還是任安藝守的時候，從伊勢海乘船到熊野去，有一尾很大的鱸

魚跳進他的船裡，那熊野神社的嚮導者說道：

「這是權現的保佑，趕快的請吃了罷。古時候曾有白魚躍入武王的船裡，這乃是吉兆。」雖然清盛在參詣的途中，應該保守十戒，精進潔齋，但是清盛把魚料理了，自己和家裡的子弟以及僕從，大家分吃了。自此以後，吉事繼續，自己做到太政大臣，子孫也都升官，比龍的乘雲而上還要更快，凌駕先祖九代的先蹤，這實在是很可慶賀的。

四　禿童

仁安三年三月十一日，清盛公五十一歲的時候，因為生病，為了生存的關係，乃忽出家入道，法名淨海，大概為了這個緣故，宿疾頓愈，得以保全天命。人人嚮慕的事，有如草木迎風，眾所仰望，有如膏雨之潤國土。說起六波羅一家的貴冑公子來，無論什麼名門華族，都不能和他們比肩對面的。入道相國的內兄，平大納言時忠卿曾有那麼的話：

「凡非此一門的人，皆非是人類。」因此世間的人都想找一點什麼因緣，來和平氏一門發生關係。不但如此，連衣領怎麼的折，烏帽子怎樣的疊，只要說是六波羅的樣式，天下的人便都模仿了這樣做。

無論怎樣的賢王聖主的施政，以及攝政關白的措置，世間總有些被棄置的無聊人士，聚集在人們所不大注意的地方，說什麼壞話，這是常見的事情，唯獨在入道全盛的時代，卻並沒有說平氏閒話的人。這個緣故是，入道相國的計畫，他挑選了十四五六歲的少年三百人，都鉸齊了頭髮，穿了一樣的紅色的直裰，叫他們在京都各處行走警戒，偶然遇見有說平氏壞

話的人，那就了不得，立刻通知了同黨，闖入他的家裡，沒收了資財家具，抓住了那個人，送到六波羅去。所以雖然他們眼裡看見，心裡覺得憤慨，但是卻沒有說出話來的。說起六波羅府的禿童來，凡是路上通行的馬和車，也都讓避開了。真是出入禁門不問姓名，京師長吏為之側目了。

五　本身榮華

入道相國不單是自己一身備極榮華，他的一門也悉繁昌，嫡子重盛做了內大臣兼左大將，次男宗盛是中納言兼右大將，三男知盛是三位中將，嫡孫維盛則是四位少將，總計平氏一門之內占有公卿十六人，殿上人三十餘人，更有諸國守，衛府，以及諸省司，一共有六十餘人，似乎政界裡更沒有別的人了。

從前在聖武天皇的時代，在神龜五年（七二八）朝廷始設中衛的大將，到了大同四年（八〇九），中衛改作近衛府以來，兄弟分任左右大將的才有三四回。在文德天皇時，左是良房以右大臣兼左大將，右是良相以大納言兼右大將，這都是閑院左大臣冬嗣的兒子。又在朱雀院的時候，左是小野宮實賴公，右是九條師資公，是貞信公的兒子。在後冷泉院時，左是大二條教通公，右是堀河賴宗公，是御堂關白的兒子。在二條院時，左是松基房公，右是月輪兼實公，是法性寺公的兒子。這些都是攝政關白家的子弟，不是普通人所能得到的。從前殿上人羞與為伍的人的子孫，如今卻穿了禁色雜袍，身纏綾羅錦繡，兼任大臣大將，兄弟相並做著左右大將，雖然說是末世的事怪，也儘夠奇怪的了。

五　本身榮華

　　此外清盛公還有八個女兒，也都各自幸福的過著結婚生活。一個是櫻町中納言重範卿預定的夫人，是八歲的時候約定的，平治之亂以後解約，給花山院左大臣做了夫人，生了很多的公子。那個重範卿稱為櫻町中納言的由來，是因為他特好風流，常懷念吉野山的櫻花，便在領地裡種起櫻花來，於其中造屋居住，每年春天來看花的人便叫其地為櫻町云。櫻花普通總是開了七天便凋落了，重範卿覺得可惜，便禱告天照大神，這延長到三七日。那時主上是賢君，神也顯示神德，花也有靈氣，所以得能保了二十天的壽命吧。

　　一個女兒是立為王后，生有王子，立為皇太子，後來即位，母后加了院號，稱建禮門院，既然是入道相國的女兒，又為天下之國母，用不著說什麼了。還有一個是六條攝政公的夫人，在高倉天皇還在位的時候，封為養母，奉旨「準三后」待遇，稱為白河君，是個很重要的人物。又一人是普賢寺公的夫人，一人是冷泉大納言隆房卿的夫人，一人是七條修理大夫信隆卿的配偶。此外安藝國嚴島的內侍所生的一人，在後白河法皇那裡侍候，得到女御那樣的待遇。別有在九條院侍候的雜仕女常華所生的一人，在花山院殿是上臈女官，稱為廊下君。

　　日本稱作秋津島，本來只是六十六國，其中歸平家所管領的凡三十餘國，已經過了一半的國土了，其他莊園田地不知其數。綺羅充滿，堂上如花，軒騎群集，門前成市。揚州的黃金，荊州的珠子，吳郡的綾，蜀江的錦，七珍萬寶，無一闕乏。「歌堂舞閣之基，魚龍爵馬之玩。」恐帝闕仙洞，亦不能過是也。

六　祇王

　　入道相國既然將天下捏在掌握裡，就不顧世間的非難，也不怕人家的嘲笑，儘自幹些不合道理的事。舉例來說，當時在京城裡有兩個有名的舞女，是兩姊妹，名叫祇王、祇女，乃是通稱刀自的舞女的女兒。這個姊姊祇王為入道相國所寵愛，那個妹子祇女也因此大為都人士所賞識。（清盛公）又給母親刀自建造一所很好的房子，每月還給她送去米一百石，鈔一百貫，於是一家安富尊榮了。

　　本來在我國舞女的起源，還是在鳥羽院在位的時代，有島千歲與和歌君兩個人，起首做這樣的歌舞。最初是穿了水乾，戴上直立的烏帽子，插了白鞘腰刀而舞的，所以稱作男兒舞。隨後把烏帽子和刀都去掉了，只用那水乾，因此稱那種歌舞叫「白拍子」了。

　　京城裡的舞女們聽到了祇王的幸運，也有羨慕的，也有覺得嫉妒的。那羨慕的人說，「啊，祇王真是幸運！同樣是遊女，誰都願望是那樣的。這一定是名字裡有一個祇字，所以是那麼好的吧。我們也來起個名字試試看。」於是有人叫做「祇一」，「祇二」，或者是「祇福」，「祇德」的。那些嫉妒的人卻說：「這同名字和文字沒有什麼關係，這是幸運，從前世生來就有的。」有好些人便不把祇字加在名字裡頭。

　　這樣子過了三年，在京城裡又出現了一個歌舞有名的舞女，乃是加賀國的人，名字叫做「佛」，年紀十六歲。京裡的上下人士都說道：「從前雖然有過許多舞女，但是這樣的歌舞還是初次看見。」所以很是歡迎她。但是佛說：「現在我雖是天下聞名，但是沒有被召到現時那麼得勢的平家太政入道那裡去過，實在是殘念的事。照著遊女的習慣，不妨不召自來，那

六　祇王

麼且去看看吧。」有一天，便到西八條府裡去了。府裡的人前去稟告說：

「現在有名的佛御前來了。」入道相國道：

「什麼，這樣的遊女要有人叫，這才前來，沒有不召自來的。況且這是祇王的所在，不管說是神也好，說是佛也好，是不准進來的。趕快退去吧！」佛御前得到這樣冷酷的回答，正要退出的時候，祇王卻對入道說道：

「遊女不召自來乃是向來的習慣，況且年紀還輕，忽然想到就來了，現來這樣冷酷的被拒絕回去，實在有點可憐，這樣做了便是我也覺得慚愧，心裡過不去。我也是此道中人，所以我覺得這不是與己無關的事情。就是不看舞，不聽歌也罷，給她見一見面，隨後叫她回去，那就非常的感幸了。好歹請你把她叫回來，會見一回也罷。」入道相國道：

「既然妳這麼的說了，那麼就會見一下，隨叫她回去吧。」便又叫使者去召。佛御前已經得到拒絕的話，坐上牛車正要退出，第二次被召，於是回到府裡來了。入道相國出來會見，說道：

「本來今天的會見是不曾許可的，可是祇王不知是什麼意思，卻是那麼的勸說，所以出來見了。既然是會見了，似乎就不好不一聽妳的歌聲。妳還是先來一首時調吧。」佛御前答應道：「奉命。」獻唱一首時調。

「我是一棵小松樹，見到了你彷彿活夠千歲了，在那前面池裡的龜山上面，還有仙鶴聚集遊戲。」這樣反覆的唱了三遍，聽見的人都耳目驚聳了。入道相國也很是賞識，說道：

「妳的時調很是巧妙，那麼舞也一定是很妙的吧。且舞一回來看。叫打鼓的來！」便把打鼓的人召來，叫他打著鼓，佛御前便舞了一回。從她頭髮的樣式起，以至姿容秀麗絕世，聲音節調也都巧妙，哪裡有舞得不好的道理呢。簡直是難以想像的成功，在她舞罷的時候，入道相國已是完全

卷一

傾倒，將整個的心都移到佛御前那邊去了。

佛御前說道：「這是怎麼的？本來我是不召自來的人，已經奉命退去，只因祇王御前的請求，這才召回來的，假如這樣把我留下來，我體諒祇王御前的心情，自己也覺得慚愧。還是請早點給我出去吧。」但是入道相國說道：

「這一切都是不行。但是妳說因為祇王在這裡，所以妳是這樣顧慮的麼？那麼就叫祇王出去好了。」佛御前說道：

「這又是怎麼說的呢？把我同祇王一起留下，我還覺得心裡不安，現在更要將祇王御前趕走，只留我一個人，這對於祇王心裡更是慚愧了。假如你以後對於我不能忘記，那時節再來召我，我會得來的，今天就讓我告假了吧。」入道相國卻說道：

「這事怎麼能行。祇王趕緊出去吧。」就叫使者接連去催促了三遍。

祇王本來這事早已覺悟到了，但是卻也不曾想到就在目前。屢次接到趕緊出去的催促，便拂拭灑掃，收拾一下散亂的東西，準備出去了。不過同宿於一樹之下，同汲用一河的水，如今要離別了，人情總不免是悲哀的，況且這是住了三年的地方，所以更有點留戀悲傷，流下無益的眼淚來。可是逗留也沒有用，祇王最後也只得離去，想到此身將永離此地，留下一點痕跡做個紀念，於是便啼哭著在紙糊的屏門上寫下一首短歌道：

「等著春天發出芽來的草，和那枯的，都是野裡的草呵，

到後來總要遇著凋落的秋天。」

隨後遂坐了車，回到自己的家裡，就在紙門裡邊睡倒，只是啼哭。母親和妹子看見了，問她：「這是怎麼了？」也得不到一句回答，後來問跟著她的女人，這才知道是那麼一回事。自此以後，每月送來的一百貫鈔和

六　祇王

一百石米，也停止了，現在佛御前的親人享受這些富貴了。京城裡上下的人都說：

「聽說祇王是從入道府裡給了長假了，我們去會見玩玩吧。」便有些人送信來，或是派使者來的，但是祇王總是如此，便出來同人家會見遊戲，也並沒有這樣心思，所以信也不接收，也不招待使者，遇見這些事情，更其使她覺得悲哀，唯有落淚罷了。

這樣的過了年，到了次年春天，入道相國差遣使者到祇王那裡來，說道：

「妳近來怎麼樣？佛御前似乎很是無聊，妳可以來給唱一支時調歌，跳什麼舞，給她消遣消遣吧。」祇王也不給他回信。入道相國就說：

「為什麼祇王不給回信？大概不想到府裡來吧。假有不想來，也只直說好了。那麼淨海也有想法的。」母親刀自聽到了這話，不知道怎麼樣辦才好，便哭哭啼啼的來教訓祇王道：

「祇王，妳為什麼不給回信的呢，那總比來聽這樣申斥的話要好些。」祇王道：

「假如我是想去的，那就回答並立即前去好了，但是我卻不想去，不知道怎麼說才好。這回召了不去，說別有想法，這大概是趕出京城，不然是要我的性命吧，反正不會出這兩個以外的。縱使出了京城，也沒有什麼可以悼嘆的，就是要了我命去，現在我的一身還有什麼可惜呢？已經給人厭棄了的身子，沒有再相會見的意思了。」這樣說了，仍舊不給回信，母親刀自又加勸諭道：

「凡是想在世上活著的人，總之都不可以違背入道公的意思。男女的因緣乃是前世所定，並不是從現在起頭的。有的千年萬年的相約，但是不久離散，有的雖是暫時的結合，卻是到老相守。世間無定的乃是男女之

常。你在三年間得蒙寵愛，已是很難得的事情了。這回說召了不去，因了會喪了性命，那也不至於此，但是趕出京城以外吧。即使出了京城，妳們還是年輕，無論怎樣的岩石樹木之間，總還有法子生存，但是妳母親年老體衰，出了京城，住在鄉下過那不慣的生活，現在想起來，也是很可悲的。讓我住在京城裡面以終我的餘年吧，這也算是對於我的今生的孝養，和來世的供養吧。」祇王雖然覺得前去很是難受，但是不好違背母親的命令，所以就哭泣著決定前去，心裡是很是悲痛的。

一個人進府去覺得有點不好受，便帶了妹子祇女同去，此外又有舞女二人，一總是四個人，共坐了一輛車子，到了西八條府邸。可是並不在以前用過的房子裡，卻是被領到一處很是低階的房子裡邊。祇王心裡想道：

「這是怎麼的？我身本無什麼過錯，已經被棄捨了，現在卻連房子也都降格了，多麼難受呀！這怎麼辦好呢？」不要讓人家知道，將袖子遮著臉，可是掩不住的眼淚，也從袖子的空隙流了下來。佛御前看見了，覺得可憐，便說道：

「這是怎麼的！這裡並不是她不曾到的地方，還是召她到這裡來吧。假如不然，請賜給我告假，我出去會見她。」入道相國卻說：

「那可是不行。」沒有法子，所以不出去了。隨後入道相國與祇王見面，可是他一點都不知道她的心情，說道：

「怎麼樣，好麼？佛御前似乎很是無聊，妳給唱一支時調歌吧。」祇王既然決心前來，便想定不要違背入道公的意旨，所以按住了落下來的眼淚，唱一支時調歌：

「佛原是凡夫，我們也畢竟是佛，

彼此具有佛性，可悲的是有這些差別。」

六　祇王

　　哭泣著唱了兩遍，其時排著在座的平家一門的公卿，殿上人們，諸大夫，以至武士，都流下感動的淚來。入道相國也很是高興，說道：

　　「應時的歌唱也很巧妙的。本來也想看舞，只是今天有要事。以後不召也時常進來，唱什麼時調，舞什麼舞，給佛消遣。」祇王不知道怎麼回答才好，就掩了眼淚退出來了。

　　祇王說道：「為得不要違背母親的話，到不好再去的地方，又是第二次受到難堪的事，真是可悲呵。這樣的生在世上，說不定還要受到難堪。我現在真決心要去投水了。」妹子的祇女也說：

　　「姊姊若是投水，我也同妳一起投水吧。」母親刀自得知此事，很是悲哀，覺得沒有辦法，只得哭哭啼啼的勸說道：

　　「妳那麼悲訴不是沒有道理的，我不知道會有那樣的事，所以勸妳前去，這我實在是覺得難過。但是妳若是投水，妹妹的祇女也要將一起投水。兩個女兒都已死了之後，年老體衰的這個母親，就是活著也沒有辦法，因此我想也只好一塊兒投水了。使得死期還沒有來到的母親投水而死，這就要成了五逆罪了。這世間是暫時的宿舍，遇見或不遇見什麼羞恥的事情，都不成什麼問題，所難堪的是死後長遠的黑暗。今生也就罷了，只怕是來世要墮入惡道，那才是可悲的。」流著眼淚絮絮的勸說，祇王也掩淚說道：

　　「的確這樣的做了，無疑的是犯了五逆之罪。那麼自殺的念頭就停止了吧。但是這樣的住在京城裡，恐怕還要遭到痛苦。現在到京城外邊去吧。」祇王遂於二十一歲的時候出家為尼，在嵯峨深處的山村裡，搭了一個柴庵，過著念佛生活。妹子的祇女說：

　　「姊姊倘若投水，我也投水，原是約定了的，現在厭離俗世，我也不

落人後。」於是在十九歲的時候也改了裝，和姊姊住在一起，為來世修福。母親刀自看見這種情形，說道：

「年輕的女兒們都改了裝，在這樣世道裡，年老體衰的母親，還留著白髮做什麼用呢？」於是在四十五歲時也剃了髮，同兩個女兒一向專修念佛，希望死後往生極樂。

這樣的過了春天，夏天也將完了。初秋的風吹來，已是望著雙星會合的天空，渡過天河，在楮樹葉子上各寫相愁之意的時候了。看著夕陽向西山的山頂落下去，心想太陽落下去的地方便是西方淨土所在，我們也遲早得生在那裡，沒有憂慮的過著日子，回想起過去種種的煩惱，很是可悲，唯有不盡的流淚。黃昏時候已經過了，便關上了竹編的門，微微的點著燈火，母女三人正唸著佛，忽然聽見有人丁丁的叩那竹編的門。其時三人的尼僧都驚慌道：

「阿呀，這大概是惡魔來，阻撓我們沒有資格的人念佛的。就是白天也少有人到的山村柴庵，這樣的夜裡還會有什麼人來尋訪呢？那只是竹子編的門戶，就是不去開，也容易推得破的。還不如去開了門，讓他進來好吧。假如他不肯留情，要我們的性命，那就堅信年來信賴的阿彌陀佛的本願，一心奉唱名號，等候聖眾尋聲來迎，接引到西方去吧。決心念佛好了。」這樣互相警戒著，等把竹門開啟，卻不是什麼惡魔，乃是佛御前。祇王說道：

「呀，這是怎麼的？我看見佛御前來到，這是夢呢，還是真實呢？」佛御前掩淚道：

「說起這事來，彷彿像是辯解，不說又顯得我是不懂情理的人，所以還得從頭說起。本來我是不召自來的人，已經從府裡趕了出來，但是經祇

六　祇王

王御前的疏通，才被叫了回去，只恨女人的不中用，自己的身子做不得主，結果被留下在那裡，真是可悲的事。隨後妳又被召來，唱那時調的時候，妳的那心情也深深的感到了。總會有一天，是落到我的身上來的，所以在那邊也並不覺得愉快。在紙門上留下的筆跡，『到後來總要遇著凋落的秋天』，的確說得不錯。後來打聽妳們的住址都不知道，這回卻是改了裝，三個人住在一處，聽了這個消息很是羨慕，幾回向入道公請假，卻總是不准。細細想來，世間的繁華乃是夢中之夢，富貴尊榮算作什麼。人身難受，佛法難遇。這回若是沉入泥犁，將隔多生曠劫，難以得到浮出的時候。年輕也不可依恃，這個人生是老少不定之境，呼吸之間不能相待，這比陽炎閃電還要無常。我因為但誇一時的富貴，而不知道來世的人，深為可悲，所以今朝混出了西八條府邸，變成這個樣子來了。」說著拿去蓋在頭上的衣服來一看，乃是尼僧的樣子了。佛御前又說道：

「這個樣子改裝而來，請妳恕我以前的那罪孽吧。假如說是恕我了，我便一同念佛，同為一蓮託生之身，假如妳還是不滿意，我也是從今漂泊到什麼地方去，在不論什麼青苔上，松根底下去露宿，盡身命專心念佛，得遂極樂往生的素願。」哭哭啼啼的訴說這一番話，祇王聽了也掩淚道：

「妳這樣的想，我是做夢也不知道。塵世艱難，我自己的不幸乃是當然的，可是想到這裡常不免對於妳有些怨望，因此或要妨礙我得遂往生的素願也未可知，恐怕今生和來生都要給耽誤了。現在妳這樣的改裝出家，以前的罪障便一點點也沒有了。如今往生已無疑問，我這回得遂素願，這是比什麼都可喜的事情。我們出家為尼，人家說是世間奇事，我們也是這樣的想，但那是對於世間有怨恨，也怨恨自身，所以剃髮是當然的。但是比起妳的出家，這卻算不得什麼了。妳既沒有什麼怨恨，也沒有什麼不平，今年剛才十七歲，卻能這樣厭離穢土，嚮往淨土，真是夠得上大道心

了。在我的確是難得的善知識了,讓我們一起前進吧。」這樣說了,四個人於是同住在一所,早晚在佛前供奉香花,專心嚮往淨土,後來死期雖然遲早不同,四個尼僧都獲得了往生的素願。所以後白河法皇後來在長講堂的過去帳上記著道:「祇王,祇女,佛,刀自等尊靈。」將四個人一塊兒記著,想起來也是很可憐的。

七　兩代的王后

　　從古至今,源平兩氏的武人都奉仕朝廷,如有不服王化,蔑視朝綱的人,輒加以懲創,所以世上沒有什麼亂事。但自從保元之亂,源為義被斬,平治之亂,源義朝被誅以後,源氏末流的人或處流罪,或被消除,至今只剩平氏一族很是繁榮,沒有對他勇於對抗的人。照這情形說來,似乎以後不會出什麼事情了。但是在鳥羽院晏駕以後,兵革相尋,死罪,解官停職,是日常的行事,國內不安,世間也不平靜。特別是永曆應保年間,上皇的近臣輒從天皇方面得罪,天皇的近臣又會從上皇方面獲咎,上下恐懼,感到不安,簡直如臨深淵,如履薄冰一樣。本來天皇與上皇,是父子之關係,應該沒有什麼隔閡,可是意外有些事發生,這也是因為世及澆季,人心險惡的緣故吧。天皇總是違抗上皇的意旨,其中特別驚動世人的耳目,受到舉世的非難的是這一件事。

　　故近衛天皇的王后,當時稱為皇太后的,是大炊御門的右大臣公能公的女兒。近衛帝歿後出了王宮,移住近衛河原的邸宅裡。因為是先帝的王后,所以過著樸素的生活,在永曆年間當是二十二三歲了,雖是已經稍為

七　兩代的王后

過了盛年，但是素有天下第一美人的聲名。主上天性好色，偷偷的叫高力士到外邊搜求美人，將情書送到皇太后那裡去。皇太后當然不加理睬，可是天皇卻把這事公開了，對於右大臣家傳諭，立為王后，可速進宮。這一事真是天下少有的怪事件，公卿間開了會議，各自發表意見，隨後決議說：

「先查別國的先例，中國的則天皇后乃是唐太宗的后妃，也就是高宗皇帝的繼母，在太宗崩後，立為高宗的王后。但此乃是別國的先例，是特別的事情。若在我朝則自神武天皇以來，已歷人皇七十餘代，還沒有過立兩代的王后的事。」公卿們都一致陳說，上皇也不以為然，對於天皇加以勸諭，天皇卻說道：

「天子無父母。我憑了十善的戒功，得萬乘之寶位，這一點點的事，還不能任我的意思麼？」於是傳諭決定進宮的日期，（上皇）也是沒有辦法了。

皇太后聽到了這事，就一直在眼淚裡過日子，嘆息說道：

「這還不如在久壽的秋天，先帝去世的時候，一同死去了，或是遁世出家，便不會聽見這樣可悲的事情了。」父親的右大臣卻加勸慰道：

「書上說過，不隨和世俗者，只有狂人。既然詔書都下來了，還說什麼也沒有用，就快點進宮去好了。假如誕生一個王子，那麼妳就稱為國母，便是愚老也被尊為外祖父，這是可喜的一種吉兆呀。這就是妳幫助妳這老父的最大的孝行了。」皇太后也沒有回答這話。

皇太后在這時候所寫的有這樣的一首歌：

「在憂苦的時節不就沉沒了，

如今河竹似的，漂流著世無前例的浮名。」

這首歌不知怎的漏到外邊來,人們傳說,都說是優雅可憐。

到了進宮的那一天,父親的右大臣同了伴送的公卿們,對於裝飾的牛車的儀式特別用心準備,但是皇太后因為心裡不高興,遲遲不即登車,一直等到夜已深了,已經到了半夜以後,這才大家幫助了坐上車子。進宮以後就住在麗景殿裡,聽說就勸天皇要精勤政務。在皇居的紫宸殿,陳列著畫有聖賢的屏風。在那上面畫著伊尹,第五倫,虞世南,太公望,角里先生,李勣,司馬,還有長手長腳,馬形的屏風,和「鬼的房間」李將軍斬鬼的活現的圖。尾張守小野道風分作七回寫那聖賢屏風的題詞,也是事實。在那清涼殿裡畫圖的屏風上,有巨勢金剛所畫遠山殘月,至今存在,當先帝還是年幼的時候,弄筆遊戲,把殘月塗黑了,這也還是照樣的在那裡。皇太后看了這情形,懷念先帝昔時,做了一首短歌道:

「以我憂患餘生,想不到重來宮裡,

看這雲間的月亮。」

這裡也可以想見先帝與皇太后之間的關係,可以說是優雅可憐的事了。

八 上區的紛爭

永萬元年的春天起頭,便聽說天皇有病,到了夏初,病就更重了。因此大藏大輔伊吉兼盛的女兒所生的第一王子,剛是兩歲,聽說將立為皇太子,到了六月廿五日,急遽宣旨為親王,當夜便禪位了,世間因為事出倉猝,深感動搖。據熟悉宮中典故的人說,如考查本朝童年為帝的例,清和天皇九歲受文德天皇的禪位,其時因為仿效中國周公旦代成王,君臨天

八　上匾的紛爭

下，日理萬機之政的先例，由外祖父忠仁公輔佐幼主，是為攝政的開始。其後鳥羽天皇五歲，近衛天皇三歲而即位，那時就有人說太是年少了，現在是兩歲即位，這就沒有先例。似乎太是性急一點了。

　　這樣在同年七月廿七日，二條上皇終於去世了，御年廿三，好像是含苞的花凋落了的樣子。玉簾錦帳，無不流淚。就在那天夜裡，下葬於香隆寺的東北，蓮臺野的裡邊船岡山地方。在葬送的時候，延曆寺與興福寺的大眾有立匾紛爭的事，至於互相幹出亂暴的事來。本來凡是天子去世後，送到墓地，那時的規定是奈良和京都的大眾全數同行，在墓所的四周，各自立起本寺的匾額來。先是立東大寺的匾，這是聖武天皇所敕建的寺，沒有什麼異議的。其次是立興福寺的匾，那是淡海公所發願建造的。在京都方面，是立延曆寺的匾，與興福寺相對。其次立園城寺的匾，那是由於天武天皇發願，是教待和尚，智證大師所草創的。但是這回山門的大眾，不知是什麼用意，卻違背了先例，在東大寺底下，興福寺的上頭，立了延曆寺的匾額。於是奈良的大眾討論種種對付的方法，這時興福寺的西金堂的兩個有名的大惡僧，名叫觀音房、勢至房。觀音房穿著黑色的腰甲，把白乾的長刀很短的拿著，勢至房穿著鵝黃的腰甲，手拿黑漆的大刀，二人衝上前去，將延曆寺的匾額砍下來，打得粉碎，口裡高唱著：

　　「可喜的是水呀，響著的是瀑布的水，太陽出來了也不會乾呀！」回到奈良的大眾裡去了。

九　火燒清水寺

當時興福寺大眾這樣胡為，延曆寺方面也應可以抵抗，但是他們卻似另有打算，一句話都沒有說。天皇剛才晏駕，連無情的草木都應當各含愁色，這回騷擾得太是不堪，所以無論貴賤都茫然自失，各自走散了。在同月廿九日午刻左右，忽然聽說延曆寺大眾大舉的下山，向著京城出發。武士和檢非違使急遽向西坂本去，想阻止他們，但是大眾全不理睬，突破防線，進入京城。那時不曉得是什麼人說的，傳說著一種流言道：「這是後白河上皇傳諭山門大眾，叫來討伐平氏的吧。」於是兵士聚集宮裡，防守四面的諸門，平氏一家的人，則倉皇集合於六波羅。後白河上皇也急忙臨幸六波羅。其時清盛公當著大納言，也大為恐懼驚慌。但是小松公說道：

「哪裡會有這樣的事呢？」極力表示鎮靜，但上下恟恟，很是驚擾。

可是山門大眾並不向六波羅來，卻朝那毫不相關的清水寺衝過去，把那裡的佛閣僧坊，一間都不剩的燒掉了。聽說這是雪那一回送葬之夜的會稽之恥的，因為清水寺乃是興福寺的下院。清水寺被火燒的第二天早晨，在大門前立著一塊牌子，上邊寫道：

「觀音火坑變成池，如何？」次日另外立著一塊木牌，寫著：

「歷劫不思議，人力所不及。」

山門大眾歸山以後，後白河上皇也從六波羅回去了。重盛卿一個人陪著同去，父親清盛公沒有去，因為他還有戒心。重盛卿送駕回來的時候，父親大納言對他說道：

「上皇臨幸我家，實在覺得很是惶恐。但是這也因為以前本來有這個

意思，偶然說了出來，所以有這種流言。你也不要太是大意了。」其時重盛卿說道：

「這樣的事情，在上皇的態度上，言語上絕沒有表示出來過。叫人家有這樣的感覺，對於我們卻是很不好的。在這時候，還是不要違背上皇的意旨，對於人們特別用點情，一定可以得到神佛的保佑的。那麼，就是在父親也用不著什麼恐慌了。」說了就走了出去，父親清盛公說道：

「重盛是心寬得很哪。」

後白河上皇回去以後，有親近的臣僚聚集到御前的時候，說道：

「真是流傳著奇怪的流言，我卻是一點都不曾想到。」那時上皇宮裡有一個很有勢力的人，名叫西光法師，正在御前侍候，上前說道：

「俗語說得好，天沒有嘴，叫人代說。本來平氏的專橫也太過分了，這是天的示警吧。」別人聽了都說道：

「這話不太好。牆有耳哩，可怕可怕。」

一○　立東宮

這一年因為是尚在「諒暗」之中，所以御禊和大嘗會都不曾舉行。同年十二月廿四日，其時還稱為東方君的建春門院所出的王子，奉旨立為親王。第二年改元，年號曰仁安，同年十月八日，去年宣旨為親王的王子，憲仁親王在東三條御所立為東宮。東宮是當時天皇的叔父，御年六歲，天皇乃是姪兒，御年三歲，父子長幼的順序並不相合。但寬和二年一條天皇

卷一

　　七歲即位，後來三條天皇十一歲立為東宮，不是沒有先例的事。現今六條天皇二歲即位，今年才只五歲，東宮踐阼，便即讓位，稱為「新院」。還未行過冠禮，便承受太上天皇的尊號，這樣的事在中國日本都是初次吧。

　　仁安三年三月二十日，新帝高倉天皇在大極殿即位。這位天皇即了帝位，表示平家榮華達於極點。國母建春門院是平氏的一家，特別是入道相國的夫人二位君的妹子。還有大納言平時忠卿是她的長兄，乃是主上的外戚，對於內外都很有權力的人，凡是敘位和除目在當時便一任時忠卿的意思。楊貴妃得寵的時候，楊國忠很有勢力，這事正是相像。世間的人望，當時的繁榮，真是了不得的。入道相國關於天下的大小事情，也要和他商量一下，時人稱時忠卿叫平關白云。

一一　殿下爭道

　　這樣，嘉應元年七月十六日，後白河上皇出家了。出家之後卻還是理著萬機之政，院裡上宮中沒有什麼區別。院裡接近使用的那些公卿殿上人，以及上下北面的武士，官位俸祿都很優厚。可是人心總是不知滿足，平常親密的人常聚在一起，互相私語道：

　　「唉，某人若是死了，那個國守就出了缺，沒有那人，我便可以補上了。」法皇自己也私下說道：

　　「從前歷代平亂的人不在少數，卻並沒有像平氏這樣的。平貞盛與藤原秀鄉剿平了平將門，源賴義滅了安部貞任與宗任，源義家攻下了清原武衡與宗衡的時候，論功行賞，也只是地方的國守罷了。現在清盛這樣的任

一一　殿下爭道

意胡為，實在是豈有此理。因為這已是佛教末法的時代，所以王法也是衰微了。」雖是這樣的說，但是沒有適當的機會，不曾加以什麼警告，平氏對於朝廷也並無什麼怨恨，但是擾亂世間的事件卻在這裡發生了。

嘉應二年十月十六日，小松公的次子，進三位中將資盛卿，其時是越前守，年才十三歲，其時下過一陣微雪，枯野的景色很是好看，率領了年輕武士三十餘騎，從蓮臺野，柴野，走到右近馬場，放出許多鷹去，追捕鵪鶉和雲雀，打了一天的獵，到了薄暮這才回到六波羅來。

其時的攝政是松殿藤原基房公，正從中御門東洞院的邸宅進宮裡去。這一日是從鬱芳門入內，剛來到東洞院大街南邊，向著大炊御門往西走去。在大炊御門的豬熊地方，資盛卻好正與殿下的行列相遇。攝政的隨從都急忙叫道：

「是什麼人，敢這樣無禮！是殿下的出行嘛，下馬，下馬！」可是資盛十分傲慢，把世間什麼都不看在眼裡，率領著的那些武士都是廿歲以內的青年，沒有一個人曉得下馬的禮儀作法的，所以也不管什麼殿下出行，不但並不執行下馬的禮儀，反想衝過行列去。其時是暮色蒼然了，沒有人知道馬上的乃是入道公的孫子，或者雖是認得也佯為不知，於是從資盛卿起，把那些武士，都從馬上拉下來，與以很大的恥辱。資盛卿非常狼狽的到了六波羅，把這件事情告訴了入道相國，入道公大為生氣說道：

「縱使是殿下，對於淨海一家的人也應該有些斟酌，況且對於年紀幼小的人，毫不假借的與以恥辱，實在很是遺憾。從這些事情，會得被人家看不起的。不能不叫松殿認識到這件事的意義。對於殿下須得報復一下。」重盛卿聽了就說道：

「不，這沒有什麼值得介意的。假如是被賴政、光基等源氏的人所欺

卷一

侮，那真是平家一門的恥辱。現在重盛的兒子遇見殿下的出行，卻不下馬，這是十分失禮的事情。」隨後還召集了關係的武士來，對他們說道：

「自今以後，你們要好好注意。我還想去對於殿下陳謝失禮的過失呢。」說了就回去了。

其後入道相國也不同小松公商量，招集了鄉下的武士，不懂禮儀，除了入道公的話以外什麼都不怕的人，難波次郎經遠，瀨尾太郎兼康等，一共六十餘人，對他們說道：

「這個二十一日，攝政殿下為了接洽主上冠禮的事情，要進宮裡去。你們可在路上什麼地方等著，把前驅和隨身的髮髻都切掉了，給資盛雪恥。」

但是殿下卻是連夢裡都沒想到，關於主上明年加冠，關於那時冠禮和拜宮的商量，暫時需要在值廬當值，所以這一天比平常的行列更是漂亮，這回是從待賢門進去，在中御門一直往西。在豬熊堀河的旁邊，六波羅的兵三百餘騎全身甲冑正在那裡等著，把殿下包圍在當中，前後同時發出喊聲。將今天特別裝束的前驅隨身，到處追趕，拉下馬來，著實加以凌辱，隨後一個個的切下了髮髻。隨身共有十人，其中有右近衛府的府生武基的髮髻也被切去了。又在切去藏人大夫藤原隆教的髮髻的時候，特地警告他道：

「不要以為切你的髮髻，須得知道這乃是切你主人的髮髻。」隨後還把弓稍伸進車子裡去，又將車上的簾子打下，車牛的臀後以及胸前的索子都割斷了，弄得十分凌亂之後，這才發出喜悅的喊聲，回到六波羅來。入道公聽了說道：

「做得很漂亮。」

這裡前驅的一人是當過因幡的先使的住在鳥羽的國久凡，雖是資望還淺，可是很有情分的人，好容易收拾好車子，回到中御門的府邸裡來。用了衣冠束帶的正裝的袍袖，掩住了眼淚，這種還邸的慘淡的行列，真是不曉得怎麼說才好了。大織冠，淡海公的時代，是不必說了，忠仁公，昭宣公以下攝政關白遇到這樣的事，還不曾聽見過。這乃是平家惡行的開始。

　　小松公知道了這件事情，大為驚駭。他召集一同出去的武士們，都予以譴責道：

　　「即使入道公下這奇怪的命令，為什麼一點都不讓重盛知道的呢？這都是資盛豈有此理。俗語說，栴檀二葉開始芳香。現在已經是十二三歲的人，理應懂得禮儀，相應的行動，乃幹出這樣愚事，使入道公獲得惡名。不孝之極，全是你一個人之罪。」便暫時迫使到伊勢去了。左大將重盛公的這個處置，君臣都很讚賞。

一二　鹿谷

　　因了這個事件，天皇加冠的商議當天停止了，到了同月二十五日，這才在後白河法皇的法住寺殿上開了會議。關於天皇加冠，對於攝政公當然應當有所慰勞，乃於同年十一月九日預先宣旨，十四日昇進為太政大臣。同月十七日謝恩慶祝，但是世間對於這事似乎很冷淡。

　　這一年就是這樣過去了，第二年是嘉應三年，正月五日天皇舉行加冠典禮，十三日對於上皇和皇太后行朝覲之禮，等待著的法皇、女院看了正裝冠服的天皇，該是怎樣的喜悅吧。入道相國的女兒，進宮去作為妃子，

卷一

當年十五歲，算是法皇的猶子。

其時內大臣兼左大將的妙音院太政大臣藤原師長，要辭去左大將。照資格來說，德大寺大納言實定卿應該補這缺，花山院中納言兼雅卿也很是希望，此外故中御門藤中納言家成卿的三男，新大納言成親卿也特別想得到這個地位。因為他是法皇所喜歡的人，因此他就用開始做種種願望成就的祈禱。在石清水的八幡宮裡叫一百個僧人聚集了，通讀《大般若經》全卷，凡歷七日，在這中間，有山鳩三隻從男山方面飛來，在高良大明神的前面，互相啄咬終於都死了。那時總管社寺事務的檢校匡清法印說道：

「鳩乃是八幡大菩薩的第一使者，在宮寺不該有這種異變。」便把這事奏聞了，上邊叫神祇官去占卜，說主有騷擾，但不是君主的方面的謹慎，乃是在於臣下的方面。新大納言對於這前兆卻不警惕，白天因為人多，便每夜出去從中御門烏丸的住宅步行到上賀茂神社，接連七天前去參拜。到了七天滿願的那一夜，回到自己的住所，疲倦了剛才睡著，就夢見到上賀茂神社去，那寶殿的門推了開來，有一種可怕的高貴的聲音說道：

「櫻花呀，別怨賀茂河上的風吧，

因為它不能阻止那花的散落。」

新大納言卻還不因此有所儆戒，這回又在賀茂上神社裡，寶殿後邊杉樹的洞裡造了一個祭壇，叫一個行者在裡邊，給他百日間施行一種「拿吉尼」法。但是在這期間，雷落那大杉樹上邊，雷火燃燒起來，社殿幾乎危險了，神官們多人走攏來，把火救滅了。他們想趕走那施行外法的行者的時候，他卻說道：

「我在本社立下伏處百日的大願，今天才只有七十五日，所以絕不出去。」這樣說了一動也不動。神官們把這情由奏到宮裡，宣旨下來道：

| 一二　鹿谷

「可依法逐出。」於是神官用了白梻，打那行者的後頸，把他趕出神域之外，到一條大路以南。語云，「神不享非禮」，這回大納言因為妄想得到非分的大將，舉行祈禱，所以有這種不思議的事起來的。

在那時候所設敘位除目等事，並不出於上皇天皇的意思，也不由攝政關白所決定，卻是全出自平家獨自的專斷，所以沒有按次序給德大寺和花山殿，乃是把入道相國的長男小松殿大納言右大將移為左大將，將次男宗盛中納言，越過了更有年功的人，補了右大將的缺，這實在是說不過去的事情。

其中德大寺殿乃是首席的大納言，門第清華，才學優長，而且更是本家的嫡嗣，這回乃給平家的次男宗盛卿所跳越過去了，在他本人極是遺恨吧。人們都私下說道：「一定要出家了吧？」但是他卻是說暫時觀望形勢再看，所以只是辭去了大納言，退隱下來了。新大納言成親卿卻說道：

「若是給德大寺或花山院越了過去，那也是沒有辦法。這回卻被平家的次男宗盛卿跳過去了，實在有點不甘心。怎麼想法子滅亡了平家，成就我的本願才好。」實在可怕的決意。成親卿的父親就只做到中納言，他是最小的兒子，卻是位至正二品，官升到大納言，下賜領地也並不少，子息從人悉荷朝恩，還有什麼不足，卻發生這樣的心思呢？這全是天魔的所作為吧。他在平治之亂的時候，是越後守兼近衛中將，是信賴卿的同黨，本來已是定了死刑，經小松殿重盛卿種種解說，才算保全了首領。但是現在卻忘記了這個恩義，在同志中間整備兵器，招集軍兵，專心經營討伐的事。

在東山的山麓，叫做鹿谷的地方，後邊與三井寺相連續，有一所很像樣的城郭，這乃是俊寬僧都的山莊。成親一黨的人時常聚集在那裡，計畫

卷一

滅亡平家的陰謀。有一天，法皇也行幸到了那裡，故少納言入道信西的兒子，淨憲法印也隨侍著。晚上開宴會，商議這件事情，淨憲法印說道：

「阿呀呀，這可了不得。許多人都聽著，這就洩漏了出去，那便要成為天下大事了。」新大納言聽了現出不高興的顏色，突然的立了起來，這時狩衣的袖子把御前的酒壺帶倒了。法皇問道：

「這是怎麼的！」大納言回過來說道：

「平氏倒了！」法皇聽了笑說道：

「大家都來演一出猿樂吧。」平判官康賴出來說道：

「呀，因為平氏太多，所以喝醉了。」俊寬僧都道：

「那麼，把這些怎樣處置好呢？」西光法師說道：

「只有拿下頭來，比什麼都好。」說著便把瓶子的頸敲斷了，隨即下場去。淨憲法印看了這種狂態，著實出驚，覺得無話可說，只是十分可怕罷了。

那些同謀的人是誰呢？近江中將入道蓮淨，俗名成雅，法勝寺執行俊寬僧都，山城守基兼，式部大輔雅綱，平判官康賴，宗判官信房，新平判官資行，攝津國源氏多田藏人行綱，以及北面武士，多有預謀的。

一三　俊寬事情　鵜川之役

這法勝寺執行俊寬僧都乃是京極大納言雅俊卿的孫子，木寺法印寬雅的兒子。祖父大納言雖然原來不是手執弓箭的家裡的出身，卻是脾氣很是

一三　俊寬事情　鵜川之役

暴烈的人,在他住著的三條坊門,京極邸宅的前面,很不容易許人通過,平常總是站在中門,咬牙切齒的,怒視著四周。因為是這樣人的孫子,所以俊寬雖是做了和尚,卻是性情激烈,很是傲慢,因此參加這樣不良的謀反計畫的吧。

新大納言成親卿叫了多田藏人行綱來到跟前,對他說道:

「我信託你當作一方的大將。這事成功之後,地方莊園,都任憑你的所希望。這先拿去作為弓袋的材料。」便送給他白布五十匹。

安元三年三月五日,妙音院殿內大臣師長轉任為太政大臣,這時小松公就越過了大納言定房卿當了內大臣。大臣兼任大將這是很可喜慶的事,所以接著舉行大宴饗,其時的主賓是大炊御門右大臣經宗公。本來妙音院殿的升轉還有上面的一級是左大臣,但有他父親宇治惡左府的先例,所以有所忌諱了。

北面武士在古時是沒有的。自從白河上皇的時代開始設定以後,六衛府的人許多配屬在裡邊。為俊、盛重都從小時候,稱為千手丸與今犬丸,是當時無比的紅人。鳥羽上皇的時代也有季教、季賴父子服役朝廷,司傳奏上皇的事情,也還安分。但是後白河法皇時代的北面武士卻是超過他們的分際,不把公卿殿上人看在眼裡,沒有禮儀禮節。從下北面升到上北面,從上北面就可以許可他在殿上行走,因為是這樣便自然傲慢增長,參加不良的謀判計畫了。其中有故少納言信西的部下,叫做師光,成景的人。師光是阿波國的國司官署的屬員,成景是京城裡的人,原是出身低微的下役。他們當作「小健兒」或是「恪勤者」使喚,因為他們本來很是伶俐,所以師光做了左衛門尉,成景做了右衛門尉,兩個人都成了「靭負尉」了。主君信西死於治平之亂的時候,兩個人都出了家,叫做左衛門入

卷一

道西光，右衛門入道西敬，出家之後仍在法皇宮裡擔任警士御倉的事。

這西光的兒子有一個名叫師高的，也是很能幹的人，經過了檢非違使五位尉，於安元元年十二月二十九日，在追儺的除目的時候，任為加賀守。可是他執行地方事務，肆行非法違例的事，將神社佛寺、權門勢家的莊園領地，隨意沒收，種種胡為。即使他不能像古代召公的那樣，至少也總要平穩辦事才好，可是他卻是任意胡亂行事，同二年夏天時候國司師高的兄弟近藤判官師經補了加賀的代官。當代官赴任的途中，當走到加賀國府左近鵜川的地方有一個山寺。寺僧正要燒水洗澡，代官一行人就亂入寺內，趕走寺僧，代官先自洗了，又叫從人們下來，並且洗那馬匹。寺僧都生了氣，說道：

「向來是國司的官吏不曾進這裡來的，請按照舊例，停止這些亂暴，趕快退出吧。」但是代官卻說道：

「從前的代官因為不中用，所以這樣的受愚，可是這回的代官卻不是那樣。只有依法辦理罷了。」這樣說了，寺僧那邊想把官吏趕出去，官吏也想趁機會亂入，各不相下，互相毆打起來了。在這個當兒，代官師經的愛馬的一條腿卻是被打折了。其後各自拿了弓箭兵仗，刀劈箭射，亂鬥幾刻之久，這時代官覺得不能取勝吧，看看夜了，便即退去。但是到了後來，加賀國府招集了官吏武士一千餘人，再到鵜川來，把寺院僧房一間也不剩的都燒掉了。這個鵜川的寺乃是白山的下院，便要將這事上訴於朝廷，那些老僧是些什麼人呢？這乃是智釋，學明，寶臺坊，正智，學音，土佐阿闍梨這些人。白山三社八院的大眾都起來了，總計有二千餘人，在七月九日的傍晚，衝到目代師經住處的左近。今日已經天晚了，便決定明天再開仗，那一天便停止攻擊，暫時休息了。帶露秋風，戰袍之左袖翻飛，照空閃電，盔上之列星燦爛，軍容整盛。目代大概以為不能取勝吧，

便乘夜逃到京裡去了。到第二天的卯刻，大眾發出喊聲，衝上前去，但是邸內寂無聲響。叫人進去檢視，說「大家逃走了」。大眾沒有別的辦法，只得引退了。

說把這事向山門去控訴吧，於是將白山中宮的神輿裝飾好了，抬了向比睿山去。在同年八月十二日午刻左右，白山的神輿剛要到比睿山東坂本的時候，從北國方面忽有極大的雷鳴，向著京城鳴動。同時並且下雪，埋沒地面，山上以至京城裡邊，連山間常綠的樹梢，都變成一律白色了。

一四　許願

神輿先請入比睿山的「客人宮」裡安置。這客人宮乃是白山妙理權現的所在，說起來是與白山中宮乃是父子的關係，所以這回訴訟的成否且先不說，生前的父子的會面也是可喜的事。這比浦島子遇到第七世的孫子還要可喜，釋迦出家時還在胎內的羅睺羅後來在靈山會見他的父親，也要勝過吧。山門三千的眾徒接踵而至，山王七社的神官聯袂而來，時時刻刻讀經祈念，這個情形真是有非言語所能形容的。

山門大眾要求政府把國司加賀守師高處以流罪，將代官近藤判官師經下獄，向法皇請求照辦，可是遲遲沒有裁決，有些重要的公卿殿上人互相說道：

「唉，早點給許可就好了。向來山門的訴訟都是特別的。大藏卿為房，太宰權帥季仲，都是朝廷的重臣，但因為山門的訴訟，處了流罪。況且像師高等人算不了什麼，用不著這樣仔細研究。」但是有如人家說的，

卷一

「大臣重祿而不諫,小臣畏罪而不言」,所以都閉上了嘴了。

「賀茂河的水,雙陸的骰子,山法師,這都不能隨我的心的。」從前白河上皇曾經這樣說過。在鳥羽上皇的時代,把越前的平泉寺,作為山門的一個下院那時候,上皇對於山門歸依很深,也說過「以非為是」,下過院宣。太宰權帥大江匡房卿曾經(對白河上皇)說道:

「假如(山門大眾把日吉神社的)神輿抬到宮門來強訴,那麼當如何處置呢?」上皇說道:

「山門的訴訟是不好丟開不管的。」

過去在嘉保二年(一○九五)三月二日,美濃守源義綱朝臣要廢止在那地方新建立的莊園,曾經殺害了在比睿山修行很久的法師圓應。於是日吉神社的神官和延曆寺的僧官共計三十餘人,拿了上奏的文書,衝到宮門口來。後二條關白藤原師通便命令大和源氏中務權少輔賴春去阻擋他們。賴春的兵卒射出箭去,有八人射殺,十餘人負傷,其他神官僧官便四散逃走了。山門方面上級僧綱將要來京奏明朝廷,得知這個消息,武士與檢非違使便趕緊往西坂本,把大眾趕回去了。

山門大眾因為政府對於此事遲遲不予解決,乃抬了山王七社的神輿齊集睿山的根本中堂,在那面前誦讀《大般若經》七日,以詛咒關白。結願的導師是仲胤法印,其時稱為仲胤供奉,升了高座,打起鉦來,讀表白書,其詞曰:

「伏以我等,自從兩葉的時候,奉侍的神們呵,請對於後二條的關白放一枝響箭吧,大八王子權現!」高聲的宣告了誓願。這天的夜裡有奇怪的事情出現了。人們夢見從八王子的神殿有響箭的聲音,向著王城鳴叫而去。那天早上關白邸第裡在開啟窗格的時候,有一枝像是剛從山上摘來

一四　許願

的，為露水所溼的木密，這是很可畏懼的。其後二條關白得了重病，人家說是得罪了山王的報應。母親便是師實的夫人，因此大為愁嘆，便改變樣子，裝做卑賤的女人，閉居日吉神社裡，七日七夜間祈禱許願。表面的祈願是，「芝田樂」一百場，行列一百場，跑馬，流鏑馬，相撲各一百場，仁王講一百座，藥師講一百座，一磔手半的藥師一百尊，等身大藥師像一尊，此外釋迦阿彌陀的佛像，也各自造立供養。此外又有心裡的三個願心，因為是她心裡的事，別人是不會知道的。但是不思議的是，在七天滿願的夜裡，許多參詣人的中間，有一個從陸奧國遠迢迢的上京來的少年巫女，到了半夜裡忽然氣絕了。把她抬到外邊，代為祈禱著的時候，立即清醒過來，站起來歌舞，大家覺得奇特都在看著。她舞了將有半個時辰，山王降下在她的身上了，說了種種的啟示，很可畏懼。她說道：

「眾生好好的聽著。（關白的母親）師實公的夫人，今天來我的殿裡閉居，已經七日了。她有三個祈願，第一是請求救這回關白公的命。假如這個能夠達到，她將混在下殿裡來參詣的種種的殘疾人中間，一千日間朝夕奉仕山王。她是（關白的母親）師實公的夫人，一直不曾把世間放在眼裡，這樣的過來的，現在卻為思子之情所迷，乃至忘記了齷齪的事，混在卑賤的殘廢人中間，一千日間朝夕奉仕山王，這樣的說實在是覺得很可憐的。第二是從大宮的橋邊起直到八王寺的社前，造一條迴廊。想起三千大眾不論晴雨往來參詣的辛苦，所以造這迴廊，是很好的事。第三是這回關白得以保全壽命，在八王子的社裡舉行法華問答講，每日沒有退轉。這些許願任何一個都不平常。但是第一二兩個姑且不說，每日法華問答講卻真是我所希望的。但是，這回的訴訟本來是沒有什麼難辦的，可是不但不予裁可，還把神官社眾射死多人，或者受了傷，哭哭啼啼的來告訴於我，實在覺得殘念，便是到後來也是永不能忘的。而且他們所受到的箭，就是

043

射在和光垂跡的神的身上的。是真是假，只看這好了。」說著脫下衣服來看，只見左脅底下有碗大的一個窟窿，皮血被剜掉了。又說道：

「因為這事太是嚴重了，所以無論你怎麼說，關白救命卻終是不可能的。但是法華問答講若是一定舉行，可以給他延壽三年。若是這還覺得不滿足，那麼我也是沒有辦法了。」山王說罷便即上升了。母親許願的事，沒有告訴過誰，所以也沒有給誰洩漏了的疑惑，但是在神的啟示裡顯示出來，所以深為感動，更是信仰了。

「即使一日片時也好，覺得都可感謝，況且給延壽三年，這尤其是難得了。」說著，便哭哭啼啼的下山去了。急忙回到京城，把關白領地紀伊國的田中莊，奉獻於八王子御社。自此以後在八王子神社舉行法華問答講，每日都沒有間斷。

這樣子過去，後二條關白公的毛病就減輕了，身體變得和以前一樣，上下的人都覺得喜歡。但是三年的歲月卻如夢一般的過去了，到了永長二年，六月廿一日，後二條的關白公於髮際生了一個惡瘡，開始臥病，同月廿七日終於逝世，年三十八歲。說到性情激越，理情強盛，比平常人是特別不同，但是到了病重的時候卻又惜命，這也是難怪的吧。年紀不到四十，比父親又先死了，實在是可悲的事情吧。本來並沒有父應當比兒子早死的規定，但是服從生死的規律乃是人世之常，雖是萬德圓滿的世尊，十地究竟的大士等，對於此事也是力所不及了。慈悲具足的山王為救濟眾生的方便，有時懲治過惡，也不是沒有的吧。

一五　抬神輿

　　山門大眾要求政府把國司加賀守師高處以流罪，將代官近藤師經下獄，向法皇屢次奏聞，可是得不到裁可，所以日吉神社每年四月例行的祭禮臨時中止了，安元三年四月十三日辰時一刻，十禪師，客人，八王子三社的神輿裝飾好了，抬到宮門口去。在垂松，切堤，賀茂河原，糾森，梅忠，柳原，東北院一帶地方，全是無官僧眾，神官，神宮雜役，下法師等人，不知道共有若干人。神輿從一條大街往西行進，御神寶燦然輝照兩間，彷彿覺得日月都將要降落地面。於是朝廷命令源、平兩家的大將軍，固守四面的宮門，防止大眾的侵入。平家方面，由小松內大臣左大將重盛公率領軍兵三千餘人，固守宮廷前面的陽明，待賢，鬱芳三門，他的兄弟宗盛，知盛，重衡，叔父賴盛，教盛，經盛等，固守西南的宮門。在源氏方面則有大內守護源三位賴政卿，渡邊省和他的兒子授算是主將，軍兵一總才三百餘人，固守北邊的門，縫殿的陣地，但是地面廣闊，兵力又少，所以看去是人影寥寥。

　　大眾因為那邊兵力薄弱，決意從北門縫殿陣地將神輿抬進去。賴政卿也是能幹的人，便從馬上跳下了，脫去戰盔，在神輿前禮拜，眾兵士也都這樣做了。隨後派一個使者到眾徒中去，傳達意旨。這使者乃是渡邊的名叫長七唱的人，他在那天所著的裝束，乃是麴塵色襯袍，黃色的鎧甲，上綴染出小櫻花的革片，挎著一口用赤銅做裝飾的大刀，揹著一筒白羽的箭枝，脅下是藤纏的一張弓。他脫去戰盔，掛在肩頭的高紐上，他在神輿前跪下說道：

　　「諸位大眾，源三位公叫我來說這一番話。這回山門訴訟的事，當然十分有理，但是解決遲遲，在旁人看出也很覺得遺憾。至於神輿入宮的

事，沒有什麼異議。可是賴政兵力單薄，假如把門開啟了，從陣地裡進來吧，那麼日後京城裡的小夥子未免要說閒話，說山門的大眾眼角都掛下來了笑嘻嘻的走進去，日後也是一樁事情。讓神輿放進去，這是違背了詔旨，若是要阻止呢，向來對於醫王山王低頭崇奉，託庇而生的本身，今後就不得不與弓箭作別。於彼於此，對我都是難辦的事情。東邊的陣地是小松公率領了重兵守著，還是請從那邊的門進去吧。」長七唱這樣說了，神官和雜役一時很躊躇，大眾裡邊有年輕的人卻說道：

「沒有什麼關係，就從這個門把神輿抬進去吧。」但是在老僧裡邊卻有一個三塔中最有計謀的，叫做攝津豎者豪運出來說道：

「他所說的很是有理。我們既然神輿領頭，出來訴訟，當然要突破重兵，這才可以名聞後世。還有一點，這賴政卿乃是六孫王以來源氏的嫡系正統，拿起弓矢來不曾聽說有點失敗。不但是武藝，便是歌道也很超越。近衛天皇在位的時候，曾有即興詠歌的會，題目乃是『深山花』，當人人都在苦吟的時候，這賴政卿做出一首名歌來：

『深山的樹木看不見它的樹梢，

櫻花卻是顯露出花來了。』

很得讚賞，是那麼樣的風流武士，所以便是在這個當兒，也不可與以無情的恥辱。便將神輿退回去吧。」他這樣的提議，大眾數千人從先陣到後陣，都贊成說「極是極是」。

於是神輿當先向東邊的陣地走去，剛要從待賢門進去，亂鬥立即開始了，武士們射了許多的箭。連十禪師的神輿上也著了箭，神官和雜役被射死，眾僧徒也有許多負了傷。喊叫的聲音可以上達梵天，堅牢地神也要出驚了吧。大眾就把神輿丟在宮門口，哭哭啼啼的回到本山去了。

一六　大內被焚

　　命令藏人左少辨兼光，急忙在殿上開公卿會議。在保全四年（一一二三）七月神輿進京的那時候，曾命座主將神輿送在赤山社安置。又保延四年（一一三八）七月神輿進京的那時候，命祇園別當送在祇園社安置。現在可照保延的舊例，便命令祇園別當權大僧都澄憲，在秉燭的時候進了祇園神社。又叫神官們拔去射在神輿上的箭。山門大眾抬了日吉神社的神輿到宮門口來的事情，自永久以來到了治承年間，共有六度。雖然每回都叫武士防堵，可是箭射神輿的事，卻聽說是這一回為始。俗語說：「靈神一怒，災害滿路。」人家都說「恐怕要出什麼事情」，可怕可怕。

　　這月十四日夜半左右，山門大眾又將大舉下山進京來，聽到了這個消息，天皇坐了腰輿行幸到法皇的住所法住寺殿。中宮則坐了牛車行幸別的地方。小松公在便衣上面背了箭戽從著，嫡子權亮少將維盛則衣冠束帶，背負平胡籙跟著。自關白殿起，太政大臣以下的公卿殿上人，都爭先奔赴。京城裡貴賤的人們，禁中的上下，都騷擾起來。在山門方面，說神輿被箭射了，神官雜役給射死了，眾徒也多負傷，因此不如將大宮二宮以下，講堂中堂一律燒光，都去到山野放浪吧，三千大眾便這樣的議決了。山門的上級僧綱因為上頭有意考慮大眾的要求，想將這意思告知眾徒，但是大眾卻生了氣，把他們從西坂本趕回去了。

　　平大納言時忠卿其時還做著左衛門督，被派為上卿，前去鎮撫。在大講堂的院裡，三塔的大眾會合了，想把上卿拿住，大家都說：

　　「打掉那傢伙的帽子！把那身子捆起來，沉在湖裡去吧！」差不多就要動手來抓，那時時忠卿說道：

卷一

「請暫時鎮靜一下子，有一件事要同諸位一說。」就從懷中取出小硯和懷紙來，寫上幾句就交給大眾。開啟來看時，上邊寫著：

「眾徒的胡鬧是天魔的行為，天皇的制止乃是善逝的加護。」大眾看了便不想再抓上卿，口裡只說不錯不錯，各自下山去，回到自己的寺院裡去了。只用了一紙一句，卻平息了三塔三千人的憤怒，得免於公私的恥辱，時忠卿真是做得很漂亮的。至於山寺眾徒，人家以為只知道聚眾鬧事，原來也是懂得道理的，人們也都佩服了。

同月二十日派花山院權中納言忠親卿為上卿，決定將國司加賀守師高革職，流於尾張之井戶田地方，目代近藤判官師高下獄禁錮。又在十三日決定將箭射神輿的武士六人下獄，這是左衛門尉藤原正純，右衛門尉正季，左衛門尉大江家兼，右衛門尉同家國，左兵衛尉清原康家，右衛門尉同康友，這些都是小松公部下的武士。

同年四月廿八日亥時的時候，從樋口富小路發生火災，因為東南風很猛，京城裡許多地方都被燒了。像車輪大的火焰隔著三五條街斜飛過去，到處延燒，煞是可怕。或是具平親王的千積殿，或是北野天神的紅梅殿，橘逸勢的蠅松殿，鬼殿，高松殿，鴨居殿，東三條冬嗣公的閒院殿，昭宣公的堀河殿，從這些起首，今昔名所三十餘處，公卿的家也有十六處，都給燒掉了。此外殿上人，諸大夫諸家，不及一一列記。末了終於延及大內，從朱雀門起，應天門，會昌門，大極殿，豐樂院，諸司八省，朝所各處，一時成為灰燼。各家的日記，歷代的文書，七珍萬寶，併為灰塵。其間損害若干無從計算。被燒死人有幾百人，牛馬之類更不知其數。此乃是非常的事，人們都說是山王的降罰，有人夢中看見從比睿山上有二三千很大的猴子，各個手裡都拿著火把，來到京裡放火。

一六　大內被焚

　　大極殿在清和天皇的時代，貞觀十八年（八七六）初次被焚，同十九年正月三日陽成天皇即位，便在豐樂院舉行。元慶元年（八七七）四月九日開始動工，至同二年十月八日落成。後冷泉天皇的時代，天喜五年（一〇五七）二月二十六日又被燒了，治曆四年（一〇六八）八月十四日開始動工，但在還未落成的期間，後冷泉天皇卻逝去了。到後三條天皇的時代，延久四年（一〇七二）四月十五日完成，文人獻詩，樂人奏樂，舉行遷幸的典禮。現在已是末世，國力也衰竭了，其後遂不再造作了。

卷一

卷二

卷二

一　座主被流

　　治承元年（一一七七）五月五日，天臺座主明雲大僧正被停止召赴朝廷法會的資格，又以藏人為特使，被召回所寄放在那裡的如意輪的御本尊，並免除天皇的護持僧的職務。而且檢非違使廳又派出使者去，說是這回抬神輿亂入宮禁事件的禍首，對於明雲大僧正加以審問。據說在加賀國有座主的私有地產，國司師高要把它廢止沒收，明雲大僧正因為有這個宿怨，所以與大眾商議，引起訴訟，終於成為大事，使得朝廷很是為難。西光法師父子這樣的對於法皇進了讒言，後白河法皇遂大生其氣。外邊傳說對於禍首要特別的重辦。明雲知道法皇神色不好，便把印鑰奉還，辭去了座主之職。同月十一日發表鳥羽院的第七個王子，覺快法親王為天臺座主，乃是青蓮院大僧正行玄的弟子。在同一天裡，前座主明雲既然正式停職，就有檢非違使派去二人，監視著在住所的井上加封，灶火上潑水，遇到停止水火的苦難。因此傳聞大眾又要大舉進京，京城裡又引起了一番騷擾。

　　同月十八日，太政大臣以下公卿十三人進宮，到議政殿上入座，評議前座主的罪行。八條中納言長方卿，其時還是左大辨宰相，坐在末座，進前說道：

　　「依照明法博士的勘狀，是寫著死罪減一等應處流刑，但是明雲大僧正乃是顯密兼學，淨行持戒，獻《大乘妙經》於公家，奉菩薩淨戒於法皇，是御使之師，御戒之師也。如科以重咎，竊恐對於佛菩薩之鑑照有所違礙，故還俗遠流，還應猶豫為是。」無所忌憚的陳述了意見，在座的公卿也都對於長方卿的提議表示同意，可是法皇的憤怒很深，還是決定遠

一　座主被流

流。太政入道清盛公也進宮去，想關於此事說幾句話，法皇卻說是感冒風寒，不曾引見，也就不滿足似的退出了。照例是僧侶有罪，便追取度牒，使之還俗，所以明雲座主就加了俗名，稱作大納言大輔藤井松枝。

這個明雲是村上天皇的第七王子，具平親王的第六代孫，久我大納言顯通卿的兒子。他的確是舉世無雙之碩德，天下第一的高僧，君臣上下悉加尊敬，兼任天王寺六勝寺的別當。但是陰陽頭安倍泰親卻加以非難說：

「那麼樣的智者，卻取名為明雲，實在不可解，上邊並列著日月的光明，底下卻有雲。」仁安元年（一一六六）二月二十日，任為天臺座主。同年三月十五日，有拜堂的儀式，開啟中堂的寶藏，在種種重寶的當中，有一尺四方的箱子，用白布包著。一生不犯的座主開啟看時，有黃檗紙所寫的書一卷。這乃是傳教大師預先寫下的將來座主的名字，他看到寫著自己的名字的地方，以後便不再看下去，照例仍舊捲好收了起來。因此明雲僧正也是照樣的辦了吧。這樣的尊貴的人，也因了前世的宿業難於倖免，這也是可悲的事情了。

同月廿一日，決定配所是伊豆國。人們雖是種種調解，可是因為西光父子的讒奏，終於決定了這樣處刑。規定在這天裡，趕出京城，押送的官人便前往白河僧院催行，僧正哭哭啼啼的出了僧院，移住於粟田口，一切經谷的別院內。

在山門方面的意見，以為我們的敵人總之無過於西光父子，所以將他們父子的名字寫了，在根本中堂內供奉著的十二神將之中，放在金毗羅大將的左腳底下踏著，並且大聲叫喚詛咒道：

「十二神將，七千夜叉呵，請你們即刻要西光父子的命吧！」實在很是可怕。

053

卷二

　　同月廿三日，從一切經谷的別院前往配所去了。那麼重要職務的大僧正，現在卻被押解的官人率領著，限定今日離開京城，走過逢坂關門，向著關東走去，這種心情的悲哀，是可以推想而知的。到了大津的打出浜的時候，比睿山的文殊樓的軒端約略可見，僧正沒有看第二眼，便即以袖掩面，熱淚盈眶了。山門裡邊雖然不少宿老碩德，澄憲法印其時還是僧都，因為不勝惜別，特別送到粟津，反正送不到頭，這才告別回去。僧正有感於他的意志深切，特把年來祕藏胸中的一心三觀血脈相承的奧旨傳授給他。這乃是釋尊教義傳授給波羅奈國馬鳴菩薩，南天竺的龍樹菩薩，以次相傳下來的，因了今日的情誼所以傳授於他。我國（對於印度）乃是粟散邊地，今日又值濁世末代，可是澄憲還能承受這樣教義，所以他一面絞著法衣的袖子，回到京裡去的心情，也是相當的可貴的。

　　山門的一方面，大眾也聚集了，開了會議，說道：

　　「自從義真和尚以後，開始有了天臺座主已歷五十五代，不曾聽說有過座主被流的例子。查考前事，在延曆年間，桓武天皇遷都京城，傳教大師攀登此山，在此地弘布四明之教法，禁止五障女人的出入，使三千淨侶得以定居。山上則一乘誦讀，通年不斷，山下則七社靈驗，與日俱新。彼月氏之靈山，在王城之東北，是大聖之幽窟也。此日域之睿嶽，時於帝都之鬼門，是護國之靈地也。歷代賢王智臣，皆於此地設定戒壇。如今雖說是末代，怎麼可以使得本山有了瑕疵，實在遺恨之至。」立刻叫喊起來，全山大眾盡數下山到東坂本來了。

二　一行阿闍梨的事情

（在坂本的十禪師權現的御前，大眾又開會議）老僧們披瀝肝膽的祈禱道：

「我們將要往粟津去，奪回我們的貫首，但是有那押送的官人差役，要簡單的奪取，這事很不容易。除了倚賴山王大師的力量以外是沒有法子了。假如這事得以成就，請在這裡給我們一個前兆吧。」這樣說了，於是無動寺法師乘圓律師的一個道童，名叫鶴丸，年紀十八歲，忽然身心苦痛，五體流汗，發起狂來了。口裡說道：

「我乃是十禪師權現的現身是也。現在雖然說是末世，我山的貫首怎麼可以移往他國？如果是這樣，那麼我垂跡此山，還有甚意義呢？」說罷用左右兩袖掩住了臉，潸潸落淚。大眾看了覺得奇怪，說道：

「倘若真是十禪師權現顯聖，就請這裡給我們一個先兆。把這個一個不錯的還給本主吧！」說著這話，有老僧四五百人，各將手裡所拿的念珠，丟在廣大板廊上面。那個發狂的孩子便跑去拾了起來，一個也沒有錯誤，各自還給本來的主人。大眾因為神明的靈驗很是明白，都齊心合掌，流下隨喜的淚來。說道：

「那麼，上前去奪了來吧。」說時遲那時快，便蜂擁上前去了。有的大眾從志賀辛崎的海邊步行走去，有的卻從山田矢橋的湖上，搖船出發的。看見這個情形，那麼當初嚴重看守著的押送的差役官人，都四散逃走了。

大眾更向國分寺前進。明雲座主見了大驚，說道：

「我聽說，凡犯欽案的人，並不能當日月的光，何況我又蒙院宣，諭

卷二

令即刻趕出京城，不能頃刻猶豫。眾徒可速即回去吧。」隨後又走到外邊來說道：

「我出於三臺槐門之家，入於四明幽溪之窗，廣學圓頓教法，兼習顯密兩宗，唯以本山興隆為念，同時也未嘗不祈國家之安寧，並深抱育成眾徒的志願，想定蒙兩所三聖的鑑照。本身沒有什麼錯誤，因了冤罪，蒙遠流之重罰，對於世間，對於人們，對於神，對於佛，並無所怨恨。就只是對於到這裡來訪問的眾徒的芳志，覺得不能報答罷了。」說了下淚，溼透了香染的法衣的袖子，大眾也都哭了。有人抬了轎來，說道：

「請快上轎吧。」卻回答說：

「從前雖是三千眾徒的首領，可是現在卻成流人了，怎麼可以叫尊貴的修學者，有智慧的大眾抬了上山去呢？就是要上去，也是穿了草鞋，與大家一樣的走吧。」不肯坐上轎去。這時有住在西塔的戒淨房阿闍梨祐慶一個惡僧，身長七尺，穿著黑皮中間很疏的釘著鐵片的腰甲，下半身的鎧拖得很長，脫下了鐵盔，叫別的法師們拿著，仗著一把白柄的長刀，口裡說道：「請站開點！」在大眾中擠了出來，到了先座主的跟前，睜大了眼暫時瞪著，說道：

「因為是那樣的心思，所以才吃這樣的虧。快點坐轎吧。」先座主覺得有點可怕，便急忙坐上了轎。大眾因為奪得了座主很是高興，所以不但是卑賤的法師們，便是尊貴的修學者也都來抬，一路喧嚷著，抬著的人們有時候換班，可是祐慶卻不代換，抬著轎子的前槓，將長刀的柄和轎槓緊緊的捏住不放，在險峻的東坂上走著，如行平地一般。

在大講堂的院子裡，把轎子放下，大眾又會議道：

「我們前去粟津，已經將貫首奪了回來了。但是把已犯欽案定為流罪

二　一行阿闍梨的事情

的人，留下來作為貫首，這事怎麼樣呢？」戒淨房的阿闍梨又同從前一樣的進前說道：

「本山乃日本無雙的靈地，鎮護國家的道場，山王的威光至為盛大，佛法王法正與牛角相似。所以眾徒的意趣也無倫比，即凡賤的法師們也為世所重，何況智慧高貴，本是三千的貫首，德行堅固，又是一山的和尚呢。今僧正無罪而蒙冤，山上京中，人所共憤，招來興福園城的譏誚。現今若失此顯密兩宗之主，使多數學僧中斷螢雪的勤學，實在是遺憾的事。這樣算來，不如就以祐慶為禍首，處以禁獄流刑，或是斬首吧。即以今生之面目，作為冥途的回憶也好。」說著兩眼裡滾滾的流下淚來。大眾都同意說：「是的是的。」自此以後，祐慶被人叫做「莽和尚」，他的弟子慧惠法師則被那時的人稱作「小莽和尚」。

大眾把前座主送進東塔南谷的妙光坊裡。佛菩薩所權化的人，可見也不能脫去一時的災難。從前大唐的一行阿闍梨乃是玄宗皇帝的護持僧，只因有些關於和玄宗皇后楊貴妃的流言，不論今昔，不論大國和小國，人言總是可畏，雖是查無實際的事情，終於以這個嫌疑，一行阿闍梨被流放到果羅國去了。要到那個國去，有三條路。林池道是皇帝行幸的道路，幽道地是平民所走的道路，暗穴道乃是重罪的人所走的道路。一行阿闍梨因為是大犯人，所以只有走那暗穴道。在七天七夜之間，沒有看見月日的光的走著，在漆黑的沒有人通行的路上，時時迷路，在樹木鬱蒼的深山裡，只有時聽見澗谷中一聲的鳥叫，淚溼的法衣一直沒有乾的時候。可是對於他無罪而得到遠流重罰的事，上天加以憐憫，特現出九矅的形象，守護著一行阿闍梨。其時一行咬破了右指，在左邊衣袖上把九矅的形象寫了下來。這就是和漢兩朝的作為真言的本尊的九矅曼陀羅是也。

卷二

三　西光被誅

　　法皇聽說山門大眾奪取了前座主，心裡覺得很是不快，在這時候，西光法師說道：

　　「山門大眾輕舉妄動的肆行強訴，雖說不是現今起頭的事，但是這回實在是豈有此理了。這樣的胡鬧還不曾有過，請你要好好的重辦一下才行。」不知道自身就要滅亡，也不管山王大師的意思，卻還是這樣的去擾亂法皇的御心。古人說讒臣亂國，誠哉是言。「叢蘭欲茂而秋風敗之，王者欲明而讒人蔽之」，就是說這樣的事吧。於是有一種謠言，說從新大納言成親卿以下，召集近侍的人討論攻擊睿山的事情，山門大眾裡邊也有人說：

　　「生在王土上邊，不可不奉詔命。」也有覺得不可再違院宣的，前座主明雲大僧正其時住在妙光房，聽說大眾有了二心，也很覺得不安，說「這回還不知道要遇到什麼事」。可是流罪的消息卻沒有聽說起。

　　新大納言成親卿因了山門騷動的事件，把自己報私怨的事只好暫時擱起，這雖是謀劃布置已經等等就緒，可是這只是有個氣勢，實在沒有成功的希望。第一是那麼信託的多田藏人行綱就覺得這件事不會有好結果，以前收到的做了袋的布已經剪裁了，做了些衣衫，給家人們穿了，自己也眨著眼睛在觀看形勢，卻只見得平家愈加繁昌，不是一時容易滅亡的，這真參加了無益的事了。而且這事萬一洩漏，這個行綱就要被消滅，覺得還不如趁著別人沒有說出的時候，先行倒戈，救這條命吧。

　　同年五月廿九日夜深的時候，多田藏人行綱到了入道相國的西八條邸裡，說道：

三　西光被誅

「行綱有事情要說，所以來了。」入道相國聽了回答道：

「不常來的人到來為什麼事？你去問他一聲來說。」主馬判官盛國出來應對，但是行綱卻說：

「這不是間接可以傳達的事情。」入道相國說「那麼」，就自己走到中門的廊下來，說道：

「夜已經很深了，在這時候，有什麼事呢？」行綱說道：

「白天因為看見的人多，所以趁夜裡到這裡來的。近來法皇院裡的人們整理兵仗，召集軍兵，為的是什麼，這裡有所聞知麼？」入道相國聽了若無其事的說道：

「聽說那是去攻睿山吧。」行綱走近前去，低聲的說道：

「不是那麼一回事。這是全然對著你們一家的。」

「那麼法皇也與聞這件事情麼？」

「當然是的，成親卿的召集軍兵，也就是用院宣去召集的。」於是俊寬是怎麼說，康賴是這麼說，西光又是那麼的說，這些事情，從頭至尾的加以渲染的敘述了，隨後說道：

「那麼告假了。」就退了出去。入道相國聽了大為出驚，大聲的呼喚武士們的那種情形，聽了也是可怕。行綱疏忽的說出了大事，怕又會被當作證人要受連累，心裡覺得似放了野火似的，雖是並沒有人追趕，卻提高了褲腿，趕緊逃出門外去了。入道相國先叫筑後守貞能來說道：

「有要謀反打倒我家的人，充滿京中。可通知一家的人們，召集武士們！」這樣說了，去招集平家的人。於是右大將宗盛卿，三位中將知盛，頭中將重衡，左馬頭行盛以下的各人，都穿了甲冑，帶了弓箭跑來了，其他軍兵也同雲霞一般前來集會。在那天夜裡，在西八條聚集的兵一總有

059

卷二

六七千騎。

第二天是六月一日。天還是暗黑的時候，入道相國叫檢非違使安倍資成來說道：

「你趕快到法皇的那裡，叫信業來對他說，法皇側近的人們有滅平氏一門，擾亂天下的陰謀，將一一詢問，加以處罰，關於這事請法皇不要干涉。」資成趕往御所，把大膳大夫信業找來，傳達這話。信業聽了失色，即至御前奏聞法皇。法皇出驚，心裡想道，「他們祕密計劃的事情怎麼會洩漏的呢？」可是關於這事，只說道：

「那是什麼事情呢？」別的什麼也沒有說。資成跑回來，對入道相國將這情形說了，入道相國說道：

「可不是麼，行綱的話是真的。若是行綱不將此事告知，淨海哪能安穩過去呢。」便叫飛驒守景家，筑後守貞能去捉捕謀叛的徒黨。於是這裡那裡的分派二百餘騎，或三百餘騎出去，分頭捕捉。

入道相國先差遣雜役往中御門烏丸新大納言成親卿那裡，說道：

「有話商量，請趕快去吧。」大納言完全不想到是關於自身的事，心裡想道：

「哈哈，這大概是因為法皇要攻睿山，所以要加以勸阻吧。只是法皇生氣得很，無論怎樣未必能行呢。」便把柔軟的狩衣很是稱身的穿了，坐了華美的牛車，帶著三四個武士，雜役餵牛的也都穿著得比平常考究，便出發了。後來想起來，這乃是最後的一趟出門了。走近西八條看時，有四五町遠，滿是軍兵。心想道：

「好多的兵，這是什麼事呢？」不免有點驚慌。從車上下來，走進門內一看，只見裡邊也是軍兵擠滿了沒有一點空隙。在中門口，看去也是可

三　西光被誅

怕的武士許多人在那裡等著，拉著大納言的兩隻手，說道：

「現在捆起來麼？」入道相國從簾內看著，說道：

「不能這樣。」於是武士十四五人，前後左右包圍著，把大納言拖到廊上，關在一間房裡。大納言好像是在做夢的樣子，一點不了解這是怎麼一回事。同來的武士都被隔得很遠，彼此不能照顧，雜役和飼牛的變了臉色，丟掉了牛車逃走了。

這樣，近江中將入道蓮淨，法勝寺執行俊寬僧都，山城守基兼，式部大輔正綱，平判官康賴，宗判官信房，新平判官資行，也都被捕帶了來了。

西光法師聽見此事，覺得自己危險了，便騎馬加鞭，向著法住寺殿走去。在路上遇著了平家的武士，向他說道：

「西八條在叫你，趕快去吧？」西光回答道：

「我有上奏的事，要往法住寺殿去。事情完了就去。」武士們道：

「賊禿，還上什麼奏！別讓他這麼說。」說著，便從馬上把他拖下來，捆個結實，仍舊縛在馬背上，被帶到西八條來。因為是從頭起就是首謀人，所以捆得特別緊，拿來放在院子裡。入道相國立在闊板廊上，說道：

「這個想要打倒我家的人的下場的情狀呵，把這廝拉到這裡來。」叫人拉到板廊邊緣，入道相國穿著鞋子，在那臉上著實踹了幾腳道：

「本來像你們這種下賤人，因為法皇使用了，給做上了不該做的官職，父子都過著超過本分的生活，結果還把全無過失的天臺座主弄成流罪，又還想謀反，滅亡我家，你這廝現今可從實招來。」可是西光本來也是不敵的強硬的人，顏色一點都沒有變，也沒有恐慌的樣子，卻坐正了，冷笑說道：

「說什麼話？其實是入道公自己多有過分的事情。別人不知道，就以

西光所知道的，那些話就不能說。我因為本身在法皇院內做事，對於管理事務的成親卿用院宣召集人馬，不能說毫不與聞，那的確是與聞的。但是有些話，不能聽過就算的，也要一說吧。尊駕乃是故刑部卿忠盛的兒子，十四五歲時還沒有出仕宮中，只是站在故中御門藤中納言家成卿的門口，那京城裡的小夥子都叫做『高平太』。在保延年間，因為承了大將軍的命令，捉到海賊頭目三十餘人，論功行賞，得了四品，命為四位的兵衛佐，那時就有人說是過分了。以殿上人恥與為伍的人的子孫，成了太政大臣，那才真是過分了。以宮中武士出身的人，做國司和檢非違使的盡有先例，以及現例，怎麼可以說是過分。」毫無恐懼的回答，入道相國太是生氣了，暫時說不出話來，過了一會兒才說道：

「這廝的腦袋，不要一下子就砍了。要好好的審問。」松浦太郎重俊奉命，把手腳都捆了起來，種種的拷問。西光本來沒有隱瞞罪狀的意思，加以拷問嚴切，所以毫無餘留的招承了。寫了口供有四五張紙，就有命令道：

「把這廝的嘴撕開！」就把嘴來裂開，在五條西朱雀地方斬了首。他的兒子前加賀守師高，流有尾張國的井戶田，就叫周圍的住人小胡麻郡司維季在當地處決。次男近藤判官師經從監獄拉出來，在六條河原處了斬，他的兄弟左衛門尉師平以及從人三人，也都同被斬首。這些本無足取的人露出頭角來，干預不應干預的事情，把毫無過失的天臺座主弄成流罪，因此前世的果報也遂盡了，天王大師的冥罰隨即到來，所以遇到了這樣的事情。

四　小教訓

　　新大納言成親卿被關進一間屋子裡，遍身流汗，心裡想道：

　　「阿呀，這一定是日來的計畫洩漏了。那是誰洩漏的呀？一定是北面武士裡邊的人吧。」關於這事的各方面沒有不想到的，正在這時候聽見後面有腳步聲，便想到即刻將有武士到來，索取我的性命，等著看時卻是入道相國自己很響的踏著地板，把大納言所在地方的後面紙門颯的拉開了。穿著短的素絹的衣服，白的大口袴的褲腿向裡邊捲著，插著一把白木柄的短刀，非常生氣的樣子，瞪著眼對大納言看了一會兒，說道：

　　「尊駕在平治年間就早該被誅的了，因為內府代你說情，才能保全首領，你不記得麼。為了什麼遺恨，卻要計劃滅亡這一家呢？知道恩的才是人，不知恩的那是畜生呵。然而幸而平家的運命還不曾完，所以在這裡能夠招待尊駕。現在把近來所計劃的一切，對我直接的講講吧。」大納言說道：

　　「這全是沒有的事。恐怕是什麼人的讒言吧，請你好好的查問一下。」入道相國不等他說完，就叫道：

　　「有人麼，有人麼？」貞能走了進來，入道相國對他說道：

　　「把西光那廝的供狀拿來。」拿來之後，入道相國拿在手裡，讀了兩三遍給大納言聽，隨後說道：

　　「可惡的東西，這樣還有什麼辯解麼！」將那口供丟在大納言的臉上，紙門砰的關上，走了出去了。可是入道相國還是生氣，就叫道：

　　「經遠！兼康！」難波次郎經遠和瀨尾太郎兼康進去，入道相國道：

卷二

「把那個漢子拉下去，放在院子裡！」可是兩個人躊躇不照樣的辦，說道：

「不知道小松公的意見是怎麼樣。」入道相國大為發怒，說道：

「好，好！你們尊重內府的命令，卻看輕入道的說話麼？那就沒有辦法了。」二人聽說覺得這事會要弄壞，便站起來，把大納言拉到院子裡去。其時入道相國似乎覺得很痛快似的，隨命令道：

「這樣按住了，叫他發出喊聲來！」二人用嘴靠近大納言的耳邊說道：

「就請隨便叫喊幾聲吧。」把大納言拉倒在地，大納言就叫了兩三聲。這個情形彷彿是那娑婆世界的罪人在冥土，或者被放在秤上秤量罪業的輕重，或者被放在淨頗梨鏡子前面，照出生前的行事，憑了罪行大小，受著阿坊羅剎的呵責，大約情狀也不過如此吧。又如古書裡所說，「蕭樊囚縶，韓彭葅醢，晁錯受戮，周魏被罪。」這裡蕭何，樊噲，韓信，彭越都是漢高祖的忠臣，但是因了小人的讒言，蒙禍受罪，成親卿也是這樣的一個人吧。

新大納言自身遇著這樣事情，因此想到兒子丹波少將以下那些幼小的人，不知道更受到怎樣倒楣的事情，非常的著急。現在是盛暑六月，裝束也無可更換，熱得不堪，心裡覺得老是逼著，汗水和眼淚爭著流下來，心想道：

「雖然如此，小松公總不會丟開我不管吧，」但是也想不出什麼人來，去託付他一聲的。

小松大臣在經過了好些時光之後，才和了兒子權亮少將維盛同車，帶著四五個衛府的人，隨身二三人，軍兵卻是一個也不帶，特別坦然若無其事的樣子，來到西八條。從入道相國起，人人都覺得有點出於意外。在下

四　小教訓

車的時候，貞能上前說道：

「有這樣大事情的時候，為什麼軍兵也不帶一個呢？」小松公說道：

「所謂大事者是說天下的大事。這樣的私事能說是大事麼？」凡是帶著兵仗的人們聽了這話，都似乎顯得有點張皇不安了。

「那麼大納言是放在什麼地方呢？」這樣說著，這裡那裡的開啟屏門來看，在一處屏門上邊，有木材交叉的釘著，說恐怕是這裡吧，開啟來看時，大納言就在裡邊。流著眼淚，低著頭，眼睛也沒有睜開。說「怎麼樣了？」這才看見了小松公的樣子，那種高興的情形，簡直是同地獄裡的罪人們看見了地藏菩薩一般，叫人看了十分動情。大納言說道：

「不知道怎麼的，遇到了這樣倒楣的事情。但是你既然這樣的來了，那麼我也就可望得救了吧。平治年間已經應該處斬了，蒙恩得以保全首領，並且官至正二位大納言，年紀過了四十歲了。這個御恩生生世世實在報答不盡，這回也請同樣的救我這活著也沒有意義的命吧。若是能夠活著，我就出家入道，在高野或是粉河，閉居一室，專心去為了後世菩提而修行吧。」小松公答道：

「現在雖是這樣，未必會要你的命。萬一有這樣的事，重盛既然來了，那就得救你的性命。」說了便即走了出來。他來到父親入道相國的面前，說道：

「關於殺害成親卿的事，請你要好好的考慮才是。自從先祖修理大夫季顯在白河上皇那裡奉職以來，做到家無前例的正二位大納言的官，是現今法皇的無比的寵臣，若是即刻砍了頭，恐怕不大合適。至多也就是趕出京城外面罷了。現在祭祀為北野天神的菅原道真因了時平的讒言，流浮名於西海之浪，西宮大臣源高明因了多田滿仲的讒言，寄遺恨於山陽之雲。

卷二

是皆是延喜之聖代，安和之盛時所犯的錯誤，歷代的都那麼說。上古尚且如此，說在末世的今日，賢王猶有過失，何況我們凡人呢。現在已經被拘，似乎不用急於殺害，也沒有什麼危險了。古書上說，『罪疑唯輕，功疑唯重。』這事又似重新提起，重盛是娶了大納言的妹子作妻室，維盛又是他的女婿。這樣說來，似乎我的說話為的是親戚關係，恐怕你會得這樣想法，其實是不是的。我實在是為了世道，也為了君，為了家，這才說這話。先年在故少納言入道信西當權的時代，本朝當嵯峨天皇時誅戮右兵衛督藤原仲成以來，至於保元，經歷君主廿五代之間不曾舉行一次的死刑，這才初次執行，並將宇治惡左府的屍體掘起來檢驗，似乎覺得太是苛酷的政治了。但是古人有言，『國家舉行死罪，而海內謀反之輩不絕。』果如所示，中間隔了兩年，平治時又亂，信西已經埋葬，卻被掘起梟首，在京城大路巡行示眾。在保元年間自己命令做過的事情，過了不久卻回到身上來了，想起來實在是可怕的事。而且這大納言也並不是朝敵。無論如何，這事應該有所顧慮才是。現在榮華已極，或者你未必更有所不滿，但是我覺得要子子孫孫長是繁昌下去這才好呵。書上說，父祖善惡必及兒孫，『積善之家必有餘慶，積不善之家必有餘殃。』無論怎麼樣想，今夜斬首的事總之是不好的。」這樣的說了，入道相國大概也覺得不錯，便將死罪中止了。

隨後內大臣走出中門，對著武士們說道：

「說是入道公的命令，也不能把大納言就輕易的砍了。入道公因為生氣，便做出魯莽的事情來，後來必定要懊悔的。大家也不要幹出錯誤來，免得日後怨我吧！」兵卒們聽了這話，都張口結舌的發抖了。內大臣又說道：

「聽說今朝經遠與兼康對於那大納言無情的舉動，實在是豈有此理。

四　小教訓

反正我會得知道，為什麼不顧慮點呢？從鄉下出來的武士，都是這個樣子！」難波與瀨尾二人聽了很是惶恐。內大臣這樣說了，便回到小松府去了。

一面跟大納言同來的武士們，趕快跑回中御門烏丸的邸第，把這事情說了，自夫人以下的女官們都出聲哭起來了。武士們道：

「現在已派出武士，聽說從少將起，以及公子們都皆拘捕。現在快到什麼地方去躲藏一下吧。」但是夫人道：

「現在已經到了這個地步，就是一個人留了下來，也有什麼意思。倒不如和大納言成了同是一夜裡的露水，反是我的本意。但是今朝的出去想不到竟成了最後的永訣，想起來實在是可悲的。」說著就屈著身子哭淚不已。可是聽說武士們不久便將到來，想到自己不免要受辱，遇見倒楣的事，也是不可堪的，便即帶了十歲的女兒和八歲的男子，同坐了車，也並沒有想定到哪裡去，就驅車出發了。不過也總不能老是這樣，乃從大宮大路上去，向北山一邊的雲林院前去。到了那邊的僧院，將夫人們下了車，來送的人們各自為己身打算，也就告別回去了。現今只剩了幼小的人們，又沒有前來慰問的人，這時夫人心裡的悲哀是可以推想而知的。看著漸將日暮的陽光，心想大納言如露的性命，也就以這夜為限的，想到這裡不禁腸斷了。家中武士女官們雖然很多，別說東西都不整理，連門也沒有人關，馬匹雖然滿廄，餵草的人一個也沒有了。平常一到天明，就車馬盈門，賓客列座，遊戲舞蹈，對於世間無所忌憚，反是住在近處的人不敢高聲說話，卻是惶恐的過著日子。昨天為止還是這種情形，卻在一夜之間就改變了。盛者必衰的道理，宛然顯在眼前。「樂盡哀來」，江相公的文章現在可以說是領會到了。

五　少將乞請

　　丹波少將成經那天夜裡是在法皇宮中法住寺院值宿，還沒有退出的時候，大納言府的武士們跑到宮裡，叫出少將來，把事情說了，並且說道：

　　「可是為什麼宰相那邊還沒有通知呢。」正說著這話，從宰相府裡也有人來了。這說的宰相乃是入道相國的兄弟，住所是在六波羅的總門的裡邊，所以稱為「門脅宰相」，是丹波少將的岳父。來人說道：

　　「不知道為什麼事情，入道相國叫趕緊帶了你上西八條去。」少將立即了解，便把法皇近旁的女官們叫了出來，說道：

　　「昨夜覺得世情騷然，我還以為山法師又下山來了，當作不相干的事情，現在才知道是關係成經本身的事了。大納言在今夜恐要被斬了，成經恐怕也要同坐。本來想一見法皇的面，但是現在已經成了這樣身分，只好迴避了吧。」女官走到御前，把這話奏聞了，法皇大為驚駭，心裡想道：

　　「那麼那是真的麼？今朝入道相國派使者的事情已經覺到了。他們祕密計劃的事情怎麼會洩漏的呢。」可是卻表示說：

　　「雖然如此，可叫到這裡來。」少將就到來了。法皇只是流著眼淚，什麼話也沒有說，少將也含著淚，也沒有說什麼話。過了一會兒，因為不能老是這樣對著，少將以袖掩面，退了出去了。法皇遠望著的後影，說道：

　　「末世真是無情呵！這是最後了，恐怕此後也不能再看見他了。」說著就流下眼淚來了。法皇院中的人們拉住少將的衣袖，攬袂惜別，沒有一個不落眼淚的。

　　來到岳父門脅宰相的那裡，（少將的）夫人不久就將做產，今天早晨

五　少將乞請

聽見了這件可悲嘆的事情，覺得彷彿就要絕命的樣子。少將從法皇院裡出來，已是流淚不盡了，現在看見夫人的情形，更覺得是沒有辦法了。一個叫做六條的女官，乃是少將的乳母，看見他說道：

「我上這裡給你餵奶，從你生下來就懷抱著，歲月重疊，我不嗟嘆自己年歲的衰邁，只是看你逐漸長成覺得喜歡，覺得就是目前的事，卻是已經二十一年，沒有一會兒和你離開過。就是到法皇院裡和宮中去的時候，有時回來得晚了，還覺得很不放心，現在卻不知道要遇到什麼樣的事情呢。」說著哭了。少將說道：

「不要那麼悲嘆吧。宰相這樣的在這裡，雖然這麼著，性命總是可以保得下來的吧。」雖是加以勸慰，也顧不得人家看著自己也哭了起來了。

那邊從西八條有人屢次來催，宰相說道：

「且到那裡去，看有什麼辦法吧。」便走出去了，少將也和宰相同車出走。自從保元平治以來，平家的人們都一直快樂尊榮，沒有什麼愁嘆的事情，可是這位宰相只因為有了這一個結果不良的女婿，所以遇著了這種可嘆的事了。

走到了西八條府，停住了車子，叫人告知來意，入道相國卻吩咐說：

「丹波少將不得入中門以內。」於是把他留在近處的武士駐所，只讓宰相進到中門裡邊去。一會兒工夫兵卒便圍了上來，看守住少將，這時所依靠的宰相離開了他的旁邊，少將的心裡可想是很惶恐的吧。宰相進了中門，可是入道相國不出來見面，只叫源大夫判官季貞出來傳話。宰相說道：

「和這樣無出息的人結了親，雖是後悔，可是現在已經沒有辦法。他的配偶因為最近要生產，今朝遇著這可嘆的事情，看來生命也不會得很

卷二

長。給他一條活路，似亦無甚妨礙。請把少將暫時交給教盛吧。教盛在這裡，不至於使他犯什麼錯誤吧。」季貞進去將這話說了，入道相國說道：

「唉唉，宰相照例說那一套莫名其妙的話。」沒有立刻給予回答，過了一會兒這才說道：

「新大納言成親企劃滅亡平氏一門，擾亂天下。這少將既然是大納言的嫡子，無論他和你是疏是親，他的罪是不能宥許的。若是他的謀反成功了的話，就是尊駕那邊恐怕也是不能安穩無事吧。」季貞走來說給宰相聽了，宰相現出非常失望的樣子，重又說道：

「自從保元平治以來，經過種種的戰爭，我都決意替代你的性命，此後有什麼風暴吹來，我也是決心防堵的。教盛雖是年老了，但是還有許多年輕的兒輩，或可以固守一方。可是這回請求將成經暫時交付給我，不見聽從，那麼可見是把教盛看做是完全懷有二心的人了。被人看作這樣不能信用的人，活在世間還有什麼意思。我便只有從今立刻告假，出家入道，隱居在僻遠的山鄉裡，一心專念修後世的菩提吧。這是沒有好結果的塵世的生活。因為在這世間，所以有種種願望，不能如願便有怨恨。厭離俗世，歸依正道，是唯一出路。」宰相說了，季貞到入道相國面前說道：

「宰相已經完全斷了念了，總之請你怎樣適當的處理吧。」其時入道相國聽了大驚道：

「那麼說，那要出家入道，也太是有點什麼了。既然如此，就去說把少將暫時交給尊駕那裡吧。」季貞出來，對宰相這樣說了，宰相說道：

「唉唉，人所以不可有子女呀。我要不是為了我的子女的因緣所束縛，也何至於這樣的傷心呢。」說罷就出去了。

少將在外邊等候著，見了問道：

070

五　少將乞請

「那麼怎麼樣了呢？」宰相答道：

「入道相國因為太是生氣，教盛也終於沒有見到。屢次說到不能饒恕，因此我也說要出家入道的話，因此才說暫時可以放在我的家裡，但是我覺得這不是長久可以維持下去的。」少將說道：

「因為這樣，成經所以承蒙深恩，得以暫保性命，但是關於大納言的事，那聽說怎麼樣呢？」宰相說道：

「那是來不及問了。」少將潸潸落淚道：

「承蒙深恩得以暫保性命，固然是可喜的事情，雖是惜命，實在也是希望得見父親一面。今晚大納言說要被斬了，那麼成經留這條活命也沒有什麼意思，倒還不如說把我也一塊兒處分的好了。」宰相十分為難似的說道：

「什麼，當時只為你說了那麼，此外就來不及說了，但是關於大納言的事情，今朝內大臣說了種種的話，聽說是暫時可以安心。」少將聽了這話哭著合起雙手來表示喜悅。因為是兒子的關係，這才能夠把自身的事情擱下了，這樣的表示喜歡。一切緣分之中最誠實的要算是親子之緣了吧。人所以應當有子女呀，現在宰相這才回想過來了。於是同今朝一樣，與少將同車回去。到了邸第，那些女官們好像是看見死人復活了的樣子，都聚集攏來，高興得哭起來了。

六　教訓狀

　　入道相國這樣的囚禁了許多人，大概心裡不覺得舒暢吧，趕緊地在紅綢襯衫上邊，穿了一件黑線縫綴的腰甲，胸前很服貼的放著一塊有銀飾的胸板，先年做安藝守時參拜神社，得見靈夢，承蒙嚴島大明神見賜的，以後常帶身邊，便是睡時也放在枕邊的，銀箔纏柄的小長刀，掛在脅下，出來到中門的廊下。這個氣勢看來是不很平常。便叫貞能來，貞能在木蘭色的襯衫上穿著紅線縫綴的甲，走到前面跪坐等著。過了好一會兒，入道相國說道：

　　「貞能，這事你以為什麼樣。保元年間，自平右馬助起，平氏一門大半都是擁護崇德上皇的。至於第一親王，故刑部卿乃是他的養父，本來不便棄捨不顧，只因服從故鳥羽法皇的遺誡，所以給當時的後白河天皇當了前驅，這是第一次奉公。其次是平治元年十二月，信賴和義朝把後白河法皇與二條天皇幽閉起來，固守大內，將天下弄得暗無天日，那時候是入道不顧身命，打散了叛徒，捕捉經宗唯方等人。回想起來，直至那時為止，我為了天皇的緣故，幾乎喪失性命的事已經有好幾次了。因此縱使有人說閒話，為什麼把這七代以來的平氏一門就簡單的就棄捨了的呢？現在只因為聽了成親這個無用的搗亂人，和那叫做西光的下賤壞種的話，就要滅亡平氏這一門，法皇的這個計畫真是萬分遺恨。此後倘若還有讒奏的人，一定會得下討伐我家的院宣來了。成了朝敵以後，無論怎麼後悔也已無益的了。我想在世間略為安靜下來以前，將法皇奉移在鳥羽北殿，不然便請來臨幸此地，你看怎麼樣呢。若是這樣，北面的徒黨裡邊必定要放箭的吧。為此可傳諭武士們作好準備。入道對於法皇的忠勤也就只得斷念了。馬加

六　教訓狀

好鞍，取出鎧甲來吧！」

主馬判官盛國聽說，趕緊跑馬到了小松殿，說道：

「出了了不得的事情了！」內大臣沒有聽說出究竟，便說道：

「阿呀，成親卿的頭砍掉了吧！」主馬判官說道：

「並不是那樣，入道公著了鎧甲，武士們也都準備好，要出發去攻法住寺了。說把法皇幽閉在鳥羽北殿，其實暗地裡商議，要把他流放到鎮西方面去呢。」內大臣雖然不相信會有這樣的事，但他看今朝入道的那種氣勢，說不定會做出發狂似的事情來，所以便坐了車趕往西八條去了。

在門前從車子上下來，進門看時，只見入道相國自己著了腰甲，一門的卿相殿上人數十人都在各色的襯衫上面穿了鎧甲，在中門廊下分作兩排端坐著。其他各國的國司，衛府以及諸司的人，廊下排不下了，在院子裡擠在一起。許多旗竿都拿在手頭，馬的肚帶束緊了，鐵盔的帶子繫好，準備好了就可出陣的樣子，可是小松公卻是烏帽子狩衣，穿了大花紋的絹狩袴，提著袴腿，衣裳沙沙作響的走了進來，對比之下顯得有點異樣。入道相國把眼睛向著下，心裡想道：

「啊，內大臣又是照例的看不起人的那一套吧。這裡又有一番諍諫吧。」雖說是自己的兒子，但是內大臣內則遵守五戒，以慈悲為先，外則不亂五常，守著禮義，所以現在穿著腰甲與他相對，也覺得不好意思似的，便拉開紙屏門，慌忙的將一件白絹衣披在腰甲的上面，可是胸板上的金飾還有點兒露出在外邊，心想遮住它，便只得時時掣引那衣服的領口。

內大臣走到兄弟宗盛卿的上座，坐了下來。入道相國沒有說什麼話，內大臣也沒有說，過了一會兒入道相國這才說道：

「成親卿的謀反的事不算什麼大事，這一切全是法皇的計畫。我想在

卷二

世間略為安靜下來以前,將法皇奉移在鳥羽北殿,不然便請來臨幸此地,你看怎麼樣呢。」內大臣聽了就潛潛的流下淚來。入道相國說道:

「怎麼了,怎麼了?」內大臣掩淚說道:

「聽了這話,我想你已經快到末運了。人的運命將要倒敗的時候,必定想做惡事。我又看你的樣子,更覺得似乎是發了狂。我朝雖然說是邊地粟散之境,卻是天照大神的子孫為我國之主,天兒屋根尊的子孫管理朝政,自此以來,位至太政大臣的身擐甲冑,這豈不是違背禮義麼?況且你又是出家之身,今捨棄了三世諸佛作為解脫表徵的法衣,卻擐了甲冑,帶著弓箭,此不免在內既招破戒無慚之罪,在外又犯違背仁義禮智信之法。從各方面想起來,這樣的說雖是惶恐,但是心裡所想到的卻又不能不說。光說世有四恩,即天地之恩,國王之恩,父母之恩,眾生之恩,是也。其中尤以朝恩為最重大。普天之下,莫非王土。所以彼穎川洗耳,首陽採薇的賢人們尚知禮義,難以違背敕命,何況位登極品,為先祖所不曾有過的太政大臣者哉。如重盛的不才愚闇之身,尚且位至蓮門槐府。不但此也,國郡強半,為一門所領,田園分配,亦憑一家的進止,豈不是希代之朝恩麼?現今忘卻了這莫大的恩澤,無法的欲進攻法皇,乃是違反了天照大神,正八幡宮的神憲的事。日本乃是神國,神不享非禮。然則法皇所起的念頭也不是一點都沒有道理。我們一家平定朝敵,使得四海的逆浪平靜下去,確實是無雙的忠勤,但是競誇恩賞,也可以說殊有旁若無人之概。聖德太子十七條憲法中說:『人皆有心,心各有執。是彼非我,是我非彼,是非之理誰能定之。互為賢愚,如環無端。是以設人雖瞋怒,還恐我失。』但是平氏的氣運還沒有盡,所以謀反就發覺了。而且商量的對手成親卿既已逮捕,假使法皇還有些奇怪的想頭,那還有什麼可怕呢?現在把這些犯罪處分了之後,卻簡單的奏明事由,這樣對於法皇既然竭盡了忠

勤，對於人民亦益致力於撫育，可以蒙神明的冥佑，也不違背佛陀的意旨。神明佛陀感應所及，法皇的意思也一定會得改變的吧。君與臣比起來，不問哪一邊是親是疏，（當然是要從君）若是道理與不合理的事情比起來，那為什麼不從道理這一邊呢？」

七　烽火事件

「而且這事在法皇方面也有道理，就是不能取勝也罷，我是決心守護法皇的法住寺御殿的了。這個緣故是，自從重盛敘爵以來，到了今日大臣而兼大將，無一不出自君恩。這恩的重，真是超過千顆萬顆的玉，這恩的深，又是勝過一入再入的紅。因此我就到那法皇的院裡，守起來吧。這樣子，那麼那裡也還有些武士，曾經約定肯替代重盛的身命的人，我就率領了這些去守護法住寺殿，那就是不很簡單的大事吧。悲哉，我想為了君的緣故去盡忠，便立刻忘記了比迷盧八萬還要高的父親的恩。痛哉，我想逃脫不孝的罪責，便就成了君的方面的不忠的逆臣。進退維谷，是非莫能辨別。結果所願望的事，是把重盛的頭砍了吧。那麼，既然不能去守護法皇的住所，也就不能跟隨父親前去了。從前那個蕭何，因為功勳超越儕輩，官至大相國，許可他劍履上殿，但是有了違反君心的事，高祖就加以重罰。想起這樣的先例，所謂富貴，所謂榮華，所謂朝恩，所謂重職，都是到了頂點，並不是沒有運盡的時候的。這正如書上所說，富貴之家，祿位重疊，猶再實之木，其根必傷。這是叫人短氣的事情。因為長是活著，所以看見這樣的亂世。只因生在末代，交到了這種惡運，這也是重盛的前世

卷二

報應不好的緣故吧。現在就叫一個武士，拉到院子裡，把重盛的頭砍了，那是最容易的事情了。請大家都聽著吧。」說著流下淚來，把狩衣的袖子都溼透了，一門的人不論有心無心的人也都淚溼鎧甲的袖了。

入道相國看見他所最是信賴的內大臣這麼的說，似乎很失望的樣子，說道：

「呀，呀，我並不想怎麼樣，不過聽了那些壞人的話，說不定會有壞事情要幹出來，就是擔心這個罷了。」內大臣說道：

「即使有什麼壞事情出來，對於法皇決不能有什麼舉動。」說了便即立起，走出中門來，對武士們說道：

「現今重盛所說的話，你們都已聽見了吧。我從今朝一直在此地，想來勸阻這樣的事情，現在似乎只是擾擾一陣罷了，所以我就回去。你們若是要去攻法皇那裡的話，先看見這重盛的頭砍了下來再去！——那麼，人們，去吧。」說了，便回到小松府去了。

內大臣召集了主馬判官盛國，對他說道：

「重盛特別聽到了天下的大事，可即布告說，凡承認我重盛的人都武裝了趕緊前來！」盛國即跑馬前去布告了。平常有什麼事情決不張皇的人有這樣的通知，一定是有什麼特別事情發生了，武士們便武裝了各自跑去。凡散在京外各地，如澱，羽束師，宇治，岡屋，日野，勸修寺，醍醐，小黑棲，梅津，桂，大原，志津原，芹生裡的兵士，或者只穿了鎧甲，還未戴盔，或者背了箭卻沒有拿弓，也有騎馬只蹋著一個鐙的，忙亂擾擾的奔走到來。

聽說小松公擾攘起來了，在西八條的數千騎的兵卒，也不向入道相國說什麼話，都各自喧喧嚷嚷的走向小松殿去了。凡是拿弓矢的人，不剩一

七　烽火事件

個的都跑了去了。於是入道相國大為吃驚，叫貞能來說道：

「內大臣怎麼想，把這些人都叫了去了。或者是好像剛才所說的將他們派到這裡來吧？」貞能潸潸的落淚道：

「這也要看是什麼人，為什麼現在會有這樣的事情呢？恐怕那時候對你所說的話，這時已經後悔了呢。」大概入道相國心裡想，與內大臣發生意見的事情結果不大好吧，把前去把法皇迎接前來的事已作罷論了，脫掉了腰甲，穿上白絹的法衣，不很熱心的念起經來了。

小松公叫盛國登記著到來的人數，一總趕到的兵卒是一萬餘騎。內大臣見已到齊了，出來到中門外邊，對著武士們說道：

「和日前的約束沒有錯誤，準時到來了，實在是很可嘉的。在外國曾經有過這樣的例。周幽王有過一個最為寵愛的皇后，叫做褒姒，是天下第一的美人。但是幽王卻有一件不很快心的事情，說褒姒不含笑，原來這個皇后完全沒有笑過。外國的習慣，天下有兵革起來的時候，在各處地方，舉火打鼓，召集兵士。這就名為烽火。一個時候天下有了兵亂，舉起烽火來，那時皇后看了說道：

『呀，奇怪！有那麼多的火呵！』這才笑了。這所謂一笑百媚生也。幽王很是喜歡，自此以後沒有什麼事也時常舉起烽火來。諸侯到來，卻沒有敵人。敵人既然沒有，只得回去。這樣的事有過幾回，就沒有人再來了。後來有一回鄰國的凶賊起來，圍攻幽王的都城，舉起烽火來時，以為是照例為了皇后所舉的，兵士也不到來。其時京城終於攻破了，幽王也就滅亡了。據說那皇后變了野干，跑了走了，那實在是可怕的事。有這樣事情的時候，以後我也要召集，希望同這回一樣的也能到來。重盛因為聽到了想不到的事情，所以召集你們來的，但是問清楚了，乃是錯誤的事。你

們趕快回去吧。」說了就把兵士打發回去了。其實並不是聽見了什麼話，乃是根據剛才對於父親進諫的話，想來檢討一番，到底信從我的兵力共有若干，並不是想去父子開戰，但是這樣一來，可以使得入道相國對於朝廷謀反的心思稍為緩和吧。

「君雖不君，臣不可以不臣。父雖不父，子不可以不子。」為君則盡忠，為父則盡孝，與文宣王所說的沒有什麼不合。法皇聽見了這事件，也說道：

「這並不是現今才這樣，說到內大臣的內心實在我們也覺得慚愧。那是以怨報德了。」當時的人們也都稱讚說：

「因為前世的果報好，所以做到大臣兼大將，並且容儀風采出人頭地，學問才智也是並世無比的，（像內大臣這樣的人）哪裡有呢。」書上說：

「國有諫臣其國必安，家有諫子其家必正。」這實在是在上古或在末代都是很少有的大臣。

八　大納言被流

同年六月二日，新大納言成親卿被帶到客廳，給一份宴享，因為胸頭脹滿，連筷子也並沒有拿起。車子來了，說趕快上車吧，雖是不願意。卻也坐上了。前後左右，都是兵卒圍繞著，但是自己這邊的人卻是一個也沒有。雖是說：

「現在想要見得小松公一面也好。」這也並不能夠。在車子裡這樣說道：

八　大納言被流

　「就是犯了重罪，前往遠國的人，也該讓有一個貼身的人同去吧。」那些護送的武士們聽了，鎧甲的袖子也都溼了。

　（出了西八條）往西走到朱雀大路，再往南走，便是大內，而今也只漠然告別罷了。長年使用的雜役和飼牛的人，也沒有不是流淚，衣袖為之溼透的，況且那留在京城的夫人，和幼小的人們的心中，推想起來更是可哀了。走過鳥羽殿前面的時候，想起法皇以前臨幸此地的時候，自己沒有一回不是隨侍著的，那裡還有一所叫做洲濱殿的自己的別莊，現在也只好漠不相關似的走過去了。出了鳥羽殿的南門，武士便催問船還沒有來麼。大納言說道：

　「這還要到哪裡去呢？反正總要被殺的話，還不如在京城相近的這邊罷。」他這話大概也是想窮的時候才說的吧。看見身邊跟著一個武士，問是「誰人」，答道：

　「難波次郎經遠。」便對他說道：

　「這裡有沒有誰是我這方面的人呢？在乘船之前有須得吩咐的事，去找尋一下，帶他來吧。」在那裡到處找尋過了，可是沒有一個人出來說，我乃是大納言方面的人。大納言說道：

　「從前我得意的時候，跟隨著我的總有一二千人，現在落到這個境地，卻連相送的人一個也沒有，實在是很可悲的。」說著就哭了，那些剛勇的武士們也一同都淚溼了衣袖。大納言所隨身不離的，只有無窮盡的眼淚罷了。從前往熊野參拜，或是往天王寺參拜的時候，都是坐了平底三進的大船，此外還有二三十隻船搖著櫓陸續的前進，這回的卻是草率造成的裝上了頂的船，蒙了大幕，周圍都是沒有見慣的兵卒，就限定今日要離開京城，上遙遠的海路去，這種心情的悲哀是可想而知的了。在這一天裡，

卷二

到了攝津國的大物浦。

新大納言本來已定了死罪，後來恕罪改為流刑的，乃是因為小松公的種種說話的緣故。他還是做中納言的時候，被任命兼為美濃國的國司，在嘉應元年（一一六九）的冬天，代官右衛門尉正友的那裡，有屬於山門的平野莊的神官拿了葛布去賣，代官酒醉了，在葛布上寫上些字。神官說了閒話，就說他胡說，加以凌辱。於是神官共有數百人，侵入代官的那裡，代官卻依防禦，結果神官一共被殺了十餘人。以是同年十一月三日，山門的大眾大舉蜂起，國司成親卿被處流罪，代官右衛門尉正友禁獄，已經奏聞。成親卿已定流往備中國，被送往西七條去，但是法皇不曉得是怎麼想法，中間隔了五天就把他召回去了。雖是聽說山門大眾是很詛咒著他，卻於二年五月五日，下令叫他做右衛門督兼檢非違使的別當，這就越過了當時的資賢卿和兼雅卿二人。資賢卿是年長者，兼雅卿乃是很華貴的人，但是身為嫡子，而官職被人超越過去，這是很遺憾的了。此乃是督造三條殿的獎賞也。同三年四月十三日，敘為正二位，也越過其時中御門中納言宗家卿。安元元年（一一七五）十月廿七日，由前中納言升為權大納言。人家嘲笑說：

「把這山門大眾所那麼詛咒的東西（如此的重用）！」但是現在或者以這個緣故，所以遭到這樣的苦難的吧。凡是神明的降罰，人們的詛咒，到來有早有遲，並不一樣。

同月三日，從京裡有使者到了大物浦，一時很是忙亂。新大納言問道：

「是叫在這裡殺了麼？」這並不是，只是傳命流放到備前的兒島去的使者罷了。從小松公那裡有一封信來，裡邊說道：

「竭力想留你在京城近地的山鄉裡，可是終未成功，實在是歉仄之

至，但是總算把性命保全了而已。」另外又對了難波說道：

「要好好的照顧，不可違反他的意思。」把旅行用具全都預備了，給送了來了。

新大納言那麼承蒙恩顧的法皇現在也不能不離開，平常一刻不相離的夫人和幼小的人們，不得不告別了，說道：

「這可是到哪裡去呀，再想回故鄉來，見到妻子，很不容易吧。先年因了山門的訴訟，已經定了流罪的時候，法皇加以愛惜，從西七條又召了回去。這回的事情可是不是法皇的處分。那要怎麼樣了呢？」這樣說了，仰天俯地的悲泣，可是沒有什麼用處。到了天明，已經開船順流而下，一路上只有哭泣，看來似乎不能長久生存，可是露水的命卻還沒有盡，間隔著船後邊的白浪，京城漸漸的遠去了，日子逐漸加多，遠流的地方也已近來了。船到了備前的兒島，便在一所簡陋的民家的柴庵裡停了下來。這是小島的常態，後邊是山，前面是海，海岸邊裡的松風，波浪的聲音，一樣樣都是不盡的悲哀。

九　阿古屋的松樹

這並不限於大納言一個人，處罰的人還多得很。近江中將入道蓮淨被流到佐渡國，山城守基兼被流到伯耆國，式部大輔正剛被流到播磨國，宗判官信房被流到阿波國，新平判官資行被流到美作國。

其時入道相國正在福原的別莊裡，同月二十日，派攝津左衛門盛澄為使者，到門脅宰相那裡來，說道：

卷二

「有所考慮，可速將丹波少將帶到此地來。」宰相聽了說道：

「若是在交付給我之前就這麼說，那也沒有法子。但到了現在還叫我著急，那真是可悲的事。」便叫他到福原去吧，少將哭哭啼啼的去了。女人們懇求道：

「儘管它沒有用，還是請宰相去再說一遍吧。」宰相回答道：

「我是儘想到的都已說了。現在是除了出家以外，已沒有什麼可說的了。但是無論你在什麼海灣，只要我是活著，總會得去探訪你的。」

少將有今年剛是三歲的一個小兒。因為近來還是年輕，所以對於兒子們還不那麼注意，現在到了臨別的時候，不免有點牽掛吧，就說道：

「這個小孩兒我還想看一看。」乳母就抱了來，少將把他坐在膝上，用手摸他的頭髮，流著淚說道：

「唉，本來想等到你七歲，加了冠，給你去引見法皇的，但是現在是說也無用了。假如你活著能夠長成的話，隨後做個法師，為我後世求冥福吧。」在幼小的心裡還不曾懂得什麼，但是也點點頭，從少將起以至母親，乳母，和在座的人們，不論有心與無心的，都溼透了衣袖了。福原來的使者便催促今天夜裡出發到鳥羽去，少將說道：

「就說是不能時間拖得很久，至少今夜在京裡過了再去。」可是屢次的催促，所以在夜裡出發往鳥羽去了。宰相因為覺得很是悲哀，這回也不曾一同乘車前去。

同月廿二日，少將到了福原，入道相國命瀨尾太郎兼康，流放到備中國去。兼康恐怕將來會被宰相得知，路上種種的照顧，加以安慰。但是少將卻得不到什麼慰藉，只是晝夜唱念佛名，祈念父親的事情。

新大納言在備前國的兒島，經管的武士難波太郎經遠心裡想道：

九　阿古屋的松樹

「這地方同碼頭相近，怕不很好吧。」便移往陸地上，在備前、備中兩國交界地方，庭瀨卿的有木別院一個山寺裡去。從備中的瀨尾到備中的有木別院，不到五十町的路程，丹波少將覺得那邊吹來的風大概也有點可懷吧。有一天便叫兼康來問道：

「從這裡到大納言所在的有木別院，有多少路程呢？」從實的說大概覺得是不很好，所以回答說道：

「單程是十二三日。」其時少將潸潸的流下淚來，說道：

「聽說日本從前是三十三國，後來乃分為六十六國，即如備前，備中，備後，原來也是一國。又如稱作東國的出羽，陸奧兩國，從前也是六十六郡合為一國，隨後分出十二郡來，稱為出羽。所以實方中將被流放到陸奧的時候，想要一看當地的名勝阿古屋的松樹，但是在國內到處尋覓，可是沒有找到。在回來的路上，遇到一個老翁，問他道：

『喊，看來尊駕是古舊的人，可知道當地有個名勝，叫做阿古屋的松樹的麼？』回答說：

『這並不在當地，但是在出羽國吧。』實方中將說道：

『那麼尊駕也是不知道。現在到了末世，一國的名勝是誰也不記得了。』說了剛要過去的時候，老翁抓住了少將的袖子，說道：

『唉，這是你因為這首歌——給陸奧的阿古屋的松樹遮住了，應該從那邊出來的月亮還沒出現的罷？——所以說是當地的名勝阿古屋的松樹吧？那是兩國還是一國的時候所做的歌。自從將十二郡分出去之後，那是在出羽國內了。』實方中將因此越過國境，到出羽國去，這才看到了阿古屋的松樹。還有從前築紫太宰府上京來獻赤腹魚，單程定為十五日。現在你說是十二三日，那麼這差不多是到鎮西的日數了。就說是路遠，備前、

卷二

備中的距離，至多也不是兩三日吧。近地說得很遠，只是不要使得成經知道大納言所在的地方罷了。」以後雖然很是懷念，可是也不再問了。

一○　大納言死去

　　法勝寺執行俊寬僧都，平判官康賴，以及少將成經，三個都被流到屬於薩摩國的鬼界島。那個島是出了京要經過遙遠的困難的路程才能到達的地方。那裡大抵沒有什麼船隻往來，島上不大有人，雖然偶然也有，卻不像這裡的人，色黑，很像是牛，身上亂生毛髮，聽他說話也不能了解。男的不戴烏帽子，女人也不將頭髮披下，沒有衣裳，不像人樣，也沒有食物，只務漁獵。農夫也不耕作山田，沒有米穀之類，也不採園裡的桑葉，沒有絹帛等物。島中有很高的山，永久噴著火，只多有硫黃這種東西。因此也叫做硫黃島。山上長久有雷鳴，上下不斷，在山腳下多有雨澤。不是人類所能一日片時生活著的地方。

　　新大納言當初以為（自己既已處了重罰）或者事情可以稍為輕鬆一點，聽說兒子丹波少將也已流到鬼界島去了，便說到了現在還有什麼可以期望呢，就乘便告訴小松公，說自己願意出家，告知法皇，得到了許可，便即出家了。與富貴榮華分了袂，穿上了與俗世隔絕的墨染的衣，過那落拓的日子了。

　　大納言夫人在京都北山雲林院左近隱遁的住著。就是平常，在住不慣的地方也是很艱難的，何況現在又要隱晦，日子就愈加不好過了。從前雖然有許多的女官和武士，但是或者怕懼世間，或者怕得給人家看見，來訪

一〇　大納言死去

問的便沒有一個人了。可是其中有一個名叫源左衛門尉信俊的武士，特別情深，時常前來慰問。有一天，夫人召信俊前來說道：

「以前我聽說是在備前的兒島地方，近來又得知是在有木的別院那裡。我想怎麼樣現在有人去一趟，帶了我的信去，得到他的一個回信。」信俊掩淚說道：

「我從幼少時候，承蒙恩情，片刻都沒有離開左右過。這回下去的時候，我就想怎樣的能夠一同前去，但是因為六波羅方面不曾許可，所以沒有法子。主人叫我時候的聲音，還是留在耳際，有時加以訓誡，言語也還是銘刻在心，一時片刻沒有忘記。這回縱使此身遇到怎樣的不幸，在所不惜，領到書札，到有木別院去。」夫人聽了很是喜悅，便即寫了信，幼小的人們也都附有書札。

信俊拿了書信，便上了遙遠的備前國有木的別院的路程。把來意告知了守護的武士難波次郎經遠，對於他的志誠很是感動，就立即帶去會見了。大納言入道成親卿那時正在說起京城裡的事，很是嘆息愁悶，忽然聽說道：

「從京城裡信俊來了。」便說道：

「可不是夢麼？」立即站起來，說道：

「這裡來，這裡來。」信俊近前看時，住處的簡陋固不必說，見那墨染的法衣的衣袖，便覺得眼也昏了，心也似乎就要停了的樣子。把奉夫人的命前來的事情，都細說了，取出信來奉上。開啟看時，信上面的筆跡給眼淚遮住了，不大看得清楚，只見上邊寫道：

「幼小的兒女們，都是很懷戀悲傷的樣子，我自己有不盡的相思之情，也是不堪忍受。」大納言便悲嘆說，（看了這信）覺得往日相思是算不得什麼了。

卷二

這樣過了四五日，信俊說道：

「我想留在此地，看到你的百年之後這才回去。」但是守護的武士難波太郎經遠說這是做不到，所以沒有法子，大納言便說道：

「那麼回去吧。」又說道：

「我恐怕不久便要被殺吧。聽說我已經不在人世，務必留意給我來世祈福吧。」寫了回信，交給信俊，信俊告別說：

「我一定再來看你。」大納言道：

「我怕是等不及你再來了。但是覺得太可懷戀了，所以再等一會兒，再等一會兒。」這樣說了，屢次的把他叫了回來。

可是老是這樣也總是不成，信俊只好掩了眼淚就回京去了。拿出信來送給夫人，開啟來看時，乃是出家時所剃下的一縷頭髮，捲在書簡的末端，夫人連第二眼也不忍看，說有這紀念物倒是件恨事，便把衣服蓋了頭俯伏哭泣，幼少的兒女也都放聲號哭了。

且說大納言入道公終於同年八月十九日，在備前、備中兩國交界之處，庭瀨卿吉備的中山地方，被人所殺害了。關於最後的情形，在京裡有種種的傳說。最初是酒裡下了毒勸吃，可是沒有成功，後來在兩丈高的山崖底下，裝上了鐵菱角，從上邊推了下去，刺在菱角喪了性命。實在是殘酷的手段，也是從前所不曾有過的事情。

大納言夫人聽說她的丈夫已不在人間，便說道：

「只因為還想有一回，能夠看見他平時的形狀，並且也給他看一看自己，所以至今沒有改裝的，現在還有什麼意思呢！」就在菩提樹院裡出了家，依照規矩營那法事，為後世祈求幸福。這個夫人乃是山城守敦方的女兒，據說是無比的美人，後白河法皇所最寵愛的得意的人，因為成親卿也

是法皇所最寵愛的，所以下賜給他的。幼小的兒女們也各手自折花，汲佛前的閼伽水，為父親祈後世的冥福，實在是很可哀的。這樣的「時移事去」，世上改變的情形，真與「天人五衰」沒有什麼不同呵。

一一　德大寺的事情

德大寺大納言實定卿因為近衛大將的職位被平家次男宗盛卿超越得去，暫時隱居在家裡，隨後說要出家，出入的諸大夫和武士們都不知如何是好，相與嘆惋。其中有一個叫藤藏人重兼的大夫，是懂得事情的人，有一天月夜裡，實定卿獨自在房內，叫人把朝南的格子窗舉了起來，對月嘯歌，這時大概想來慰問他吧，藤藏人走來了。大納言問道：

「是誰呀？」答道：

「是重兼。」又問道：

「在這時候，為什麼事呢？」答道：

「今夜月色特別清澈，心裡也似乎沉靜，所以走來奉候。」大納言說道：

「來得很妙。但是覺得心裡太是寂寞，所以有點無聊呢。」以後便說各種閒話，共相慰藉。大納言道：

「現來仔細觀看世事，平家的世界更是繁盛了。入道相國的嫡子和次男，既是左右大將，一會兒就是三男知盛，嫡孫維盛了。他們既然次第的上去，別家的人不知道在什麼時候才補得上大將的缺呢。反正最後是這一回事，現在就出了家吧。」重兼流淚說道：

卷二

「你若是出了家,那麼一家上下豈不是都要徬徨路頭麼。重兼卻想到了一種新鮮的計畫。即如安藝國的嚴島神社,是平家所異常尊敬的地方,你就不妨到那神社裡,有所祈願。你若去住廟禱告七天,那裡有許多稱為內侍的十分出色的舞姬,必然感覺新鮮,來加以款待。假如問及為了什麼事情前來祈願的,你可以據實的說了。到得回來的時候,內侍們一定要表示惜別之意。你便邀那主要的內侍們,一同到京城裡來,既然到京,她們一定到西八條去吧。德大寺公為了什麼事情前去嚴島祈願的呢,會得要問的時候,內侍們也就會得照實的說。入道相國是特別易於感動的人,他覺得有人去禮拜自己所尊崇的明神,有所祈求,一定覺得喜歡,會得適宜的予以安排的。」德大寺聽了說道:

「這倒是沒有想到過,是很巧妙的想法。我就即前去吧。」於是趕緊起首齋戒,往嚴島去了。

的確是在那神社裡有許多稱為內侍的出色的女人們。住廟七日間,日夜在旁接待,十分隆重。七日七夜之間,舞樂共有三回,彈著琵琶和琴,歌唱神樂,這樣的遊戲實定卿也覺得很是好玩。為了娛樂神明,又歌唱今樣朗詠,奏風俗催馬樂等,有那些很難得聽到的郢曲。內侍們說:

「本社是平家的公卿們常來的地方,但是像你這樣來參拜的卻是很少有。你為什麼事卻來住廟祈願的呢?」德大寺回答道:

「因為大將給人家越過了,所以來為此祈告的。」到了七日住廟已滿,對於大明神作別回京,大家很是惜別,主要的年輕的內侍十餘人,乘船送了一日的路程。到了告別時還是惜別,說送一天吧,又是兩天吧,終於一同到了京城。留在德大寺的府邸裡,種種的予以款待,又各有餽贈,這才打發她們回去。

內侍們說道：

「已經到了這裡，我們為什麼不去訪問我們的主人入道相國的呢？」於是便到西八條去了。入道相國趕快出來相見，說道：

「內侍們有什麼事，這樣會齊的來呢？」答說：

「德大寺公到嚴島去參拜，住廟七日之後回京裡來，送他一天的路程，可是這樣太是惜別了，說再送一天，再送兩天，就一同到了這裡來了。」入道相國問道：

「德大寺為了什麼事祈願，到嚴島去的呢？」內侍們道：

「說是為了祈願大將的事情呢。」入道相國便點一下頭，說道：

「唉，也真是可憐，在這王城裡有多少靈驗的佛寺神社都放過了，卻去參拜我所崇奉的明神，有所祈請，這可見他的心思是很切的了。」便叫嫡子小松公內大臣兼著的左大將辭去了，把次男宗盛大納言做著的右大將給升了上去，卻將德大寺補了右大將的缺。想來這實在是很高明的計策。新大納言可惜沒有用這樣的妙計，卻來引動那沒有好結果的謀反，使得自身滅亡，以至兒子眷屬都遇到這樣的不幸，實在很是遺憾的事了。

一二　山門滅亡　堂眾合戰

且說法皇以三井寺的公顯僧正為師範，傳授真言祕法，便是傳授《大日經》，《金剛頂經》，《蘇悉地經》，這三部的祕法，聽說將於九月四日在三井寺舉行灌頂的儀式。山門大眾聽了大為生氣，說道：

「這是前例,凡是灌頂受戒都是在本山舉行的。特別是山王權現的教化指導,就是為了受戒灌頂的緣故。現在若是在三井寺舉行的話,那麼把三井寺全都燒了吧!」法皇聽見說道:

「那麼這是沒有好處的。」便將預備修行完了之後,將灌頂的事暫時作罷了。可是本來有這個意思,於是帶了公顯僧正臨幸天王寺,建立五智光院,取龜井的水,作為五瓶的智水,在佛法最初的靈地,舉行了傳法灌頂的儀式。

本來為了鎮撫山門騷動的緣故,所以不在三井寺灌頂,可是山上在堂眾與學侶之間發生糾葛,屢次打仗,每回總是學侶方面敗北,看看山門將要滅亡,成為朝廷的一件大事。所謂堂眾就是學侶隨從的道童,成為法師,或者是服雜役的中間法師那一種人。以東塔的金剛壽院作為本院的天臺座主覺尋權僧正,統治著本山的時代起,叫在橫川,東塔,西塔這三塔輪番值宿,稱為夏眾,為諸佛供花。近來稱作「行人」,不與大眾共事,並且屢次戰爭得勝。於是比睿山當局奏聞公家,說堂眾不服從師主的命令,企圖打仗,請速加討伐,轉知軍事方面。因此入道相國奉了院宣,命紀伊國住人湯淺權守宗重以下,率領畿內的兵卒二千餘騎,加上大眾的力量,攻擊堂眾。其時堂眾是在西塔的東陽坊,聽了這個消息,就下到近江國的三箇莊來,在那裡聚集了許多兵力,再上山去,在早井坂構築土城負嵎固守。

同年九月二十日辰時一刻,大眾三千人,官軍二千餘騎,總計五千餘人,向著早井坂攻擊。這回料想不至於失敗了吧,但是大眾希望官軍去當先,官軍又希望大眾當先,這樣的相爭不決,心不齊一,不能盡力決戰,城內石弩齊發,大眾官軍盡數被殲了。參加堂眾的黨羽,有諸國的盜賊,強盜,山賊,海賊等,都是欲心熾盛,不怕死的傢伙,拼出一條性命去打仗,所以這回又是學侶們吃了敗仗了。

一三　山門滅亡

　　自此以後，山門愈益荒廢，除了十二禪眾以外，絕少住在那裡的僧侶了。各處山谷裡僧院的講演幾乎衰歇，本殿裡的功課也多停頓了。修學之窗既閉，坐禪之狀亦空。四教五時，春花不復發香，三諦即是，秋月亦復昏暗。三百餘歲之法燈，無復人挑，六時不斷之香煙菸，也將中斷了。昔時堂舍高聳，三重樓臺插於青空之中，棟梁逢秀，四面椽桷撐於白霧之內。今則供佛唯有山嵐，金客潤於雨露，夜月挑燈，漏自簷隙，曉露垂珠，聊供蓮座之飾而已。

　　到了末法俗世，三國的佛法也次第衰微了。遠訪佛跡於天竺，昔日佛所說法的竹林精舍，給孤獨園，此刻已成了狐狸野干的住家，只有礎石剩下了吧。白鷺池水已竭，只有野草茂生，退凡下乘的卒都婆也已倒了，滿生青苔了吧。在震旦的天臺山，五臺山，白馬寺，玉泉寺等地方，都已荒廢，沒有僧人居住，大乘小乘的法門空自朽於箱底。中國南都的七大寺也已荒廢，八宗九宗悉已絕跡，愛宕護與高雄各地昔日堂塔並軒而立，可是在一夜裡忽成荒廢了，成了天狗的住家了。那樣尊貴的天臺之佛法，想不到在現時治承之世，乃會滅亡了，凡是有心人當無不為之悲嘆的。在離山的僧人的住房柱子上，有人題著一首歌道：

「從前祈請加佑的我的建築，

　如今卻成了無人居住的荒山了麼！」

　　這是傳教大師在當山草創的時候，曾祈禱阿耨多羅三藐三菩提諸佛（請加以冥佑），想起了那時的事，所以題這首歌的吧。實在是很可以感動的事情。現在八日是藥師如來的緣日，卻聽不見稱南無的聲音，卯月是山

卷二

王權現垂跡的月分，也沒有捧幣帛的人們，只有硃色的玉垣顯得神聖古舊，剩有標繩掛著罷了。

──── 一四　善光寺失火 ────

其時聽見了善光寺失火的消息。說起這裡的如來，乃是在昔時中天竺舍衛國裡，有五種惡病流行，許多人死了，乃從月蓋長者的要請，從龍宮城得到閻浮檀金，釋尊同了目連和長者一心鑄造，一磔手半的彌陀三尊，乃閻浮提第一的靈像也。佛滅度後，留在印度有五百餘歲，因佛法東漸的關係，移到了百濟國。一千年之後由百濟的皇帝聖明王的時代，即是本朝欽明天皇的御宇，乃從彼國移到日本，在攝津國難波的海邊經歷些年月。因為經常發出金光，以是當時年號稱為金光。在金光三年（五七二）三月上旬有信濃國住人麻績本多善光者，上京城上去，遇著了如來，相將俱來，白天裡善光揹著如來，夜間如來卻揹著他走，到了信濃國，安置在水內郡，至今已歷星霜五百八十餘歲，失火的事於今還是初次。有人說，「王法將滅則佛法先亡。」大概是因為這個緣故吧，所以人家都說，「這樣尊貴的靈寺靈山多數滅亡了，將是平家到了末路的先兆了吧。」

一五　康賴祝文

　　鬼界島的流人們，生命宛如草頭的露水，本來無所用其愛惜，但是丹波少將的丈人平宰相教盛，因為在肥前國康瀨莊有他的領地，所以時常有衣食送來，因此俊寬僧都和康賴也得以活命過去。康賴被流的時候，在周防國室積地方出了家，法名性照，因為本是原來的希望，所以當時做了一首歌道：

「把這完全背叛了我的世間

不早點棄捨了，實在是很後悔的事。」

　　丹波少將和康賴入道本來是對於熊野權現有信仰的人，說道：

「怎麼設法在這個島內邀請熊野的三所權現到來，祈求回京的事吧。」俊寬是天性沒有什麼信心的人，所以沒有同意。他們兩個人齊心的到島內找尋，有什麼地方與熊野相似的麼，或有林塘之妙，現種種紅錦繡的裝飾，或有雲峰之奇，如碧綾羅的彩色不一，以至山水的景色，樹木的姿態，無不絕勝。南望則海水漫漫，雲濤煙浪最為深處，北顧又是山岳峨峨，百尺的瀑布從上傾瀉。瀑聲很是寒冷，加以松風颯颯，這種神氣頗似飛瀧權現所在的那智山。於是就把那地方叫做那智山了，這山是本宮，那是新宮，那又是這裡的什麼王子，那裡的什麼王子，都定了王子的名字。康賴入道當作嚮導，丹波少將跟隨著，每天模仿那參拜熊野的樣子，祈請回京的事。祈禱說：

「南無權現金剛童子，請賜憐憫，給我們得回故鄉，和妻子得一相見吧。」日數多了，也沒有淨衣可以替換，只好身著麻衣，取澤中的水為垢

卷二

離之用,當它是熊野巖田河的清流,登上了高的地方,就算作是本宮的發心門了。每回參拜的時候,康賴入道就宣讀祝文,因為也沒有紙做幣帛,便只有折花來做替代。康賴的祝文說道:

「唯治承元年丁酉,十有二月,計日數三百五十餘日,謹擇吉日良時,誠惶誠恐,奉告於日本第一大靈驗,熊野三所權現,飛瀧大菩薩之前。信心大施主羽林藤原成經,並沙彌性照,致一心清淨之誠,竭三業相應之志,謹白。夫證城大菩薩者,濟度苦海之教主,三身圓滿之覺王也。又或東方淨琉璃醫王之主,眾病悉除之如來也。又或南方補陀落能化之主,入重玄門之大士。又若王子權現乃娑婆世界之本主,施無畏者之大士,現佛面於頂上,給予眾生所願悉滿。以是上自一人,下至萬民,或求現世安穩,或求後世善處,朝掬淨水洗煩惱之垢穢,夕向深山高唱寶號,感應無不如響。今我等以峨峨高嶺,喻神德之高,以巉巉深谷,比弘誓之深,分雲而上,凌露而下,如不信賴利益的地,豈能步行嶮難的路,若不是仰慕權現之德,何為祭祀於幽遠之境乎。為此乞請證城大權現,飛瀧大菩薩,啟青蓮慈悲之眸子,振小鹿似的耳朵,鑑察我等無二之丹誠,納受我等一一的懇願。又結宮早玉兩所權現,各自隨機,引導有緣眾生,救助無緣群類,捨七寶藏嚴之家,和八萬四千之光,同六道三有之塵。是故定業亦能轉,求長壽得長壽,因是我等連袂禮拜,捧呈幣帛禮奠,沒有虛日。披忍辱之衣,捧覺道之花,動神殿的地,澄信心之水,充滿利生之池。如蒙神明受納,所願豈有不成就的。仰願十二所權現,並展利生之翅,遙飛苦海之空,請給我等忽左遷的憂愁,遂歸洛的本懷罷。再拜。」

一六　板塔漂流

　　丹漢少將與康賴入道時常到三所權現的御前去參拜，也有去坐夜的時候。有時二人正在坐夜，徹夜的歌唱。到了天曉，康賴入道睏倦了朦朧的睡去，夢中看見從海上有一艘掛著白帆的小船划近前來，從船裡上來了身著紅裳的女官二三十人，打著鼓，齊聲唱道：

「比諸佛的誓願

要算千手觀音的更為實在，

就是枯槁的草木

也會開花結實的。」

反覆唱了三遍，隨即消滅似的不見了。夢醒之後，康賴入道很覺得奇異，說道：

「我想這大概是龍神的化現吧。三所權現裡邊有稱作西之御前的，本地是千手觀音。龍神乃是千手觀音的眷屬，二十八部眾之一，所以可見我們的祈願是被接受了，這是很可喜的事。」又一夜裡兩人都在坐夜，同樣的朦朧的夢見，從海面上有風吹來，把兩片木葉吹到二人的衣袂上來。若無其事的拿起來看時，這乃是熊野的南木的葉子。在那兩片南木的葉子上，有一首歌是蟲吃葉子做成的：

「對於神的祈願既是繁多，

有甚不能歸還京都去的呢？」

　　康賴入道因為懷鄉心切，想出了一個辦法，做了一千根板塔，上面寫了梵文的阿字，年號，月日，假名實名，又寫上兩首的歌：

095

卷二

「在薩摩灣海面的小島上我還活著,
請告訴我的雙親,海上的潮風呵!」
「請你諒察吧,就是暫時旅行,
也還覺得故鄉的可懷念。」
便把這些拿到海邊去,說道:

「南無歸命頂禮,梵天帝釋,四大天王,堅牢地神,鎮守諸大明神,特別是熊野權現,嚴島大明神,至少請把一根帶到京裡去吧!」便趁著上來的白浪向後退去的時候,將板塔漂浮在海上。因為做成了板塔,隨即放到海裡去,所以日子多了,這板塔的數目也就加多了。這或者是由於他的一心化成順風,或是神明佛陀給他送去的吧,一千根的板塔裡邊有一根,在安藝國嚴島大明神的前面,被打上在海邊了。

其時有一個與康賴有些關係的僧人,心想假如有什麼適當的便船,便渡到那個島裡去,打聽他的消息,出發西國修行,先到嚴島。在那裡大概是個神官吧,他遇著一個身著狩衣的俗人似的人。這僧人隨和他聊天道:

「佛菩薩和光同塵,作種種利生的事情,但是這神卻為什麼因緣,特別與大海裡的魚類有緣呢?」神官回答道:

「那是因為此娑竭羅龍王的第三個公主,胎藏界大日如來的垂跡的緣故。」隨後講大神在本島出現之後,濟度利生,種種甚深奇特的事所在多有。這是實在的,至今八楹神殿,屋脊相併,排列在海岸,因了潮的滿乾,月色也有變化。潮滿時,偉大的鳥居和朱江的玉垣有如琉璃的模樣,潮乾的時候,就是在夏天夜裡,神前白砂也像下了霜似的。就愈覺得是很尊貴的了,僧人便在那裡作法施功課,漸漸日暮,月亮出來,潮水滿上來了,在許多飄來的藻屑裡邊,看見有一塊板塔夾在那裡。無意的取來看

時,只見上邊有「海面的小島上我還活著」幾個字。文字是雕刻著的,所以沒有給波浪洗掉,很清楚的可以看見。心裡想道,「這很奇怪」,便把它取來收在背上的經箱內,回到京城,那時康賴的老母尼公和他的妻子隱居在京城的北方叫做紫野的地方,拿去給她們看了。她們都悲嘆說道:

「那麼這板塔並不向唐土那邊漂流去,卻為什麼來到此地,現在更叫人想念起來呢。」這事傳到法皇那裡,他看了說道:

「唉,真是可憐呀,那麼這些人還是留得性命呢!」就流下眼淚來了。後來也送給小松內大臣去看,由他又給父親的入道相國看了。

從前柿本人丸見為島影所遮的船,有感而作歌,山邊赤人見葦邊的田鶴而有作。住吉明神寄思於屋脊的偏斜,三輪明神指示立著杉樹的門。昔時素盞鳴尊始作三十一字的和歌,自此以來,許多神明諸佛作此吟詠,表示其千百端的思想。入道亦並非木石,看了康賴所作的歌,畢竟也覺得可哀了。

一七　蘇武

入道相國既然對他有憐憫之意,京城的上下的人,無論老者或是少年,沒有一個不說到鬼界島流人的歌,隨口吟詠的。說是做了一千根的板塔,那麼一定是很少的了,這卻能夠從薩摩地方遙遠的傳到京城,實在是奇怪的事。凡是思想太切迫了,便這樣的效驗。

昔時漢王往攻胡國,當初叫李少卿為大將軍,帶兵三十萬騎前去,但是漢王的兵力薄,胡國力強,所以官軍均被殺死了,而且大將軍李少卿也

卷二

被胡王所生擒。其次以蘇武為大將軍，帶兵五十萬騎前去，可是漢兵力弱，胡人強大，官軍又滅亡了。兵被生擒了六千餘人，其中將大將軍蘇武等挑了主要的六百三十餘人，各人都切去了一隻腳，將他們趕出去了。許多人立刻就死了，其餘的過了些時候已都死了，其中只有蘇武不曾死亡。成了一隻腳沒有的人，上山拾樹木的果實，春天採澤裡的芹菜，秋天撿拾田裡的落穗，維持他的露命。但是在田裡的有些鳴雁，卻與蘇武稔熟了，並不怕懼他，他看了這個心想是往來故鄉的，心裡感覺懷戀，便寫了一封書信，對雁告訴道，「請把這個一定帶給漢王去吧。」拿來綁在翅膀上，放它去了。到了秋天，鴻雁必定如約的從北方飛到京城去，漢昭帝那時在上林苑作樂遊玩，時值落暮，天色陰沉，氣象有點悲哀，有一行的鴻雁飛了過去。其中有一隻飛了下來，用嘴將縛在翅膀上的一封書信咬開來，落在地上。官吏拿了這信，送到王那裡，開啟看時，上邊寫道：

「從前被關在巖窟內，經過三年之愁嘆，今又舍在曠野，成為胡地獨足之人。縱使屍骸陳於胡地，魂則復歸於君側。」自此以後，書信所稱作雁書，或曰雁札。漢王看了說道：

「唉，真是可憐。這乃是蘇武的名譽的筆跡呀。他還在胡地活著呢。」於是命令叫李廣的將軍，帶兵百萬騎前去。這回可是漢兵強盛，戰勝了胡國。聽說本國得勝了，蘇武乃從曠野中爬了出來，說道：

「我就是從前的蘇武呀！」成了獨腳的人，過了十九年的星霜，乃被用轎抬著，回到了故鄉去。蘇武十六歲時，初往胡國，國王給他的旗始終設法藏了，貼身帶著，現在才取出呈獻於王，君臣無不感嘆。蘇武因為對於君有無比的大功，賜給許多大國的領地，據說此外派他為典屬國的職務。

一七　蘇武

　　李少卿留在胡國，不曾回來。無論怎樣請求想要回漢朝來，但是胡王不許可，沒有什麼辦法。漢王卻並不知道這種情形，以為是不忠於君，所以將他已死的雙親的屍骸掘了起來，加以鞭打，對於六親亦悉加罪。李少卿聽到這樣消息，深為怨恨，可是還是懷戀故鄉，寫了一通書信，表明自己並非不忠於君，送給漢王。王看了說道：

　　「那麼這是很可憐憫了。」如今關於掘起父母的屍骸來鞭打的事，深覺後悔了。

　　漢朝的蘇武附書於雁翅以寄故鄉，本朝的康賴則託海浪以傳達和歌於故鄉。在彼為一筆之感懷，在此則兩首的詩歌，在彼為上世，在此則末世，胡國與鬼界島境界相隔，時代亦復變易，然而風情未嘗不同，這是很可以珍重的事。

卷二

卷三

卷三

一　赦書

　　治承二年（一一七八）正月一日，在法皇御所行拜賀之禮，到了四日有天皇朝覲上皇的行幸。雖然都是照例沒有什麼改變，但自從去年夏天，自新大納言成親卿以下，許多側近的人被處了罪，法皇的氣憤還沒有平息，所以對於諸般政務懶得過問，似乎心裡很是不快。在入道相國的方面，自從多田藏人行綱密告以後，也覺得法皇不是個好相與的人，因此外面雖是沒事，裡邊其實是用心提防，只是苦笑的樣子。

　　正月七日有彗星出於東方。這也叫做蚩尤旗，或者叫做「赤氣」。至十八日，光度增強了。

　　且說入道相國的女兒，建禮門院其時還稱作中宮，生起病來了，宮裡固不必說，就是普天之下也都非常愁嘆。各寺院開始誦經，各神社由神祇官奉呈幣帛，醫師竭盡醫術，陰陽師也用盡了他們的方術，僧侶也修遍了大法祕法無一餘剩。可是那病不是平常的毛病，聽說乃是懷孕。主上今年十八歲，中宮則是二十二歲，但是沒有生產過王子或是王女。平家的人都這樣的想，「若是生下王子來，那是怎樣的可慶賀呵！」彷彿是就要生王子的樣子，感覺興奮喜悅。別家的人們也都說：「平家正是興旺的時節，誕生王子是無疑的。」懷孕既是確定了的時候，入道相國乃命所有顯著效驗的高僧貴僧，修行大法祕法，對於星宿及佛菩薩，祈願王子誕生的事。六月一日是中宮著帶的日子。仁和寺的首長守覺法親王進宮裡去，修《孔雀經》的咒法，加以護持。天臺座主覺快法親王也同樣的進內，修持變成男子法。

　　這樣子，中宮因了月分的增加，身子更覺得苦惱。從前是「一笑百媚生」的李夫人，如今在昭陽殿的病床上，或者是這個情形吧，比起唐代的

楊貴妃,「梨花一枝春帶雨」,芙蓉因風而憔悴,女郎花為露而低垂,那種風情尤為可憐了。乘這樣病苦的機會,有可怕的「物怪」附在中宮身上。術士用了不動明王的咒法,把物怪在替身的身上縛了起來,它們便現出了本身來。這特別是讚岐院的死靈,宇治惡左府的怨念,新大納言成親卿的死靈,西光法師的惡靈,鬼界島流人們的生靈,是也。於是入道相國為的安慰那些死靈生靈起見,就先追贈讚岐院的尊號,稱作崇德天皇。對於宇治惡左府則贈官贈位,贈予太政大臣正一位。敕使是少內記唯基。那人的墓所在大和國添上郡,川上村般若野的五三昧地方。保元的秋天掘了起來,捨棄之後,死骸變作路邊的土,年年只茂生著春草,今經敕使尋找前來,宣讀詔書,想亡魂不知當怎麼樣的高興吧。怨靈就是自古以來這樣的可怕的。所以早良廢太子追稱崇道天皇,井上內親王復王后的職位,這都是想來安慰怨靈的一種方法。冷泉天皇的發狂,花山法皇的不能保守十善萬乘的帝位,全是由於元方民部卿的靈的關係,至於三條天皇的眼睛看不見,乃是觀算供奉的靈的作祟所致云。

門脅宰相教盛傳聞這種事情,便對了小松內大臣重盛說道:

「聽說這回因了中宮的御產有種種祈禱的事,無論怎麼說,這沒有過於舉行非常的大赦的了,其中尤以召還鬼界島流人,為最大的功德善根吧。」小松公於是便到父親入道公的前面,說道:

「那丹波少將的事,因為門脅宰相太是悲嘆得利害了,實在覺得可憐。這回因了中宮的苦惱,聽說這裡邊也特別的與大納言的死靈有些關係。如要慰安大納言的死靈的話,請把活著的少將召回來了吧。如免除人家的固執記仇的心,你所想的也就成功,如給人家如意滿願,你的願心也立即成就,中宮隨即生下王子來,家門的榮華自然也就愈益繁盛了。」這時入道相國比起平時來更顯得是和平,就說道:

103

卷三

「若是那麼，關於俊寬和康賴法師，你想怎麼辦呢？」小松公說道：

「他們都是一樣的，便都召回來好了。假如留下一個人，那麼倒反是造業了。」入道相國說：

「康賴法師的事那也罷了，但是俊寬這人乃是多由於我的幫忙所以能夠成為一個人的，雖然如此，他可是在自己的山莊鹿谷地方，構築城砦，借了什麼事有奇怪的舉動，對於俊寬我不想放免他。」小松公回來，就把叔父宰相公叫來，告訴他道：

「少將已經赦免了，請你放心吧。」宰相聽說，合掌喜悅道：

「他下去的時候，看見教盛，每回臉上都似乎說，犯了這罪，為什麼我不替他擔保下來的呢，覺得很是可憐。」小松公道：

「這的確是的。無論是誰，對於自己的兒女總是可愛的，等我給父親好好的去說吧。」說了這話，便即進去了。

於是召回鬼界島流人的事既經決定，入道相國的赦書也已下來。拿這赦書的使者也既已從京城出發了。門脅宰相因為太是高興了，託公家的使者也帶了私人的信，叫他晝夜兼行的趕路，但是船路非常的不任心，衝著風浪走去，從七月下旬出京，一直到九月二十日左右這才到著了鬼界島。

二　兩腳踩地

使者乃是丹左衛門尉基康。從船那裡上了岸，高聲尋問道：

「從京城裡流放來的丹波少將，法勝寺執行，平判官入道，在這裡麼？」

二　兩腳踹地

但是二人是照例去參拜熊野，所以並沒有在，只剩了俊寬僧都一個人。他聽見了說道：

「因為太是想念了，所以做著夢吧，或者還是天魔波旬這樣說了，來擾亂我的心的呢？無論怎麼總不像現實的事情呀！」便急急忙忙的，也不知是走，不知是跌的，跑到使者的跟前，說道：

「什麼事？我就是從京裡流放來的俊寬！」自己報了名，於是使者從雜役頸子上掛著的文書袋裡，取出入道相國的赦書來給他。開啟看時，只見上邊寫著：

「雖是重罪，可免去遠流之刑，即速預備回京。茲因中宮生產之祈禱，特行臨時之赦，以此鬼界島流人，少將成經，康賴法師二人，著即赦免。」就只這樣寫著，沒有俊寬字樣。恐怕寫在包紙上吧，看包紙上也並沒有。從裡邊看到外邊，從外邊看到裡邊，無論怎麼看，就只寫著二人，沒有寫三個人。

那時候，少將成經和康賴法師也都出來了，少將拿了赦書來看，康賴入道拿起看時，也都是寫著二人，沒有說是三人。這在夢裡或者有這樣的事情，但如說是夢，這又明明是現實，說是現實卻又像是夢的樣子。而且對於他們兩人，有許多從京裡託使者帶來的書信，唯獨對於俊寬沒有一封問安否的信來。俊寬說道：

「本來我們三人犯的乃是同樣的罪，流配也是在同一個地方，那麼為什麼在赦免的時候，召回兩個人，卻留下一人在這裡的呢？是平家的人忘記了呢，還是書記的錯誤呢？這是怎麼搞的呀。」便仰天俯地的號泣，可是沒有什麼辦法。他將少將的袖子抓住，訴說道：

「俊寬所以到這個田地，這就全是因為尊駕的父親，故大納言公的那

沒有好結果的謀反的關係。因為如此，所以你不可以為這是與你無關的事情。沒有赦免，不能回到京城，請至少能趁這船，到九州的什麼地方吧。從前你們在這裡的時候，像春天的燕子，秋天的田間大雁前來訪問一樣，有時候還傳聞一點故鄉的消息，但是自今以後，連這個也要不能聽到了。」說著話顯得十分苦悶，非常懷戀故都的樣子。少將勸慰他說道：

「你這樣想極是當然的。我輩被召回去雖然很是喜悅，但是看了你那樣子，很不願意撇下你去。雖是極想叫你趁了這船去，可是京城裡來的使者不答應，沒有赦免如三個人同時離島，這事恐怕很有不方便的地方。讓成經先回京城，和他們商議了，看入道相國的氣色，再叫人來奉迎吧。到那時為止，請你還是同以前（和我們在一處的時候）的心情等著吧。第一要緊是保住性命，縱使這回遺漏了，畢竟是會被得赦免的。」雖是這樣慰解，可是俊寬不能忍受，竟不避人的號哭起來了。

等到將要開船，大家忙亂的時節，僧都走上船去就被趕下來，趕了下來又復上去，想要達到自己的目的。少將留下他的鋪蓋，康賴入道則一部《法華經》，給他作為紀念。及至解纜，將船推動了，僧都抓住了船纜，被拉出海裡去，當初海水齊腰，其後漸及肋下，終於快要滅頂了，便抓住了船邊，說道：

「怎麼怎麼，你們竟把俊寬棄捨了麼？平常倒也不覺得，平素的友情如今哪裡去了！且別講道理，只讓我乘船吧，至少到九州地方去。」他雖是這樣力說，但是京城來的使者說：

「那是斷乎不可。」所以將攀住了船的手放開，船終於出發了。僧都無可奈何，就回到岸邊，伏倒在地上，像小人兒思慕乳母或母親似的，兩腳相擦，一邊嚷著說：

「讓我趁了去，帶了我去！」可是這是行船的常態如此，船去已無蹤跡，只有白浪滾滾而已。僧都走上高地去，對著海面盡用手招著。古昔松浦的小夜姬追慕遠去的唐船，揮著領巾，其悲哀之情也不過如此吧。這時船已走遠，望不見了，太陽也已落下，僧都也沒有回到他簡陋的臥室去，只讓波浪洗著雙足，露水溼透全身，在那裡過了這一夜。但是因為相信少將是情誼很深的人，一定會得多少給他去向入道相國說點好話，所以那時沒有投海，那種心情很是可悲，但也是渺茫的了。從前早離、速離被棄在海嶽山，那樣的悲哀，僧都這時候應當體會到了吧。

三　產生王子

且說這兩個人離開了鬼界島，到了平宰相的領地肥前國的鹿瀨莊。宰相從京城裡差人下來，說「年內風浪很是利害，路上也很危險，所以就在那裡好好休養，到了春天再上京吧」，因此少將就在鹿瀨莊過了年了。

再說在同年十二月十二日寅刻起，中宮產氣發作了，京中特別是六波羅，有許多來訪的人，很是騷動。產所是設在六波羅的池殿，法皇前來臨幸，從關白公為始，太政大臣及以下公卿殿上人，凡是世人算是一個人物，希望官位升進，有著領地官職的人，沒有一個遺漏不到的。依照先例，女御王后將要生產的時候，舉行大赦。大治二年（一一二七）九月十一日，待賢門院做產的時候，就舉行大赦。依了這個例，這回也赦免了許多重罪的人，其中只有俊寬僧都一人，獨不蒙赦免，未免是個缺恨。

這回如是生產平安無事，許下願心，當到八幡，平野，大原野行啟，

卷三

由全玄法印奉命敬白。神社是太神宮為始，凡二十餘所，佛寺則東大寺，興福寺以下，共十六個寺，開始誦經。誦經的使者是以出入中宮的武士之中有官職者充任，都穿著平文的狩衣，帶劍，拿了種種誦經的布施，劍和衣服，陸續從東偏殿裡出來，走過南院，由西邊的中門出去，的確是很好看的一副景象。

小松內大臣照例是不管事情好壞都不著急的人，在這以後很隔了些時候，才同了他的嫡權亮少將維盛以下少年公卿們坐了車都陸續來到。種種衣服四十襲，用銀做裝飾的劍七柄，裝在廣蓋裡，又有十二匹馬，一總送了來。寬弘年間上東門院生產的時候，御堂關白公曾送過馬，以後遂以為例。內大臣本是中宮的長兄，而且（當初入宮的時候，清盛公因為其時已經出家，由重盛公以父親的資格，代表入內。）有父女的名義關係，所以獻馬乃是當然的。五條大納言邦綱卿卻也獻馬二頭，人家議論道：「這是出於衷心至誠呢，還是由於身家太富有的關係麼？」此外從伊勢為始，以至安藝的嚴島，凡七十餘所神社，都獻去神馬。對於宮中，御馬寮也把馬數十頭，掛上了紙垂，獻了進去。仁和寺的守覺法親王修《孔雀經》之法，天臺座主覺快法親王修七佛藥師之法，三井寺長吏圓惠法親王修金剛童子之法，此外五大靈空藏，六觀音，一字金輪，五壇法，六字河臨，八字文殊，普賢延命諸法，無不普遍修行。護摩之煙滿於殿中，金剛鈴聲響徹雲表，修法的聲音聞之身毛皆豎，似乎無論什麼物怪，也不敢出面了吧。此外又命令佛所的法印，開始造作七佛藥師，並五大尊的等身佛像。

但是雖然如此，中宮只是不斷的感覺陣痛，並不就要生產。入道相國和二位殿只是把手放在胸前，狼狼的說道：「這怎麼辦呢，這怎麼辦呢！」周圍的人雖是種種的說，只是回答道：「總之，這是會得好好的，好好的。」隨後對人說道：

三　產生王子

「就是在戰陣上，淨海也沒有這樣畏縮過。」

修驗道的術士，有房覺、昌雲兩僧正，俊堯法印，豪禪、實全兩僧都，各自唸誦僧伽的文句，對於本山的三寶，多年信奉的本尊，責令加護，虔誠祈禱，令人覺得靈應如響，極可尊貴。其中更是法皇本來要臨幸新熊野，正在齋戒之中，卻也坐在錦帳的近旁，高聲朗誦《千手經》。他的祈禱顯得不同，其時正在狂跳的替身們，以及被咒縛的物怪，都一時平靜了。法皇說道：

「無論是什麼物怪，有這老法師在這裡，怎麼能夠走近前來呢。特別現今出現的怨靈，都是受過朝恩的人，就說是沒有感謝的意思，也總不能妄生障礙呀。著速即退散！」又念著《千手經》裡文句道：

「女人臨生產難時，邪魔遮生，苦痛難忍，至心稱誦大悲神咒，鬼神退散，安樂得生。」說著揉搓全水晶的數珠，這時就不但平安生產，而且誕生了一個王子。

頭中將重衡其時還是中宮亮的地位，從御簾內出來，高聲說道：

「御產平安，王子御誕生！」於是從法皇起首，關白公以下大臣，公卿殿上人，以及修法的那些助手，幾個修驗者，陰陽頭，典藥頭，堂上堂下的人，一齊發出歡呼，響達門外，暫時沒有靜息。入道相國因為太是高興了，出聲哭泣起來。所謂喜極而泣，大概就是說這樣的事情吧。小松內大臣走到中宮那裡，把黃金鑄成的錢九十九文，放在王子的枕邊，說道：

「以天為父，以地為母，那麼規定了。壽命是保持方士東方朔的年齡，心意是憑藉天照大神的照臨。」說了，便用了桑弧蓬艾，向著天地四方發射。

四　公卿齊集

乳母本來預定是前右大將宗盛卿的夫人，可是在七月裡因為難產死了，所以這回請平大納言時忠卿的夫人給餵了奶，後來稱作「帥典侍」的。法皇說是就要回宮去了，所以車子就停在門前。入道相國因為太是高興了，贈送法皇一千兩的砂金，和富士綿二千兩。那時人家都竊竊私語，以為這是不大適當的。

關於這回生產，有許多好笑的事。第一件是法皇親自做那術士。其次是王后生產的時候，照例從屋頂上把一個瓦甌滾下來。生王子的時候，從南邊滾下，若是王女則從北邊，可是這回卻是從北邊滾了下來，說「這是怎的」，趕快拿了起來，從新滾過，人們都說這乃是不吉之兆。十分可笑的是入道相國的張皇的樣子，小松內大臣的舉動顯得最是漂亮，遺憾的是前右大將宗盛卿的最愛的夫人的去世，辭去了大納言大將兩職，蟄居在家的事。假如兄弟一同出仕，那該是多麼可以喜慶呀。其次是有七個陰陽師，召來讀千遍的祓詞，其中有一個叫做掃部頭時晴的老翁，跟著很少的從人。那時因為人多聚集，宛如竹筍叢生，稻麻竹葦遍地密生的樣子。他一面說道：「辦差使的，請讓一點路吧！」分開人叢，挨擠走著，把右邊的鞋子給踏脫了。略為躊躇一下子，連帽子也擠掉了。在這樣的場面上，一個正式服裝束帶的老人，露出了束髮，徐徐的走著，年輕的公卿殿上人們看了都忍不住，一同的笑起來了。本來所謂陰陽師者，有叫做「反陪」的一定的走法，不是隨便下步的，現在卻有這樣的怪事。其時大家也不覺得，到了日後想起來時，有許多事情也是不無關係的。

因為御產，到六波羅來訪問的，有關白松殿基房，太政大臣妙音院師

長，左大臣大炊御門經宗，右大臣月輪殿兼實，內大臣小松殿，左大將實定，源大納言定房，三條大納言實房，五條大納言邦綱，藤大納言實國，按察使資賢，中御門中納言宗家，花山院中納言兼雅，源中納言雅賴，權中納言實綱，藤中納言資長，池中納言賴盛，左衛門督時忠，別當忠親，左宰相中將實家，右宰相中將實宗，新宰相中將通親，平宰相教盛，六角宰相家通，堀河宰相賴定，左大辨宰相長方，右大辨三位俊經，左兵衛督成範，右兵衛督光能，皇太后宮大夫朝方，左京大夫修範，太宰大貳親信，新三位實清，以上三十三人。左大辨之外，都是直衣。不到的人有花山院前太政大臣忠雅公，大宮大納言隆季卿以下十餘人，以後穿了狩衣，聽說到入道相國的西八條邸裡去的。

五　大塔建立

　　修法完了的日子，舉行勸賞。對於仁和寺的守覺法親王是給他修造東寺，以及舉行後七日的修法，大元之法和灌頂。弟子覺成僧都則升為法印之職。對於天臺座主覺快法親王則宣旨升為二品，並賜坐牛車。但是因為仁和寺方面有異議，所以將法眼圓良改升法印。其外勸賞如毛，不勝列舉。經過了些日子，中宮從六波羅還宮去了。當初入道相國把女兒立為王后，夫婦都這樣希望，怎麼樣能夠早點誕生王子，即了帝位，自己被尊為外祖父外祖母。於是便向自己向來所崇敬的安藝的嚴島神社，每月去參拜祈求，中宮隨即懷孕了，照著願望誕生了王子，這實在是非常可以慶賀的事。

卷三

　　說起平家對於安藝的嚴島是怎樣的信奉起來的，那還是鳥羽天皇的時代，清盛公當時還做著安藝守，由安藝地方出費用，奉命修理高野山的大塔，乃命渡邊的遠藤六郎賴方為雜掌，管理其事，凡經過六年修理乃畢。修理完成之後，清盛到了高野，禮拜大塔，進到內院去時，有一個不知道從哪裡來的老僧，眉毛下垂白如霜雪，額上起了年歲的波浪，拄著頂有雙岐的枴杖，走了出來。說些閒話之後，他說道：

　　「從古至今，此山保持著密宗，沒有退轉，是天下沒有其比的，現在大塔既然修理好了，但是安藝的嚴島，和越前的氣比宮，都是兩界的垂跡的地方，氣比宮現今很是興旺，嚴島卻是若有若無的荒廢了。這回請奏聞了，加以修理吧。只要給修理了，你的官位世上便沒有並肩的人了。」說了便自走去。這老僧所在的地方便有一種異香發散出來。叫人跟了去看，只見在三町路以外，就忽然不見了。這一定不是凡人，當是弘法大師出現吧，便愈覺得很可尊敬，說是作為娑婆世界的回憶，就在高野山的金堂裡，來畫曼陀羅圖。其西曼陀羅，叫畫師常明法印畫了，東曼陀羅說是清盛自己畫吧，便自己動筆，在畫八葉院中尊的寶冠的時候，不知道是什麼用意，據說乃是自己刺頭出血，所畫成的。

　　回到京城之後，到上皇那裡，把這事奏聞了，上皇很是喜悅，將他的任期延長了，叫修理嚴島。華表從新建立，各處神社也都新造，又做了四百八十間的迴廊。修理完成之後，清盛前往嚴島參拜，在那裡住夜，夢見從寶殿之內出來了一個垂髻的仙童，對他說道：

　　「我乃是大明神的使者是也。你可拿了這劍，去平定一天四海，保衛朝廷。」便賜他一把銀絲纏柄的小長刀，醒過來看時，這小長刀卻實在留在枕邊。大明神又託宣道：

「古聖人所說的話，你知道麼，還是忘記了呢？但是如有惡行，好運不能及於子孫！」這樣說了，大明神便即顯去。這是很殊勝的事情。

六　賴豪

白河天皇在位的時候，京極左大臣師實公的女兒立為王后，稱為賢子中宮，最有寵幸。天皇希望這個王后生產一個王子，其時三井寺有一個極有效驗的僧人，名為賴豪阿闍梨，就召了來對他說道：

「你去祈禱，使這王后誕生一個王子吧。這個願心如若成就，隨你所說的給予獎賞。」賴豪答應道：

「那是容易的事。」他就回到三井寺，專心一意的祈禱了一百天，中宮隨即懷孕了，承保元年（一〇七四）十二月十六日平安的生產，生了一個王子。天皇非常喜悅，便召三井寺的賴豪阿闍梨來問道：

「那麼你所希望的是什麼呢？」答說是在三井寺建立一個戒壇。天皇道：

「這是意外的希望，我還道你是一腳跳的想任命為僧正哩。本來王子誕生，繼續皇祚，就只為想望海內平和而已。若是依了你的希望，山門一定要憤怒，世上便不能安靜了。兩方的寺打起仗來，天臺的佛法便要滅亡了罷。」這樣說了，沒有答應他的請求。

賴豪覺得這事十分遺憾，回到三井寺，便預備餓死。天皇聽了大為吃驚，乃召大江帥匡房卿，其時還是美作守，說道：

「聽說你同賴豪有師檀的關係，可去勸慰他看。」美作守奉命前去，到

卷三

了賴豪的僧房，傳達旨意，可是他都蟄居於瀰漫著香煙的持佛堂裡，用了可怕的聲音說道：

「天子無戲言，又只聽說綸言如汗。這一點願望都不能達到，那麼因了我的祈禱而生的王子，我就拿走了，帶到魔道裡去吧。」這樣說了，終於不曾會面。美作守回去，把這情形奏聞了。賴豪不久就餓死了，天皇知道了十分出驚。王子隨即生了病，雖然經過種種的祈禱，看來沒有什麼希望。有一個白髮的老僧，手裡拿著錫杖，站在王子的枕頭邊，人們在夢裡看見，在幻影裡也常出現。那真可怕得簡直無法說了。

到了承曆元年（一〇七七）八月六日，王子御年四歲，終於死去了，諡號為敦文親王者是也，天皇不勝悲嘆。其時稱為圓融房的僧都，後來是西京的天臺座主，良真大僧正，也是有效驗的，召到宮裡問道：

「這怎麼辦好呢？」僧都回答道：

「那樣的祈願，不論什麼時候，只憑了本山的力量，才能成就。九條右丞相因為與慈惠大僧正有情誼，所以冷泉天皇這王子就誕生了。那是很容易的事情。」回到比睿山，對了山王大師，專心一意的祈禱了一百天，中宮隨即於百日之內懷了孕，在承曆三年七月九日，平安生產，誕生了一個王子，即堀河天皇是也。怨靈自古昔以來就是很可怕的。這回遇著深可喜慶的御產，舉行大赦，就只是俊寬僧都一個人不曾赦免，不能不說是一件缺恨的事。

同年十二月八日，王子立為東宮。東宮傅是小松內臣，東宮大夫則聽說是池中納言賴盛卿云。

七　少將還都

　　明年治承三年（一一七九）正月下旬，丹波少將成經從肥前國鹿瀨莊出發，向著京城急行，其時餘寒尚烈，海面上也很不平靜，船沿著港灣島嶼前進，到了二月十日左右，才到達了備前國的兒島。又從這裡尋訪父親大納言公曾經住過的地方，在竹柱和古舊的紙屏上面見到隨筆揮寫的文句，說道：

　　「人的紀念無過於手跡的了。假如不曾寫了下來，我們怎麼現今還能見到呢。」於是便同了康賴兩個人，讀了又哭，哭了又讀。看見上邊寫著道：

　　「安元三年（一一七七）七月廿日出家，同廿六日信俊從京城下來。」那麼源左衛門尉信俊來過的事情，也知道了。在旁邊牆壁上寫道：

　　「三尊來往有便，九品往生無疑。」看到了這個遺跡，說道：

　　「那麼父親也有這欣求淨土的志願呀。」於無限悲嘆之中，才有了一點兒慰藉。

　　去尋訪他的墳墓，在一群松樹的裡面，也沒有特地築什麼壇，只是稍為高一點的土堆而已。少將成經拉齊了兩隻袖子，像對著活人似的，哭哭啼啼的訴說道：

　　「聽說在離京很遠的地方，在島裡也微微的聽得，因為不能自由的身子，所以沒有趕緊前去。成經被流放在那島上，這露水的命沒有消滅，經過了兩年，現今被召回了。這雖是可喜的事，但是因為可以看見在世的父親，那麼長生才可以說有意義呵。到這裡來的時候，一直趕著路程，但是自此以後，那就不會那麼著急了吧。」這樣訴說著，並且哭了。若是生存

卷三

著的時候，大納言入道公便會回答道：「這是為什麼呢。」但是人世可悲的事情無過於生死之隔，蒼苔底下沒有人回答，只有因山風而喧擾的松樹的聲音罷了。

那天夜裡，與康賴入道兩個人通夜的環繞著墳墓，行道念佛，天明以後從新築了土壇，立上棚欄，在前面構造臨時的窩棚，七日七夜之間念佛寫經，於滿願之日建立大的卒都婆，上面寫道：

「過去聖靈，出離生死，證大菩提。」年號月日的底下，寫道「孝子成經」，連那些卑賤的樵夫等無心的看了，也都說世上可寶貴的無過於兒子的了，流著眼淚，把袖子都溼透了。年去年來，難以忘記的是從前撫育之恩，如夢如幻，不盡的是今日戀慕之情。三世十方的諸佛菩薩也賜垂憐，亡魂與靈所共欣慰的吧。少將又說道：

「本來現在應該再留在這裡，稍積念佛的功德，但是因為在京裡還有人等著，怕要著急，所以只好下回再來了。」對於死者告別，便哭哭啼啼的離開這裡，想在草葉底下的一定也很是惜別吧。

三月十六日少將在天還沒有暗的時候到了鳥羽。在鳥羽地方有故大納言的一個山莊，叫做洲濱殿。經年沒有人住了，磚牆尚有只是上邊沒有屋頂了，有著門口卻是沒有門扇。走到院子裡去一看，絕無人跡，莓苔很深。看到池邊，則名叫秋山的假山上只有春風吹著，池水裡頻頻起著白波，紫鴛白鷗在那裡逍遙著。懷念曾經在這裡起居的故人，沒有盡的便只是眼淚罷了。家屋雖然還在，但是上端的格子已破，半窗和門都已沒有了。成經一一的說：「這裡是大納言所起居的地方，這小門是這樣的開著出入的，這樹是他親手所種的。」隨著所說，都一一引起對於父親的懷念。其時是三月十六日，花雖散了常有餘留，楊梅桃李的梢頭開著各色的

花朵,彷彿是知道季節似的。少將站在花樹中間,口中吟誦著古人的詩歌道:

「桃李不言春茂暮,

煙霞無跡昔誰棲。」又云:

「故鄉的花若是能言,

那有多少古昔的事要問呵。」

康賴入道那時也有所感觸,把法衣袖子也都溼透了。本來等到日暮打算上京城去,但是太是惜別了,所以在那裡直逗留到夜裡。這是荒涼的客館之常情,從古舊的板簷中間漏下耿耿的月光來。待到雞籠山將要天明了,還不想急就家路。可是也不能老是這樣,說家裡的人已經差了車子來接,叫他們在家久等,也於心不安,少將於是哭哭啼啼的出了洲濱殿,要上京城去,這時候的心裡一定是悲喜交集吧。康賴入道雖然也有來迎接的車子,但是不曾乘坐,說「到了此刻卻很是惜別」,便與少將同車坐了,一直到了七條河原。花下半日之客,月前一夜之同伴,旅人遇見陣雨共躲在一棵樹下,臨別的時候尚且還不無依戀之情,況且同在那島上過辛苦的生活,船中浪上,同是一業所感,那麼這因緣正是不淺吧。

少將到了岳父平宰相的邸舍。少將的母親是在靈山,昨天才來到宰相的邸舍相候。她只看了進來的少將一眼,說道:

「因為活著(才能看見你)。」沒有說別的話,就把衣服蓋在頭上睡倒了。宰相邸內的那些女官和武士們都聚集了,喜歡得也落了淚,況且是少將的夫人以及乳母六條的心裡,怎樣的高興那也可想而知的。六條因為憂愁很多,原來黑髮已變成白的了,夫人從前是那樣的美麗,現在也變了黑瘦,沒有舊時的風姿了。少將被流的時候剛是三歲的幼小的人,現今已經

長大，頭髮也梳了起來了。傍邊還有一個三歲左右的小人兒，少將說道：

「啊，這是怎麼的？」六條答道：

「這就是，」說了半句，便將袖子遮面，流下眼淚來，原來這是少將往備前去的時候，夫人有點身體不適，以後就生下這個兒子，無事的生長起來，回想起來也是可悲的事情。少將仍舊在法皇那裡服務，升進為宰相中將。

康賴入道在東山雙林寺有一所自己的山莊，就在那裡住下了，有歌說道：

「故里的房簷板隙雖然萌生了青苔，

卻沒有像預料的樣子漏下月光來。」

以後就在那裡蟄居，回想昔日的苦辛，著有《寶物集》講那些故事。

八　有王

卻說流放到鬼界島的三個流人，兩個已經召回上京去了，俊寬僧都一個人留下做這苦難的島的島守，這實在是夠悲慘的。這裡有一個從小為僧都所憐愛，加以使用的少年，名字叫做有王。他聽說鬼界島的流人，今天已回到京城，就來到鳥羽去看，卻沒有看到他的主人。問這是什麼緣因，人家答說：「因為他罪重，所以還留在那島裡。」聽到這話的時候的悲哀的心情，實在是無法形容。以後常在六波羅左近徬徨打聽，卻總聽不到赦免的消息。有王走到僧都的女兒隱居的地方說道：

「這一回大赦的機會，主人終於漏掉了，不曾回來。我想怎樣的設法

八　有王

到那島裡去，打聽他的行蹤，就請給一封信吧。」僧都的女兒哭哭啼啼的寫了信，交付與他。他想若是告假，未必能准許，所以也不讓父親和母親知道，往中國去的商船照例要四五月裡才解纜，等到夏天也太遲了，所以在三月的末尾出京，經過了漫長辛苦的海路，到達薩摩的海邊。在從薩摩到那島去的渡口，人們對他加以盤問，並且剝去穿著的衣服，但是他一點都不後悔。就是只想不把姬君的信給人家看見，把它藏在自己的髮髻裡邊。於是趁了商人的船，到了島上看時，那些在京城裡微微的聽見的傳聞的話，簡直不算什麼了。既沒有水田，也沒有旱田，沒有村子，也沒有聚落，雖是偶然有些居人，這邊的話也聽不明白。但是雖然是這樣的人，或者有知道主人的行蹤的在裡邊也未可知，所以便說道：「請問一聲。」回答道：「什麼事？」又問道：

「這裡有一個從京城裡流放來的法勝寺執行，你可知道他的行蹤麼？」假如知道法勝寺，知道執行，這才會得回答，（可是他們什麼都不知道）所以都只搖頭，說不知道。偶然有一個人有點知道，回答說道：

「是了，那樣的人是有三個，兩個人召了回去，上京城去了。現在還剩下一個，這裡那裡的徬徨著，可是他的行蹤卻是不知道。」心想說不定在山裡吧，便很遠的進入山中，攀登峻嶺，下到幽谷，卻只見白雲埋跡，往來的路更不分明，青嵐破夢，不見主人的面影。在山裡不曾找到，便到海邊去尋，卻只見有鷗鳥沙頭刻印，海濱白砂洲上聚集些水鳥，此外沒有什麼人跡。

有一天早上，在海邊有一個像蜻蜓似的瘦弱的人，搖搖晃晃的走近前來了。可見原來是個法師，頭髮都向著天矗立生著，還帶著各種藻屑，所以好像是戴著荊冠。關節骨頭都露了出來，皮膚寬緩，穿的衣服也看不出是絹是布，一隻手拿著揀來的昆布，一隻手拿著從漁人那裡討來的魚，雖

卷三

說是走著路，也並走不成，只是搖搖擺擺的走著。有王心裡想道：「在京城裡雖然看見過許多乞丐，卻沒有見過這樣的人。經裡說過，諸阿修羅等居在大海邊，阿修羅等三惡四趣在於深山大海的邊界，佛曾經這樣說明過，那麼我也不知不覺的來到這餓鬼道裡麼？」這樣想著，漸漸的走近了。但是覺得雖是這樣的人，或者知道主人的行蹤也未可知，所以對他說道：「請問一聲。」那人回答道：「什麼事？」又問道：

「這裡有一個從京城流放來的法勝寺執行，你可知道他的行蹤麼？」少年有王雖是看見主人也認不得了，但是僧都怎麼能忘呢，他只說得一句：「只我就是。」便把手裡拿著的東西都扔掉了，倒在砂灘上邊。這時有王才知道主人的末路了。僧都這時漸漸氣絕了，有王把他扶起靠在自己的膝頭上，說道：

「有王來了。經過了漫長苦辛的海路，剛剛尋找到了此地，可是沒有好結果，怎麼就使我看見了這樣悲慘的景象呵。」哭哭啼啼的訴說，過了一會兒，僧都回復過來了，有王扶了他坐起，說道：

「你來到此地找我的這種心情，實在是很可感激的。我是日日夜夜都是想京城的事，所以親愛的人的面影時常見於夢中，有時變成了幻覺出現於目前。因為身體衰弱了，後來連夢幻和現實也都分不清了。所以你這回來了，也還彷彿覺得如夢似的。但是這是夢境，那麼這個夢醒了之後，將怎麼辦呢？」有王回答道：

「不，這乃是現實。看你那種情狀，居然活到現在，覺得這是不可思議的事情。」僧都說：

「正是如此。自從去年被少將和判官入道所捨棄以後，那種無依無靠的情形，你可以推想而知。本來想在那時候就投海而死罷了，但是因為少

將說，再一回等待京城裡的消息吧，聽了那不可靠的慰藉的話，愚蠢的期望著將來，所以決意活下去。但是在這島上絕沒有人的吃食，在身體還有力氣的時候，上山去掘了硫黃來，遇著從九州來的商人，換取食物，可是日子久了，逐漸衰弱下來，現今已是不可能了。在現在這樣天氣平穩的時候，去到海邊，對了撒網垂釣的人，搓手屈膝，討點魚鮮，或者在潮水退去時，揀拾貝類，摘取昆布，靠了海邊的苔，維持露水似的命，得以活到今日。假如不是這樣辦，你想還有什麼渡世的方法呢。本來就想在這裡把一切的事都說了，但是還是先回到我的家裡去吧。」僧都這樣說了，有王聽了覺得奇怪，照這個情形還有一個家，走去看時，在一枝松樹當中，用海邊流來的竹作為柱子，束縛蘆葦，橫放著當作梁桁，上下都是密集的松葉，這也不能擋得住風雨。往昔是法勝寺執行寺務之職，掌管八十幾個莊園，在棟門平門裡邊，有四五百人的從人和眷屬圍繞著，如今卻是眼前所見這樣悲慘的情形，實在是不可思議的事情。人間的業報有種種的不同，所謂順現，順生，順後業是也。僧都一生本身所用的東西，悉是大伽藍的寺物佛物，因此以信施無慚的罪，在今生就感受業報了。

九　僧都死去

僧都既然明白了現在的事並不是夢境，乃說道：

「去年人來迎接少將和判官入道的時候，家裡的人沒有什麼信札帶來，這回就是你來了，也沒有信，是連口信也沒有麼？」有王抽抽噎噎的哭著伏倒了，一時說不出話來，過了一會兒方才起來，掩淚說道：

卷三

「你到西八條去了的時候,就來了逮捕的公人,把家裡的人捆走了,訊問謀反的始末,全都弄死了。夫人因為要隱藏幼小的人們十分為難,移居鞍馬的深奧處躲避世人的耳目,就只有我時時前去伺候。所有的人沒有不悲嘆的,那小人兒特別戀慕他的父親,在我每次訪問的時候,總說道,『有王呀,帶了我到鬼界島的地方去吧』,那麼樣的磨人,可是在這二月裡,因了天花去世了。夫人為了這件事的悲傷,以及你的事情,懷著種種的悲哀,終於三月二日也就去世了。現在只有那位姬君,住在奈良的姑母那邊。這裡取得了她的信在此。」就取出來送上,僧都拆開看時,果然如有王所說那樣的寫著,而且末後還說道:

「為什麼三個一同流放的人裡邊,兩個人召回去了,父親還是留著,至今不曾上京來呢?唉,真是不算身分的高低,像女人這樣可悲的再也沒有了。假如我是男子身的話,那麼為什麼不到父親所在的那島裡去呢!請你同了有王一起,趕快的上京來吧。」僧都說道:

「有王呵,你看吧。這個孩子的信寫的怎樣幼稚呵。說同了你一起,趕快上京來,這說的多麼可悲呵。假如我是可以自由的身子,那麼為什麼要在這裡過這三年的日月呢!這孩子今年已是十二歲了,卻還是那麼天真,將來怎麼能夠出嫁,或是在宮廷裡做事,去立身渡世呢?」說著就哭了,因此想起古歌裡所說,「父母的心裡沒有什麼黑暗,就只為懷念子女而走入迷途」,這意義可以體會到了。

「自從流到這島以後,沒有曆書,所以也並不知道月日的過去,只是看了自然的花散葉落,辨別春秋,蟬聲送來麥秋,心想是夏天了,看見積雪,知是冬季而已,見了白月黑月的交換,才知道晦朔。屈指計算起來,那個幼小的人今年才是六歲,卻是已經故去也麼?當日往西八條去的時候,那孩子說道:『我也去吧。』我騙他說,我隨即回來的,這個情形想起

九　僧都死去

來還如現在一般。早知道那是最後了，那為什麼不為他多留一會兒呢。本來父子夫婦的緣，不只是限於這一世，為什麼妻同兒子都先死了，到現在連夢裡都沒有知道呢？不怕人家見笑，想設法活下去，無非為的是想再一回能夠看見這些人罷了。想起女兒的事，覺得很可懷念，但是留著性命，雖是悲嘆著也總可以過得下去吧。像我這樣的活著，徒然使你們受到些苦辛，我自己也覺得是不近人情的。」這樣說了，就把僅少的一點食物也停止了，只是念著彌陀的名號，祈求著臨終正念。在有王到來的第二十三天，終於在那庵裡死去了，年三十七歲。有王抱住了死體，仰天俯地，悲嘆痛哭，但也無用了。等到哭夠了之後，有王說道：

「本來這裡就應該陪了你到下世去，但在現世只有姬君一個人留著，沒有替主人祈冥福的人。所以暫且活著，給你祈冥福吧。」於是並沒有移動僧都的臥處，只是把庵毀壞了，將松樹的枯枝，蘆葦的枯葉，蓋在上面，像燒鹽似的舉起火來。荼毘事了，拾取白骨裝入箱內，掛在頸前，又趁了商人的船，到了九州地方。

有王走到僧都的女兒所在的地方，把一切的情形從頭到底都說了：

「看了妳的信以後，妳父親的憂思反而增加了。因為沒有筆硯，也沒有紙，不能寫回信，所有他所想的事情，沒有傳給別人，一切都化為虛無了。從今以後，雖然隔著生生世世，他生曠劫，妳想再聽見他聲音，看見他的姿容，是再也不能夠了。」姬君聽說，便伏倒了，放聲大哭起來。而今就以十二歲出家為尼，在奈良的法華寺裡修行，給父母祈冥福，這是很可哀的。有王將俊寬僧都的遺骨掛在頸上，走到高山，把它安放在里院，自己到了蓮花谷做了法師，在諸國七道行腳修行，為主人祈求冥福。這樣子積聚許多人家的悲嘆怨恨的平家的末路，想起來是很可怕的。

卷三

一〇　旋風

　　同年五月十二日午刻時分，京中有很大的旋風發生，人家多數傾倒了。風從中御門京極起首，向著未申方面吹去，棟門平門都被吹倒，吹到四五町十町遠的地方去，梁棟座柱飛在空中，檜皮以及木板屋頂之類，有如冬天的木葉因風亂飛的樣子。風聲吼叫，想地獄裡的業風也不過如此。不但房屋破損，死傷的人也不少，牛馬斃死更是不知其數。這似乎不是平常的事，說該占卜，就交神祇宮去占卜。結束是說，「百日之內，食高祿的大臣應當謹慎，並且天下將有大事，佛法王法並將衰微，兵革相續。」神祇宮與陰陽寮都是一樣的占卜。

一一　醫師問答

　　小松內大臣聽見了這樣的傳聞的話，他是什麼事總是憂心忡忡的，所以在這個時候到熊野參詣去了。在本宮證誠殿的前面，徹夜的向神祈禱道：

　　「竊觀父親入道相國的樣子，惡逆無道，動不動就擾及法皇。重盛是長子，雖是頻頻進諫，但是因為不肖的緣故，不能夠說服得他。看他的所作所為，恐一代的榮華猶自難保，子孫相續，顯親揚名，更屬困難了。當這時候，重盛竊思，與其竊據重臣之列，與世浮沉，未必合於良臣孝子之道，倒還不如逃名隱身，舍今生之名望，求來世之菩提。但是凡夫薄地，

迷於是非的判斷，所以未能決心行事。南無權現金剛童子，假如子孫得以長久繁榮不絕，出仕於朝廷，那麼請和緩入道的噁心，使天下得以安全吧。但若是榮華只限於一代，子孫蒙受恥辱，則請縮短重盛的壽命，救助來世的苦難吧。這兩個願望，唯求神明加護。」專心一意的祈求著，忽然像有如燈籠的火的東西，從內大臣的身子裡出來，隨即消失了。許多人都看見，但是驚駭得沒有人說話。

隨後回來的時候，渡過岩田川，嫡子權亮少將維盛以下少年公卿，在淨衣底下穿著淡紫色的襯衣，因為是在夏天，不知怎的戲弄河水，把淨衣弄溼了，水滲到襯衣，現出淡墨色的顏色，給筑後守貞能看見了，提出意見道：

「這是怎的，那淨衣完全是不吉祥的衣服的樣子了。快點去換掉吧。」內大臣說道：

「我的所願已經成就了。那淨衣不要換了。」特別從岩田川又差人到熊野去，進獻幣帛，表示所願成就的感謝。各人都覺得奇怪，不懂得他的意思，但是這些少年公卿們，不久卻真是要穿著這樣的服色了，想起來是不可思議的事。

回去以後，沒有經過幾天，內大臣就生了病了。但是說熊野權現已經接受了他的請求，所以也不醫治，也不祈禱。其時宋朝有一個特出的名醫來到日本，暫時停留著。其時入道相國正在福原的別莊，便叫越中守盛俊為使者，到小松殿去，說道：

「聽說病又加重了，恰好有宋朝特出的名醫來到我國，這是很可喜的事。就叫他來醫療好吧。」小松公叫人扶了起來，把盛俊召到面前，對他說道：

卷三

「你去說，關於醫療的事，謹已聞命了。但是，你也聽著。延喜皇上雖是那麼樣的賢王，但他把異國的看相的人召進京城裡來，這事到了末世不能不算是賢王的錯誤，是日本的恥辱。何況現在像重盛這樣的凡人，招異國的醫師來到京城，豈不是日本的恥辱麼？漢高祖提三尺劍，平治天下，但在討淮南王黥布的時候，為流矢所中，受了創傷。呂后招良醫給他診治，醫師說道：『這個傷可以醫好。但是若給予黃金五十斤，當為醫治。』高祖說道：『在我武運強盛的時候，曾經多次和人家打仗受傷，不覺得什麼痛楚。現在我的命運已經完了。人命在天，縱有扁鵲，並無什麼益處。但是這樣又像是可惜金子了。』這樣說了，給予醫師黃金五十斤，卻沒有叫他治療。聽了古人的話，至今還銘心記著。重盛不才，忝列九卿，登三臺，考其運命，是在天心。為什麼不察天心，妄費心力於醫療呢？假如這個病乃是定業，加以治療並屬無益。若非定業，不加治療亦當得救。昔者耆婆醫術無效，大覺世尊滅亮於拔提河畔，是即顯示定業的病非醫藥所能治癒。定業如是醫療所能治，釋尊為什麼入滅的呢？此又明示定業之病不可治療也。夫所治療者佛體也，治療的人耆婆也。今重盛之身既非佛體，名醫又不及耆婆，然則縱深通四部之醫書，長於治療百病，怎麼能夠救治得這生滅無常的凡夫之身呢？即知詳知五經的學說，能治眾病，豈能療治先世之業病呢？而且假如靠了這個醫術，得以存命，則似乎日本並無醫術，若是並無效驗，面會亦屬無益。特別是日本的三公大臣，貿然與外國浪遊的來客相見，一面是國家的恥辱，一面也是政道的陵遲。即使重盛將要失掉性命，也不能不有感覺國家的恥辱的心呵。你可將這意思給傳達上去。」

盛俊回到福原，哭哭啼啼的將這話說了，入道相國道：

「這樣以國家的恥辱為念的大臣，在上古不曾聽說有過，何況在末代更

不會有了。因為在日本是不相應的大臣，所以這回恐怕是要失掉了吧。」這樣說了，便急忙進京來了。

　　同年七月廿八日，小松公出家了，法名淨蓮。隨後到了八月一日，臨終正念，遂以死去了。年四十三，正在盛年，很是可哀。京中上下的人都嘆息說：

　　「入道相國橫行霸道，幸而有這人種種加以調解，世間才得平穩的過去，從今以後天下不曉得要鬧出什麼事情來了。」只有前右大將宗盛卿方面的人，卻說，「如今可是大將公的世界了」，覺得高興。平常人家父母愛子之情，就是怎樣不肖的兒子，凡是先死了總覺得很悲哀的。何況這乃是平家的柱石，又是當代的賢人，說到恩愛的離別，家門的衰微，這就儘夠可悲的了。因此國家嘆息良臣的凋喪，平家悲悼武略的衰頹。蓋此大臣容儀端正，存心忠正，才藝超群，言詞與德行兼備的一個人。

一二　無文佩刀

　　這個內大臣重盛公生來就是個不思議的人，未來的有些事情預先能夠知道。過去的四月七日的看見的夢便是一個很不思議的事情。夢見在不知道什麼地方，遠遠的在海邊走路，路旁有一個很大的華表，內大臣問人說：

　　「這是什麼地方的華表呢？」答說：

　　「這乃是春日大明神的華表。」有許多人聚集在那裡，其中有一個法師的首級插在刀尖上高高的舉著。內大臣問道：

「這是什麼人的首級呢?」人家答道:

「這是平家太政大臣入道公的首級,因為惡貫滿盈,所以本社的大明神將他收拾了。」這時夢忽然醒了。平家自從保元平治以來,屢平朝敵,勸賞逾分,忝為天皇的外祖父,升太政大臣,一族升進六十餘人,二十餘年以來,安富尊榮,無與倫比,今因入道的惡貫滿盈,一門的運命已將盡了,想念過去未來的事,不禁熱淚滿眶了。

這時候卻聽見有人堂堂的敲門的聲音,內大臣問道:

「誰呀?說來吧。」答說:

「瀨尾太郎兼康來了。」又問道:

「什麼事?」回答道:

「只今看見不思議的事,要等候天亮也覺得太晚了,特來告訴你知道的。請屏退旁人吧。」內大臣就遠遠的屏退旁人,與瀨尾見面。兼康於是將所看見的夢,從頭至尾詳細的說知,元來與內大臣所夢見的一點都沒有不同。內大臣乃感覺到瀨尾太郎兼康原來也是一個與靈界相通的人。

這一天的早晨,嫡子權亮少將維盛剛要去到法皇的御所,內大臣把他叫住了,說道:

「為人父母的說這樣的話,似乎是很傻的,但是你在兒子中間,總要算是卓越的了。不過看這世界的情狀,將來什麼樣子,也是不能安心。貞能在那兒麼?給少將勸酒吧。」貞能就走來斟酒。內大臣說道:

「本來這個酒杯應當先給少將,但是或者你不肯比父親先喝,所以重盛先飲了,再給少將倒吧。」便先喝了三杯,隨後再給少將倒酒。少將喝了三杯之後,內大臣說道:

「貞能,給少將贈物吧。」貞能奉命,拿出裝在錦囊裡的一把刀來。少

將心裡想道：

「啊，那一定是家傳的叫做小烏的寶刀吧！」暗暗覺得高興，但是拿出來一看，這卻完全不是，乃是大臣葬式的時候所佩用的無文佩刀。其時少將臉色全變了，顯出很是不吉的模樣，內大臣流著淚說道：

「少將，這並不是貞能拿錯了。這個佩刀乃是大臣葬式時候所用的無文佩刀也。本來入道公去世的時候，重盛預備佩了這個去送葬的，但是如今重盛卻要比入道公先去了，所以把這個送給了你。」少將聽了這話，沒有回答什麼，只是含著淚俯伏了，這一天也不出仕去，就躺倒了。其後內大臣到熊野去參詣，回來以後就生了病，沒有多久終於死去了。後來想起來，這才知道元來是那麼樣的。

一三　燈籠事件

這個內大臣滅罪生善的意志特別的深，很是關心來世的禍福，所以於京城東山的山麓，造了六八四十八間的精舍，與彌陀的弘誓數目相應，一間裡一個，懸掛四十八個的燈籠，宛如極樂國土的九品蓮臺，顯現於目前，光分鸞鏡，恍疑身到淨土。規定每月十四五日，招集平家和其他各貴族人家，面目姣好，正在盛年的女子多人，一間裡六個人，四十八間計二百八十八人，充當念佛的尼眾，在這兩日裡一心不亂的稱名念佛。阿彌陀佛來迎引攝的悲願，宛似現形於此地，其攝取不捨的光明，也正照臨於大臣之上了。十五日日中舉行結願大念佛，大臣親自雜在行道中間，向著西方迴向發願道：

129

卷三

「南無安養教主彌陀善逝，給三界六道眾生普行濟度吧。」看的人都發慈悲心，聽的人無不感動下淚的。因為如此，人家就稱這個大臣為燈籠大臣云。

一四　黃金交付

大臣又說：「在日本即使積了莫大善根，要子孫相續，祈我的冥福，是不很可期待的事，不如在他國留下善根，為我祈冥福吧。」於是在安元年間（一一七五至一一七六年），從鎮西把一個名叫妙典的船主召了來，遠遠的屏退眾人，和他相見。取出黃金三千五百兩來，說道：

「我聽說你是很正直的人。這黃金五百兩給你。三千兩拿到宋朝去，到育王山，把一千兩送給那裡的和尚，二千兩進呈皇帝，作為買田地的錢，捐給育王山，給我祈冥福吧。」妙典奉命，凌了萬里的波浪，來到大宋國，與育王山的方丈佛照禪師德光會見了，說明這個事由，禪師隨喜感嘆。千兩贈給育王山的和尚，二千兩進呈皇帝，並且將大臣的意思奏明了。皇帝大為感動，隨即將田地五百町寄贈於育王山，所以在那裡為日本大臣平朝臣重盛公祈求後生善處的事，至今沒有斷絕云。

一五　法印問答

　　入道相國因為小松公先死了，萬事覺得心裡不平靜，所以趕緊回到福原，閉門蟄居在家裡。同年十一月七日夜裡戌刻，有大地震，動的時間相當的久。陰陽頭安倍泰親趕緊跑到宮裡，說道：

　　「這回的地震，據占文所表見，應有極大謹慎。照陰陽道的三部經典裡的《金匱經》所說，計年不出本年，計月不出本月，計日就在近日。所以這是特別火急的事。」說著潸潸的哭了。傳奏的人都變了顏色，法皇也吃驚了。年輕的公卿殿上人卻笑道：

　　「這個泰親哭的真有點離奇，有什麼事會發生呢？」但是這泰親乃是安倍晴明的五代孫，對於天文道窮極奧妙，推論吉凶如示諸掌，到現在為止沒有一件占卜錯誤過，所以稱他料事如神。有一回在他身上曾經落雷，雷火燒了他狩衣的袖子，但是本身卻全然無恙。這是無論在上代或是在末世，都是很少有的一個人。

　　同月十四日，入道相國本來暫時住在福原別莊，這時不知道想起什麼來了，忽然傳說率領了數千騎的軍兵，回到京城裡來。京裡雖然並無關於這事的情報，卻是上下恐懼，也不知道是什麼人傳出來的消息，說道：

　　「入道相國要來報對於皇家的宿恨了。」關白基房公聽得這種消息，趕緊進宮去，對法皇說道：

　　「這回入道相國進京的事，專是為消滅基房來的。不知道要遇見怎樣倒楣的事情呢。」法皇聽了大為吃驚，回答道：

　　「你如遇見什麼倒楣的事情，那也就是和我遇見一樣的了。」說著便

卷三

流下了眼淚來。本來天下的政事是應當由天皇和攝政關白來計畫進行的，現在可是怎麼了呢。天照大神和春日大明神的神意，似乎有時也很難預料了。

同月十五日，法皇聽見傳說，入道相國對於朝廷懷恨，的確要施行報復了，便大為驚慌，叫故少納言入道信西的兒子，靜憲法印做使者，到入道相國那裡去，叫他說道：

「近年朝廷不甚平穩，人心不定，世間也不很安靜，這事說來很是可嘆，但是因為有你健在，覺得萬事都有依靠。現在不務安定天下，也還罷了，卻是物情騷然的入京，聽說對於朝廷有報怨的話，這是什麼意思呢？」靜憲法印走到西八條的邸裡去了。從早晨直等到傍晚，可是沒有消息，那麼這樣等著也是無益，便叫源大夫判官季貞傳言，把法皇的話轉達了，並說道：「就此告辭了。」走了出來，其時入道說道：「叫法印來。」就出來了。將法印叫了回去，對他說道：

「呀，法印長老，這淨海所說的話是有錯麼？現在先從內大臣故去的事情講起吧，實在入道那時候起因為考慮當家的運命的緣故，著實掩住了悲淚忍耐到今的。尊駕也請體察一點吧。保元以後戰亂頻仍，君心也不能安靜，其時入道不過大體上加以指揮，其實是內大臣身當其事，粉身碎骨的不辭勞苦，使得法皇平息憤怒。其外關於臨時大事，朝夕政務，像內大臣這樣的功臣實在是不大有吧。這裡徵考古代的事，唐太宗因魏徵先卒，很是悲哀，親自寫碑文道：『昔殷宗得良弼於夢中，今朕失賢臣於覺後。』立於廟中，表示哀感。其在中國，亦曾見於近時。賴顯民部卿去世的時候，故鳥羽院特別表示哀悼，八幡行幸為之延期，管絃的演奏也停止了。本來凡是臣下死亡，歷代的天皇都是這樣悲悼的，所以說君臣的關係要比父母還親近，比子女還和睦。但是這回在內大臣還是中陰的期間，法皇卻

一五　法印問答

到八幡臨幸，有管絃的演奏，一點都不見有悼嘆的樣子。縱使不垂憐入道悲哀之情，總不好忘記了內大臣的忠義吧，如果忘了內大臣的忠義，也不能不對於入道加以一點憐憫吧！父子兩方面都為法皇所不喜，於今全失掉了我們的面子，此其一。又從前把越前國領地下賜，約定子子孫孫永無變更，內大臣死後，卻隨即收回了，這因為有什麼過失呢，此又其一。其次是中納言出缺，二位中將希望得到，入道也很出力推薦，終於沒有答應，卻給了關白的兒子，那是為什麼理由呢？就說是入道所說不大合理，聽從一回也是可以的吧。況且（基通中將是攝政家的）嫡子的關係，以及位階都沒有什麼問題，卻加以更改，此種處置實是遺憾。這又是其一。其次新大納言成親卿以下近臣在鹿谷聚會，有謀反的企劃，那並不是他們私人的計略，一切都是主上所容許的。這事雖是從新提起來說，平氏一門已經七代了，怎麼可以平白的棄捨掉呢？入道已經年將望七，繫命已屬無幾，在此生前尚且動輒有被滅的謀劃，何況此後若期望子孫相繼服役朝廷，那更渺茫得很了。一個人老年喪子，有如枯木無枝，對於前途很短的浮世，枉費心機亦復何用，就任憑它那麼樣就那麼樣去吧！」這樣說了，一邊生氣，一邊又是落淚，法印見了又是可怕，又覺得可憐，遍身流汗。在這個時期，無論什麼人都沒有一句話可以回答，況且本身也是法皇近旁的人，鹿谷的聚會正是親自見聞的，如今說是一黨的人，加以逮捕也正難說，覺得好像是拉龍鬚，履虎尾的境地。但是法印也是了不得的人，一點也不慌張，回答說道：

「以前屢次所建的功勳，的確不小，所以一時有些怨恨，所說也很有道理。但是說到官位以及俸祿，就本身說來，沒有什麼不滿足，那即是對於你莫大的功勞的酬報了。至於近臣肇禍，說由於君的容許，那是企劃陰謀的人的一種讒言罷了。貴耳賤目，這是世俗的通病。身受異常的朝恩，

卻相信小人的流言，出於背君的舉動，恐幽明鑑照，大可畏懼。凡天心蒼蒼難可測量，法皇御心正亦同此。以下逆上，豈人臣之禮乎，請好好的考慮。所說意見，當由靜憲轉陳。」說了退了出來。在座的人多說道：

「啊，真吃了一驚。入道那麼的生氣，卻一點也不怕，回答了就出去了。」對於法印沒有人不稱讚的。

一六　大臣流罪

法印來到法住寺殿，將這情由奏聞了，法皇也覺得道理很對，沒有說什麼話，同月十六日，入道相國想定了這幾天所要做的事情，乃發表了從關白開始，自太政大臣以下公卿殿上人，共計四十三人，停止官職，悉行蟄居。關白是左遷為太宰帥，流於鎮西。關白道：

「這樣的時勢，怎麼也不好處。」便在鳥羽左近的叫做古川的地方，出了家了。年紀正三十五歲。人家都說他是對於宮廷儀式的禮儀作法很是精通，是非判斷極是明確的人，是很可惜的一個人。遠流的人如是中道出家，照例不流配到原定的地方去，所以雖是原來定的是日向國，現在因為出了家的緣故，就停留在備前國府的近邊湯近的地方了。

大臣流罪的前例，有左大臣蘇我赤兄，右大臣藤原豐成，左大臣藤原魚名，右大臣菅原道真，左大臣源高明公，內大臣藤原伊周公，共有六人。但是攝政關白流罪的例，卻是以此為始。故中殿攝政實基的兒子二位中將基通，乃是入道的女婿，就成為大臣關白。從前圓融天皇在位的時候，天祿三年（九七二）十一日一日，一條攝政謙德公死去了，他的兄弟

一六　大臣流罪

堀河關白忠義公其時還是從二位中納言，而其兄弟法興院大入道公卻是大納言兼右大將，於是忠義公就越過了他，升為內大臣正二位，奉到內覽的宣旨，當時人們以為不曾見聞過的破例的升進，但是這一次卻更是超過了。從非參議二位中將不經過大中納言，就做大臣關白，這種事尤其沒有聽見過。這基通公就是普賢寺殿是也。上卿宰相，大外記，以至大夫史，聽到這事都有點愕然了。

　　太政大臣師長停止了官職，被流放到東國的方面去。在保元年間，因為父親惡左府緣坐的關係，兄弟四人都問了流罪，長兄右大將兼長，和兄弟左中將隆長，範長禪師三個人，不曾回京，都在配所死去了。但是這個師長在土佐的播多地方過了九年，於長寬二年（一一六四）八月被召了回來，恢復了原來的地位，第二年敘正二位，仁安元年（一一六六）十月從前中納言升為權大納言。那時候因為大納言沒有缺額，所以加在定員之外，大納言有六個人，就從那時起頭的。又從前中納言升為權大納言，除了後山階大臣三守公，宇治大納言隆周卿之外，也是沒有聽見過。深通管統之道，擅長才藝，所以次第升進沒有阻滯，到了太政大臣的最高地位，這回又以什麼業報，再遭流放。保元昔時是在南海道的土佐，治承的今天則是在東關的尾張國。本來無罪而眺望配所之月的事，原是稍解風雅的人所願的，所以大臣一點都不以為意。想起唐朝太子賓客白樂天，謫居潯陽江邊的故事，遙望鳴海瀉的海面，常看著明月，對了潮風吟嘯，彈琵琶，詠和歌，消遣歲月。有一回，到尾張國的第三神社熱田明神去參詣，那一天夜裡有娛神的音樂，彈琵琶，歌朗詠，那裡本是蒙昧的地方，沒有懂得這些情趣的人。邑老，村女，漁人，野叟，雖是垂頭側耳的聽著，但是能辨別音的清濁，調的美妙的並沒有一個人。雖然如此，瓠巴鼓琴，魚鱗迸躍，虞公發歌，梁塵皆動。蓋萬物到了極妙的時候，自然能起感動，人們

卷三

毛髮皆豎，滿座起奇異之感。及至到了深更，奏花香調，如花含芬馥之氣，奏流泉曲，則月增清明之光。又歌唱朗詠，願以今生世俗文字之業，狂言綺語之誤，彈奏祕曲，神明不勝感應，寶殿大為震動。大臣便說道：

「如不是有平家的惡行，我哪能親見這難得的瑞相呢？」感動得流下眼淚來了。

按察大納言資賢卿，同兒子右近衛少將兼讚岐守源資時，兩方的官職同時停止。參議皇太后宮大夫兼右兵衛督藤原光能，大藏卿右京大夫兼伊豫守高階泰經，藏人左少辨兼中宮權大進藤原基親，則並停止三官。其中按察大納言資賢卿，兒子右近衛少將，和雅賢這三個人，並命令即速驅逐出京，於是就今上卿藤大納言實國，博士判官中原範貞，即於當日驅逐出京。大納言說道：

「三界雖廣，但無五尺容身之地，一生無幾，卻不容易經過一日。」便於夜裡從宮中混出，到了八重雲外去了，經過了歌中很有名的大江山和生野這些地方，在丹波國叫做村雲的那裡暫時駐留，但是後來終於被找出來，聽說被流放到信濃國去了。

一七　行隆的事情

前關白松殿的武士，有一個江大夫判官遠成。這也是為平家所不喜歡的人，曾經有過謠言，說六波羅有命令要逮捕他，所以早已同了兒子江左衛門尉家成，也沒有想好到哪裡去，就逃走了。走到京南的稻荷山，下得馬來，父子商量道：

一七　行隆的事情

「本來是想走到東國去，投靠在伊豆國的流人前兵衛佐源賴朝的，但是他也是欽案中人物，就是連他自己也還照顧不來。而且日本國裡沒有一處不是平家的莊園，因此沒有地方可逃，但是在年來住慣的地方若被拘捕，也又出醜很可羞的。好吧，現在回去，若是六波羅方面的逮捕的人來了，便切腹而死好了。」於是再回到瓦坂的住所裡來。果然源大夫判官季貞，攝津判官盛澄，率領甲士三百餘騎，衝向瓦坂的住所，發出喊聲包圍住了。江大夫判官出到簷前，大聲說道：

「請看吧，列位。到六波羅去，就這樣的報告吧。」便把房屋放了火，父子都切了腹，在火中燒死了。

這樣子上下的人多有死亡，是為了什麼呢？據說是因為現為關白的二位中將基通公，與前關白松殿的兒子三位中將師家，有過關於中納言的爭奪的關係。假如是這樣，那麼前關白松殿一個人負責好了，沒有連累到四十餘人的道理呀。自從去年讚岐院的追贈尊號，以及宇治惡左府的贈官以來，世間還是不平靜。凡是這些，似乎不全是死靈的作祟吧。人們傳說道：「入道相國的心裡似乎是為天魔所占據，變得容易生氣了。」京裡上下的人都恟恟恐懼，說天下不曉得將發生什麼事故了。

其時有一個叫做前左少辨行隆的人，是故中山中納言顯時卿的長子。在二條天皇的時代，任為辨官，很是得意，但是這十幾年來，停了官職，夏冬沒有更換的衣服，連朝夕的飲食也欠缺，過著若有若無的生活。入道相國叫人去說道：

「有事商量，可立即前來。」行隆聽說大為驚恐，說道：

「這十餘年來什麼事都沒有關係，這一定是有人說了讒言了。」夫人和兒女們都道：

「這回不知道遇見怎麼倒楣的事了。」相向哭泣，可是西八條的使者絡繹的來，沒有辦法，借了人家的牛車，來到西八條。可是出於意料之外，入道相國立即出來相見了。他說道：

「尊駕的父親顯時卿，乃是我從前事無大小都相商量的人，所以對於你的事，我並不忽視。這多年來閉戶家居，也著實辛苦了，但是因為法皇管理政務，沒有辦法。從此以後，可以出仕了。官職的事替你分配好了。現在你回去吧。」說了就進去了。行隆回到家裡，女人們恍如死人復生了的樣子，聚集了很是高興並且哭起來了。

入道相國叫源大夫判官季貞，把給與行隆支配的莊園許多文書送來了，又說目前恐怕窘乏吧，將絹一百匹，金一百兩，和白米裝車送來。又說是作為出仕之用，把雜役，飼牛的，牛和車子，都送來了。行隆喜歡得簡直不知手之舞之，足之蹈之了，出驚的問道：

「這是夢麼，是夢麼？」同月十七日任為五位侍中，復任為左少辨。今年五十一歲，似乎更是年輕了。但這也實在只是暫時的榮華而已。

一八　法皇被流

治承三年（一一七九）十一月二十日，法住寺殿為軍兵四面圍住了。人們傳說道：

「像平治那年信賴對於三條殿那麼做的樣子，是要放火，把人都燒死吧。」於是上下女官以及女童都很是慌張，頭上也不蓋什麼，爭先逃走。法皇也大為驚駭。當前右大將宗盛將車子來，說道：

一八　法皇被流

「請趕快上車吧。」那時法皇說道：

「這是什麼事？我覺得自己並沒有什麼錯，大概是把我同成親俊寬那樣的移到遠島去吧？我就是因為天皇那麼年輕，對於政務有時插嘴罷了。假如那個也是不行，那我以後就不再那麼辦好了。」宗盛卿回答道：

「那並不是這樣，父親入道公說，等世間平靜一點下去，暫時臨幸鳥羽北殿吧。」法皇道：

「那麼，宗盛，你就跟我一塊兒去吧。」但是宗盛恐怕父親入道會不高興，不敢同去。法皇說道：

「唉，這樣看來，你比你的兄長內大臣要差得多了。一年以前曾經遇到同樣的事情，那時內大臣挺身出來制止了，所以能夠安靜到了今天。現在是再沒有諫止的人，所以有這樣的事情。以後的事就著實可危了。」說著就忍不住流下淚來了。

於是就坐上了車子，公卿殿上人沒有一個人同伴著，只有一個資格很淺的北西武士，叫做金行的力者法師。車子後邊有一個老尼，這個老尼即是法皇的乳母，那個紀伊二位。從七條往西，順著朱雀大路一直往南走去。身分很低的男男女女，看見的都說道：

「阿呀，這是法皇被流放了！」沒有不流淚衿袖為溼的。有人又說：

「所以七月的夜裡有那大地震，正是這個的先兆。一直到十六洛叉的底裡都有感應，可見便是堅牢地神也著實出驚了。」

隨行到鳥羽殿的只有大膳大夫信業這一個人，也不知道是怎樣混進去了，在御前伺候。法皇便叫他來說道：

「我覺得在今夜裡怕要喪命，現在想要洗一個澡，你看怎麼辦呢？」本來從今早起，信業已經是神魂顛倒的有點茫然，聽到了這話更是不知所

卷三

措，便即將狩衣的袖子吊了起來，把雜木所編的牆拆除，或將廣緣廊下的柱子毀壞了，汲了水來，照樣的燒放了熱水，請法皇入了浴。

別一方面是靜憲法印，走到入道相國的西八條邸裡去，對入道相國說道：

「聽說法皇臨幸鳥羽殿了，御前沒有一個人伺候，覺得太是不成話了。假如沒有什麼妨礙，請准許靜憲一個人去吧。」入道相國就許可說道：

「趕快去吧，因為長老是不像會惹是生非的人。」法印就到了鳥羽殿，在門前下了車，走進門內去，那時法皇正在唸經，竭力提高了嗓音，聲音甚是悲涼。法印突然的到來，法皇在唸著的經典上眼淚濟濟的流下來了，法印見了不勝悲傷，也將僧衣的袖子掩住了臉，哭哭啼啼的來到御前。此時在御前侍候，只有老尼一人，對他說道：

「法印長老呵，法皇是昨天早上在法住寺吃了早飯以後，昨夜和今朝都沒有吃，長夜也沒有睡覺，看來性命也頗有危險了。」法印掩住了眼淚說道：

「凡什麼事都有個限度，平家安富尊榮二十餘年，但是惡行也過了度，現在快要滅亡的時候了。天照大神和正八幡宮不會得捨棄法皇的。特別是法皇所信仰的日吉山王七社，在沒有改變他守護《法華經》誓願的期間，以彼《法華經》八卷之功德，就會對於法皇加以保護的。所以政務還將歸還於法皇的手中，凶徒將如水泡似的歸於消滅吧。」這樣的說了，法皇稍為得了安慰。

高倉天皇因為關白被流，臣下多有死亡，很為悼嘆，後來又聽說法皇被閉居在鳥羽殿了，簡直沒有吃飯，常說是有病，躺在寢室裡邊。

法皇被閉居於鳥羽殿以後，宮裡舉行臨時神事，天皇每夜在清涼殿的

石灰壇上，遙拜伊勢大神宮，這是專為法皇的安全做的祈禱。那二條天皇雖是那麼的賢王，而說是「天子無父母」，常常違反法皇的話，因此子孫不能長保帝位，繼任的六條天皇也於安元二年（一一七六）七月十四日，御年十三就去世了。這實在是沒得什麼可說的事情。

一九　城南離宮

古人常說，「百行之中以孝為先。明王以孝治天下。」所以唐堯尊重他老衰的父親，虞舜敬禮他頑固的母親，追隨彼賢王聖主的先例，（高倉天皇）聖心實在是很可貴的。其時從宮中偷偷的有書信送到鳥羽殿裡，信裡邊說：

「在這樣的世界裡，住在九重裡邊也沒有什麼用處，不如仿寬平的舊例，尋華山的遺蹤，出家遁世，做一個山林流浪的行者，倒還要好一點。」

法皇回信說：

「你不要作這麼想吧。你那樣的幹著，是我現在唯一的信賴。假如出了家，消聲滅跡，以後便無可期待了。只請看著我將來是怎麼結局吧。」

天皇得到了這回信，掩住了臉只是流淚。書上說道：「君猶舟也，臣猶水也，水能載舟，亦能覆舟。」正是如此，臣下能夠保君，臣下也能夠覆君。保元平治時代入道相國保持了君的地位，安元治承時代又想把君消滅了，這與史書上所說沒有什麼不同的。

大宮大相國藤原伊通，三條內大臣藤原公教，葉室大納言藤原光賴，中山大納言藤原顯時，都已死去了。現今舊人只剩了藤原成賴以及平親範

卷三

罷了。這些人也都說：

「在這樣世界裡，在朝立身，做個大中納言，參予政事，有什麼用呢？」雖然都還是少壯，也出家遁世，民部卿入道親範隱於多霜的大原，宰相入道成賴則隱於霧深的高野，除了祈求後世菩提之外別無所事。聽說從前曾有隱身於商山之雲，澄心於穎川之月的人，豈不是博覽高潔，故而遁世的麼？其中特別是在高野的宰相入道成賴，京中傳說他的話道：

「唉，早點決心遁世，那的確是不錯。現在聽那世間的事雖然還是一樣的事情，但是如在京裡親身經歷的看見，那更將怎樣的難堪呵。我們覺得保元平治之亂著實悲慘，這便因為世界已近末世，以後還不知道有什麼大事會得出來。真希望分雲而登，所登唯恐不高，隔山而居，所居唯恐不深了。」這話很是不錯，這個世界實在不是有心的人所可安住的。

同月廿三日天臺座主覺快法親王因為屢次辭退，仍舊以前座主明雲大僧正為天臺座主。入道相國這樣的肆意胡為，但是女兒現在是中宮，關白乃是他的女婿，所以萬事覺得安心了吧，說道：

「政務完全由天皇處理好了。」自己走到福原去了。前右大將宗盛卿趕緊進宮，把這奏聞了，天皇卻說道：

「若是法皇讓給我辦又當別論，（不然我就不理政務）一切就去和關白商量了，由宗盛去好好安排便了。」就全然付之不理。

且說法皇在城南離宮裡，冬天一半也已過去了，只有野山的風聲甚烈，寒庭的月色很明，院子裡雖然下雪積著，卻並無踏跡來訪的人，池面為層冰所封閉，也不見群集的鳥雀。大寺的鐘聲，如聞遺愛寺的聲響，西山的雪聲，恍見香爐峰的景色。霜夜寒砧，音響微傳於御枕，軋曉冰而過的車轍，遙橫過於門前。行人征馬，匆忙過街的情狀，以及浮世一般的事

> 一九　城南離宮

情,也得以了知,也是極有意思的。法皇曾說道:

「守衛宮門的蠻夷,這樣晝夜的警衛著,不知道前生是什麼因緣結下的關係呢?」也是很惶恐的。凡隨事觸物,無不引起感傷來,有如從前時時的遊覽,到什麼地方去參詣,以及五十萬壽的祝賀,想起來時輒引起懷舊的淚來。年去年來,治承也已是四年了。

卷三

卷四

卷四

一　嚴島臨幸

　　治承四年（一一八○）正月一日，入道相國不許人到鳥羽殿去朝參，法皇方面也表示謹慎，所以三天裡邊，沒有什麼朝參的人。但是故少納言入道信西的兒子，櫻町中納言成範卿，和他的兄弟左京大夫修範卿，被許可了進宮來的。同年正月二十日，東宮是三歲著裳和御真魚的日子，舉行可喜慶的典禮，但是法皇在鳥羽殿也只同別人家的事情一樣的聽著罷了。

　　二月廿一日高倉天皇並沒有生什麼病，卻硬叫他退位，東宮就踐了祚。這也是入道相國一切任性胡為的一件事。平家的人說是時節到來了，都很是高興。神鏡、神璽、寶劍，移交給了新帝。公卿們都在行禮的地方坐了下來，儀式仍照從來的樣子舉行。最初是辨內侍拿了御劍出來，在清涼殿的外側西邊，由泰通中將把它接受。其次是備中內侍捧了神璽的匣子出來，隆房中將接收了。內侍心想這種神器的匣子得以親手捧持的，就只以今晚為限吧，這樣的感觸想是彼此都有，這是很有點悲哀的。本來那匣子是該由少納言內侍拿的，但是聽人說，今晚若是拿了神器，以後不能永久做新帝的內侍了，所以臨時辭退了。少納言內侍那時年紀已經不很小了，人們便都批評她說，一個人本來難以有兩次的盛年的，備中內侍其時只有十六歲，以還是幼小的年紀，卻特別情願擔任此事，這是很殊勝的事情。歷代相傳的寶物都一件件的由該管的人交代了，拿到新帝的皇居五條殿裡去。舊時的閒院殿裡燈光黯淡，更不聞雞人的聲音，侍衛的武士報名也停止了，那些舊人們都感覺有點寂寞，在喜慶的典禮之中，不無悲哀之感，有人痛心落淚的。左大臣藤原經宗出走，發表御讓位的消息，有心人聽了都覺得傷心，淚溼衣袖了。就是那自己願意將帝位讓給儲君，好讓自

一　嚴島臨幸

己當作上皇，閒靜的過日子的從前的那些天皇，到了臨時，世間常習都不免感到一種悲哀，何況這並不是出於本心，乃是強迫著退位的，那麼這裡的哀感真是訴說不盡的了。

新帝今年三歲。當時的人們都說：「阿呀，多麼早的讓位呀！」平大納言時忠卿是新帝的乳母帥典侍的丈夫，說道：

「這回的讓位，有誰批評說太早呢？在別國裡有周成王是三歲，晉穆帝是兩歲，在我朝則近衛院是三歲，六條院是兩歲，都還是包在襁褓裡面，不能正式的著冠帶，或由攝政揹著即位，或由母后抱著臨朝。後漢的孝殤皇帝誕生才有百日就踐祚了。天子幼年即位的先蹤，和漢就是如此。」但是其時熟悉故事的人們卻都竊竊私議說：

「唉，這說的什麼話。這還是不說的好。那些是什麼好前例呀？」春宮即了位，入道相國夫婦便是外祖父外祖母了，受到準三后的宣旨，給予年官年爵，賜用值班的人，出入著穿有花繡的衣服的衛士，完全和宮禁一個樣子。這一個人出家入道之後，榮華還是不會斷絕的，至於出家的人受到準三后的詔旨，從前的先例只有法興院的大入道公藤原兼家罷了。

同年三月上旬，說高倉上皇將要臨幸安藝國的嚴島。人們都覺得詫異，說帝王退位，臨幸諸神位，開始是八幡，賀茂，春日，這是常例如此，為什麼臨幸到安藝國去呢？也有人說道：

「白河上皇曾臨幸熊野，後白河上皇也臨幸過日吉神社。這是大家所知道，隨上皇的御意罷了。高倉上皇大概心裡也有他的願望吧。而且這個嚴島是平家非常尊崇的地方，所以表面是對於平家表示同心協力，裡面也是為了那不定期的關在鳥羽殿的法皇，給緩和一點入道相國的反感吧。」可是山門大眾聽了，卻大為憤慨，說道：

147

卷四

「如不去石清水，賀茂或是春日，那就該臨幸本山的山王神社才是。臨幸安藝國，這是什麼時代的先例呀！若是這樣，那就抬了神輿出去，阻止這臨幸吧。」這樣的議決，因此臨幸就延期了。入道相國用了種種方法加以勸慰，山門大眾也就安靜下來了。

同月十八日，算是嚴島臨幸的出發，進入入道相國的西八條邸內。當天傍晚，召前右大將宗盛卿來，說道：

「明日臨幸嚴島的順路，想到鳥羽殿，謁見一下法皇，這事行麼？不通知入道相國，怕不成吧。」宗盛卿流淚說道：

「沒有什麼妨礙。」上皇說道：

「那麼，宗盛，就把這事今天夜裡去鳥羽殿，告知一聲吧。」前右大將宗盛卿趕快到鳥羽殿，把這事奏聞了，法皇因為對此想望已久，所以說道：

「這可不是做夢麼！」

同月十九日，大宮大納言隆季卿在夜還是很深的時候，就來催促出發。好久以前所說的嚴島臨幸，到了西八條以來，才算決定了。那時三月已經過半，下弦的殘月躲在雲彩裡，還是朦朧的照著。向著北越歸去的大雁在空中飛鳴，在這時候聽了也深有感觸。在天還沒有亮時候到了鳥羽殿。

在門前下了車，走進門裡面去，只見人影寥落，樹木陰黑，住所很是蕭寂的樣子，先叫人感到一種淒涼。春天已將終了，夏木成陰，枝梢花色悉經衰褪，宮裡的鶯聲也已老了。去年正月六日，因為朝見法皇曾到法住寺殿行幸，那時樂屋奏出亂聲，公卿成列，衛士列陣，百官有司相率迎接，幔門齊張，掃部寮敷設筵道，這些正式的儀式今天便都沒有，像是做

夢一般。成範中納言報告上皇的到來，法皇出至寢殿中央正面相接。上皇今年二十歲，在侵晨的月光底下，顯得玉體非常的美麗，與故母后建春門院很是相像，法皇看了想起故后的事情來，不禁落淚。法皇和上皇的坐位擺得很是接近，所以談話誰也聽不到，在御前伺候的只有尼君一個人而已。會談了好久，時候也不早了，這才告假從鳥羽的草津登舟出發。上皇深以法皇的離宮故邸，幽閒寂寞的生活，覺得非常遺憾，法皇又以為上皇此次旅行，浪上舟中，生活辛苦極為可念。想起這回臨幸，將宗廟，八幡，賀茂諸社放下，遙遠的特地到安藝國去，神明為什麼不受納呢？所以所願成就這是無疑的了。

二　迴鑾

　　同月二十六日到了嚴島，以入道相國所寵愛的嚴島內侍們的宿所為上皇停留的地方。在那裡逗留了兩日，舉行讀經及舞樂及各種儀式。導師是三井寺的公顯僧正。他升了高座，鳴起鐘來，高聲說那表白之詞道：

　　「出九重的帝都，歷幾多的海程，遠來參詣，御心至誠，實為希有，至可感激。」聽著這話，君臣無不感動落淚。此外又到大宮，客人之宮，以及各社各所。離大宮約有五町距離，繞過山去，到了瀧之宮，公顯僧正作歌一首，題在拜殿的柱子上道：

　　「從雲上下來的瀑布的素絲，

　　　結成了緣，也是很可喜的事情。」

　　神官佐伯景弘加進官階，為從五位上，國司菅原在經也升為從四位

卷四

下,在上皇宮中特許升殿。嚴島的座主尊永晉升法印。這是感動神明,想來入道相國的心也要緩和的吧。

同月二十九日,上皇的御舟準備出發回來了。但是因為風浪太是猛烈,將船駛了回來,那一天仍舊留在嚴島,停泊在阿里之浦。上皇說道:

「這是大明神因為惜別的緣故吧,大家都作歌好了。」隆房少將乃作歌云:

「本有惜別的意思,在阿里之浦,

所以神給助力,叫白浪送回來了。」

到了半夜裡,風浪都平靜了,御舟才能出發,到達備後國的敷名港口。這地方在應保年間後白河法皇臨幸的時候,有國司藤原為成所造的休憩所,這回入道相國也預備臨幸用的,但是上皇不曾上去。大家想起宮裡的事情來,所以說道:

「今天是四月一日,有更衣的儀式呀。」在岸邊松樹上有顏色很濃豔的藤花開著,上皇看見了,便叫隆季大納言來,說道:

「把那花折一枝來吧。」於是由左史生中原康定坐了杉板,折取一枝來。把纏在松枝上的藤原折取了來,上皇見了說道:

「這很有意思。」非常中意的樣子,又說道:

「可作一首詠花的歌。」隆季大納言乃詠道:

「為的像君王千歲的緣故,

藤花也纏繞著千年的松枝。」

這時在御前有許多伺候著,上皇遊戲著說道:

「那穿白衣的內侍,心裡很掛念著邦綱卿哪。」大家聽了都笑起來了,

二　迴鑾

大納言正在辯解的時候，有侍女拿著信進來，說道：

「這是給五條大納言的。」大家便鬨然的說道：

「這可不是麼！」大納言拿過來看時，乃是一首和歌道：

「白浪的衣袖為了你都已溼透，

因此不能夠站立舞蹈了。」

上皇看了這歌說道：

「不是很巧妙的搞著麼？給回信吧。」就叫拿筆硯給他，大納言的返歌是：

「請妳體諒吧，妳的面影湧上前來，

正如波浪一般，被眼淚溼透了。」

這以後便到了備前國的兒島港口停泊了。五日天晴風靜，海上很是平穩，御舟當頭出發，人們的船也相繼開行，分開了雲波煙浪前進，在那一天的酉刻到了播磨國的山田港。從那地方換乘御輿前往福原。供奉的人雖然都很著急想早一天也好趕回京去，但是六日這一天卻完全逗留在福原，到種種地方歷覽。有那池中納言賴盛卿的別莊的荒田，也看到了。七日離開福原，那時候隆季大納言奉敕對於入道相國一家加以勸賞。入道的養子丹波守清邦敘正五位下，入道的孫子越前少將資盛敘從四位上。在那一天到了寺井，八日到京，所有出迎的公卿殿上人都到鳥羽的草津地方。迴鑾的時候，不再臨幸鳥羽殿，便一直徑進入道相國的西八條邸裡去了。

同年四月二十二日，新帝舉行即位。本來應當在大極殿舉行，但是前年被焚之後還沒有造起來，所以規定在太政官的正廳舉行儀式。其時九條兼實公說道：

卷四

「太政官正廳在臣下的家裡說起來，相當於帳房罷了。現在如沒有大極殿，那就應當在紫宸殿舉行。」於是改在紫宸殿了。可是人們又都說道：

「過去康保四年（九六七）十一月一日，冷泉天皇在紫宸殿即位，那是因為主上有病，不能臨幸大極殿的緣故，援引這個例子怕不很好吧，還是照以後的後三條天皇的延久（一〇六九）佳例，在太政官正廳舉行要更好一點。」但是這事既然經九條公討論決定，沒有什麼可說的了。中宮從弘徽殿移到仁壽殿，（抱了幼帝）坐在寶座上面，這樣子是十分尊嚴的。平家的人們都來伺候，只有小松公的兒子們因為去年有內大臣之喪，還在服喪中所以蟄居在家裡。

三　源氏齊集

藏人右衛門權佐藤原定長將這回即位的情形，秩序整齊，毫無紛亂，細細的寫了十張厚紙，報告給入道相國的夫人八條的二位殿，夫人看了笑嘻嘻的接受了。一方面雖然有這樣熱鬧漂亮的事情，然而在世間都還覺得是不很平穩的樣子。

其時後白河法皇第二皇子，稱為以仁王，他的母親是加賀大納言季成卿的女兒，因為住在三條的高倉，所以稱為高倉宮。過去永萬元年（一一六五）十二月十六日，御年十五歲，避過了人家的耳目，就在近衛河原的大宮御所舉行了冠禮。字寫得很好，學問也很優秀，本來應當嗣位的，但因為故建春門院妒忌的關係，所以過著蟄居的生活。花下春遊，手揮紫毫以寫御作，月前秋宴，自吹玉笛以奏雅音，這樣的消遣日月，到了

三　源氏齊集

治承四年（一一八〇），御年蓋已三十歲了。

其時在近衛河原伺候的源三位入道賴政，有一天的夜裡偷偷的走到高倉宮那裡，說了一番很是重大的事，他說：

「你是天照大神的四十八世孫，神武天皇以來是七十八代人皇了，本來應當立為太子，早已即位了，現在三十歲卻還是做著親王，難道沒有覺得是遺憾麼？細細的看當代的世相，也只是表面上服從著，內裡對於平家無不是怨恨憎惡的。所以你可以發起謀叛，剿滅平氏，使得沒有期限的關閉在鳥羽院裡的法皇也得安心，你也可以立正大位，這是最上的孝行了。若是這樣的想定了，只要發下令旨去，心悅誠服的願來參加的源氏，著實不少呢。」又接著說下去道：

「先說在京都的，有出羽前司光信的兒子們，伊賀守光基，出羽判官光長，出羽藏人光重，出羽冠者光能，在熊野有故六條判官為義的末子十郎義盛，隱伏在那裡。攝津國有多田藏人行綱，可是在新大納言成親卿謀叛的時候，當初同謀後來卻倒了戈，是個靠不住的人，所以不在話下。但是他的兄弟多田二郎知實，手島冠者高賴，太田太郎賴基，河內國有武藏權守義基，兒子石河判官代義兼，大和國有宇野七郎親治的兒子們，太郎有治，二郎清治，三郎成治，四郎義治，近江國有山本義經，柏木義兼，錦古裡義高，美濃尾張有山田次郎重弘，河邊太郎重直，泉太郎重滿，浦野四郎重遠，安食次郎重賴，其子太郎重資，木太三郎重長，開田判官代重國，矢島先生重高，其子太郎重行，甲斐國有逸見冠者義清，其子太郎清光，武田太郎信義，加賀見二郎遠光，同小次郎清長，一條次郎忠賴。板垣三郎兼行，逸見兵衛有義，武田玉郎信光，安田三郎義定，信濃國有大內太郎唯義，岡田冠者親義，平賀冠者盛義，其子四郎信義，故帶刀先生義賢的次男木曾冠者義仲，伊豆國有流人前右兵衛佐賴朝，常陸國有信

卷四

太三郎先生義憲，佐竹冠者昌義，其子太郎忠義，同三郎義宗，四郎高義，五郎義季，陸奧國有故左馬頭義朝的末子九郎冠者義經，這都是六孫王的苗裔，多田入道滿仲的後胤。共同削平朝敵，得遂升進的宿望，本來源、平兩氏並無什麼優劣可分，但是現在卻有雲泥之差，較之主從關係還要更甚。源氏的人在國內隨從國司，其在莊園則用於總務，被驅遣去幹那麼公事雜務，不得寧息，心裡覺得非常苦悶。假如你有這決心，發下令旨去，就都會連日連夜的前來奔赴，滅卻平氏並不要什麼時日的。入道雖然年老，將率領了兒子們前來參加。」

高倉宮聽了不知道什麼辦好，一時躊躇不決，其時有阿古丸大納言宗通卿的孫子，備後前司季通的兒子，少納言伊長者因為善於看相，時人稱之為相少納言，看了高倉宮的相說道：

「這是將登大位的相，天下的事是不可以放棄的。」他既然這麼說，源三位入道又是那麼的勸告，高倉宮就想道：

「那麼，這一定是天照大神的啟示了吧。」於是決心實行，看看來進行計劃了。

於是先召了在熊野的十郎義盛，任為藏人，改名行家，叫他前往東國傳達令旨。同年四月二十八日從京城出發，自近江國開始，和美濃尾張的諸源氏次第接觸，五月十日到了伊豆的北條，將令旨給了流人前兵衛佐，其次是信太三郎先生義憲因為是長兄，也要給他令旨，便到了常陸國信太的浮島。又因為木曾冠者義仲是姪兒的關係，也要給他，所以往木曾街道去了。

其時熊野的別當湛增卻是平時很受平家的恩惠的人，不知道怎麼的聞知了這個消息。就說道：

「聽說新宮十郎義盛受到了高倉宮的令旨，和美濃尾張的源氏也有關絡，快要發起謀叛了。那智新宮的那些人一定是幫助源氏的吧，但是湛增受平家的恩像天一樣的高，山一樣的大，怎麼能背叛它呢？那麼且對那智新宮的那些人，報以一矢，隨後再把事情告訴平家吧。」於是把全副武裝的軍兵一千人，向新宮的湊的地方出發。在新宮方面是鳥井法眼，高井法眼，武士是宇為，鈴木，水屋，龜甲，那智方面是執行法眼以下，總共二千餘人。兩方發出叫喊，開始對射，射箭時的吶喊聲，說源氏這邊是這麼射的，平氏這邊是這麼射的，毫無衰歇，鳴鏑也沒有間斷的時候，這麼的戰鬥了有三天光景。熊野別當湛增的兵卒看看傷亡殆盡，自己也負了傷，僥倖保得性命，逃到本宮裡去了。

四　鼠狼事件

那時候，法皇雖然說，「這回怕要遠流異地，移到什麼遠島去吧」，但是在城南的離宮，今年卻已是第二年了。

同年五月十二日午刻光景，在鳥羽殿裡有許多黃鼠狼奔走騷擾。法皇大為出驚，親自占卜取了卜兆，叫近江守仲兼，其時還叫做鶴藏人來，對他說道：

「拿了這個卜兆，到泰親那裡去，趕緊查明吉凶，取了說明回來。」仲兼領命，到陰陽頭安倍泰親那裡去了。可是適值不在宿所，說是在白河，走到白河去找，傳達法皇的命令，泰親趕緊做了說明書。仲兼回到鳥羽殿，想從大門裡進來，守衛的武士不許可，可是他是熟悉裡邊的情形的，

所以跳過矮的築牆，在廣緣底下爬過，從廊下出來，把泰親的說明呈上。法皇開啟看時，只見裡邊說道：

「三日之內有喜悅的事，也並有悲嘆。」法皇看了說道：

「喜悅也就是了，現在這種情形之下，又還有什麼悲嘆的事呢？」

卻說前右大將宗盛卿為了法皇的事情懇切的求情，入道相國也終於迴心了，同月十三日才把法皇遷出鳥羽殿，移到八條烏丸的美福門院的御所裡。泰親所說的「三日之內有喜悅」，正就是這事了。

別一方面，熊野別當湛增差了急足，到京都來告發高倉宮的謀叛，前右大將宗盛卿聽了大為狼狽，其時入道相國剛在福原，便即轉行告知。入道相國一聽說急忙上京來，說道：

「沒有別的辦法，把高倉宮逮捕了，流放到土佐的播多去。」便叫三條大納言實房為專差，執行這事的藏人是頭辨光雅，命令源大夫判官兼綱，出羽判官光長，領兵馳赴高倉宮的御所。這個源大夫判官乃是三位入道的次男，但是加在派去收捕的人數之中，這就因為平家那時還沒有知道，高倉宮的謀叛乃是由於三位入道勸說的關係。

五　信連

高倉宮在五月十五日欣賞雲間的明月，並沒有想念到他的身邊要發生的變化，這時候有人說是源三位入道的使者，拿了一封信，很匆忙的走來。高倉宮乳母的兒子六條佐大夫宗信接了過來，送給高倉宮看，信內說道：

五　信連

「御謀叛事件已經發覺，說要奉遷到土佐的播多地方，公人們就要來奉迎了。請趕快離開御所，往三井寺去吧，入道也即刻前去。」高倉宮看了信，說道：

「那怎麼辦好呢。」就張皇起來，武士中間有一個叫長兵衛尉信連的，說道：

「沒有什麼了不得的事，只做女官裝束出去就是了。」高倉宮道：

「就是這樣吧。」把頭髮弄散了。穿上女人的衣服，戴了市女笠，六條佐大夫宗信打了長柄的傘，一個名叫鶴丸的童子頂著裝著東西的口袋，像是少年武士來迎接女官的模樣，從高倉往北，向前走去。路上有一條溝，高倉宮很輕易的跳過去了，過路的人們便停留了腳步，說道：

「這女人很不穩重，那樣的跳溝。」現在怪訝的神氣。高倉宮因此更趕快的走過去了。

長兵衛尉信連在御所裡留守，裡邊也有幾個女官。便叫她們在這裡那裡的隱藏起來，有什麼不好看的物事可以收好，只見有高倉宮向來所愛好的叫做小枝的一管笛子，放在平常住的房裡的枕邊，信連看到了便想道，高倉宮假如記起這笛子來，恐怕會要回過來取的呢。就說道：

「這可了不得，高倉宮所那麼愛好的這管笛子！」於是便追上去，有五町遠的地方把笛子送上去了。高倉宮非常高興，說道：

「我若是死了，就把這笛子放在棺材裡吧！」又說道：

「你就這樣一起去吧。」信連答道：

「現在就有公人們到御所裡來迎接，若是沒有一個人在那裡，那是很是遺憾的事。信連在御所伺候，那是大家都知道的事，假如今夜不在，他們便說這傢伙是夜裡逃掉了，這在手執弓矢的武士愛惜名譽，乃是斷乎

卷四

　　不可以的，現在回去對付官人，等打退了他們，我就前去伺候。」說了這話，就走回去了。長兵衛那一天的裝束是淡青色的狩衣底下，穿著麴塵色的胸甲，佩著衛府的腰刀。他把向著三條大路的大門，和向著高倉小路的傍門都開啟了，等到他們的到來。

　　源大夫判官兼綱，出羽判官光長，帶領了兵士三百餘騎，於十五日夜的子刻，包圍了高倉宮的御所。源大夫判官似乎是別有一種了解，在門前遠遠的停住了馬。出羽判官光長就騎了馬走進門內，到院子裡才住了馬，大聲喊說道：

　　「聽說有御謀叛的傳聞，檢非違使廳的官人奉命，前來迎接，請趕快出來吧。」長兵衛站在闊廊上邊，說道：

　　「親王現在不在這御所裡，出去參拜去了。有什麼事，可報告前來。」出羽判官道：

　　「說什麼話！不在這御所裡，那麼在什麼地方呢？別讓他這麼胡說。部下們進去搜吧。」長兵衛聽了說道：

　　「真是不懂道理的官人們的說法，騎了馬進門來已經是豈有此理了，又說部下們給我搜，那是什麼話呀！左兵衛尉長谷部信連在這裡，不要走近前來吃了虧去！」檢非違使廳的部下有叫做金武的一個大力剛勇的人，便看準了長兵衛，跳到闊廊上去，看了他的樣子，接著有十四五個同僚相繼上去了。長兵衛把狩衣急忙脫去，連帶紐也都撕了，拔出衛府的腰刀來，這刀身卻是精心製作的，便放手的四面砍殺起來。敵人是拿的大腰刀和大長刀，但是被信連的衛府的腰刀劈的不能抵當，好像樹葉子在風暴中一般，颼的都落到院子裡去了。

　　五月十五夜的雲間的月亮露出來了，雖然很是光明，但是敵人對於御

| 五　信連

所是不熟悉的。信連卻是熟悉，所以追到那邊的長廊下，吧的給一下，逼到這邊的角落裡，當的給一刀。那邊說道：

「為什麼反抗宣旨的使者的呢？」這邊回答道：

「什麼是宣旨！」這樣的對抗著。後來腰刀彎了，便跳向後邊，用手拗直，用腳踏直了，那樣劈去，立刻有十四五個好手被砍倒了。直至腰刀的刀尖折斷了三寸許，想要切腹自殺，一摸腰間，可是短刀掉了。沒有辦法，只得揮著兩手，想從向著高倉小路的旁門出去，卻在那裡遇著一個手拿大長刀的人。信連心想跳過長刀，可是沒有成功，在大腿裡被戳了一刀，雖是勇猛的心沒有屈服，無奈被大眾所包圍，終於被生擒了。其後御所雖然搜查遍了，高倉宮卻是不見，只捕得信連一人，被帶到六波羅來了。

入道相國在裡邊簾內，前右大將宗盛卿站在閣廊上邊，把信連帶到院子裡來，說道：

「你這廝說什麼是宣旨，舉刀就砍麼？以致將許多官廳部下傷害，應該把他好好審訊，問明始末，隨後帶到河原，砍下頭來。」信連聽了一點都不張皇，冷笑著說道：

「近來聽說每夜有人來御所窺探，以為沒有什麼事情的吧，也不曾用心戒備，突然有穿著甲冑的人們打了進來，問說是什麼人，答道是宣旨的使者。山賊，海賊，強盜等壞傢伙，往往自稱是公子們的到來，或充宣旨的使者，從前曾聽說過，所以我說什麼是宣旨，舉刀就砍的。假如我好好的穿著甲冑，拿了好的鋼刀的話，那些官人們恐怕沒有一個人能夠安全的回來的吧。關於高倉宮所在的地方，那是不知道。即使是知道，在武士的身分來說，凡是想定了不說的話，說是審問了難道就會說的麼？」其後就

159

卷四

什麼不說了。其時在場的許多平家的武士們都說道：

「真是剛勇的漢子！是很可惜的男子，拿去殺了，真是不應該的。」其中也有人說：

「那還是在前年武者所的時候，衛士大家都抵當不住的強盜六個人，他獨自追了去，砍倒四人，生擒了兩個，就是在那時被任為左兵衛尉的。那真是一騎當千的人物呀。」人人都極口可惜他，入道相國不曉得是怎麼想的，只把他流放到伯耆的日野地方就算了。

後來成了源氏的世界，信連乃下到東國來，經過梶原平三景時，將事情的始末一一上達，鎌倉公聽了說道：

「這是很殊勝的事情。」將能登國的領地賜給了他。

六　競

高倉宮從高倉小路向北走去，到近衛大路交叉處向東轉彎，渡過了賀茂河，就到了如意寶山。從前天武天皇還是在東宮的時候，為匪徒所襲，逃入吉野山中，據說也是假裝作少女的模樣，現在高倉宮的情形，正是沒有兩樣。整夜的在不認識的山路奔走，不習慣的行動，使得腳裡沁出來的血染紅了石子，踏著夏草叢中的露水一定也感到這苦痛吧。這樣的到了天快亮的時候，走到了三井寺。高倉宮說道：

「只因可惜這沒有什麼價值的性命，所以信託大眾，到這裡來了。」大眾非常高興而且感激，以南峰的法輪院作為御所，請他住了下來，並且如式的供給飲食。

| 六　競 |

　　第二天是十六日，人們傳說高倉宮發動謀叛，人已經不見了，京中甚是騷動。法皇聽了說道：

「從鳥羽殿出來，可以說一件喜悅的事，泰親的說明裡說還有悼嘆的事，就是說的這個了吧。」

　　且說源三位入道賴政在這些年來沒有什麼不平，那麼為什麼在今年卻想起謀叛的事來的呢，這乃是由於平家的次男前右大將宗盛卿幹了些奇怪的事情。總之人如得了勢，任性的做事，和說不應該的話，都是很應該考慮的。

　　這事件的原因是由於源三位入道的嫡子仲綱那裡，有一頭名聞九重的名馬。這是鹿毛的天下無雙的逸物，講到跑步以及性質方面，簡直是覺得沒有更好的了，馬的名字叫做木下。前右大將宗盛卿聽見了這事，派遣使者到仲綱那裡，對他說道：

「有名的名馬請賜借一觀。」伊豆守的回信說道：

「所說的馬是在這裡，但是近來因為乘坐過度，稍為勞乏了，暫時給予休養，所以送到鄉下去了。」宗盛卿說道：

「那麼，這也是沒有辦法。」以後也就沒有動靜。但是多數平家武士裡邊，有人說：

「什麼，那馬是前天還在那裡呢！」或者說：

「不，昨天還在，今天還看它在院子裡調練哩！」宗盛卿說道：

「那麼他是吝惜哪！真可惡呀，一定去要了來！」於是差派武士前去，或送信去，一天裡去上五六回，或七八回去要那馬，三位入道聽到了這事，便叫伊豆守來說道：

「即使這是黃金做的馬，人家既是這樣的想要，也不該吝惜。快把那

161

卷四

馬送到六波羅去吧。」伊豆守沒有辦法，便寫了一首歌，連馬一起送到六波羅去了。那歌裡說道：

「愛那馬時請來看吧，像本身的影子

一樣的東西，怎麼可以分離！」

宗盛卿對於這歌也不給回答，只是說道：

「呀，馬真是好馬，但是因為主子太是吝惜了，便給烙上主子的名字吧。」於是便在馬的身上烙了「仲綱」的名字，繫在馬房裡。有客人來了，說道：

「願得拜觀有名的名馬！」便道：

「把仲綱那廝駕上鞍，拉出來！」或者道：

「騎仲綱那廝吧，用鞭子打仲綱那廝。踏好踏鐙吧！」伊豆守聽到了這個傳聞，大為憤慨說道：

「這本是跟我身一樣看重的馬，倚恃威勢強行取了去，又借了這馬使仲綱成為天下的笑柄，實在是太豈有此理了。」三位入道聽見了，對伊豆守說道：

「平家的人幹這樣的愚事，以為無論怎樣侮辱了我們，現在也總無可奈何。既然如此，還是穩便的過去了為是，以後等待機會吧。」因為一家私事的緣故，沒有什麼成功的希望，所以去勸說高倉宮舉兵，這是後來方才知道的事。

關於這件事情，天下的人便都要想起小松內大臣來了。有一天內大臣進宮裡去的時候，順便要到中宮那裡去，有一條八尺左右長的蛇，在內大臣的袴腿左邊爬行。這時自己假如聲張起來，女官們一定也驚慌了，會要使得中宮出驚的，所以他便用左手按住了蛇尾，右手捉住了蛇頭，將它收

到直衣的袖子裡，一點也不張皇，颯的站了起來，叫道：

「六位藏人有麼，六位藏人有麼？」其時伊豆守還是做著衛府藏人，便報名出來道：

「仲綱在這裡。」把那蛇接了過去。仲綱拿了蛇走過了弓場殿，來到殿上的小院子裡，對管倉庫的小舍人說道：

「把這個拿去。」小舍人竭力搖頭，便逃了去了。伊豆守沒有法子，只好去找自己的部下瀧口競，叫他拿去扔掉了。第二天小松公把一匹好馬駕好了鞍，拿來送給伊豆守，說道：

「昨天的行動實在很是漂亮。這是乘坐第一的好馬。在晚上從官廳裡出去，去訪問佳人的時候，使用最為相宜。」伊豆守對於內大臣的回信裡說：

「所賜馬謹已領收。可是拜見昨日的動作，卻恍然如見還城樂之舞也。」小松公有這樣漂亮的事，現在宗盛卿不能及他，這倒也罷了，並且還又去強求人家所珍惜的馬，以致引起天下的大事，這實在是太不堪了。

同月十六日入夜光景，源三位入道賴政，嫡子伊豆守仲綱，次男源大夫判官兼綱，六條藏人仲家，其子藏人太郎仲光以下，總共三百餘騎，各把邸宅放火焚燒，賓士三井寺去了。

三位入道所屬的武士中，有一個名叫源三瀧口競的人。沒有奔去，仍舊留在那裡，前右大將便去將他召來，問道：

「為什麼你不跑到三位入道裡去，卻仍然留著的呢？」競恭謹的回答道：

「向來心想，一旦有什麼事，應當率先跑去，替主家獻出性命，這回卻不知怎的，卻並沒有奉到通知。」宗盛卿說道：

「那麼，你對於朝敵賴政法師方面還算是同謀麼？你平常不是也出入

卷四

於這裡的麼？可想一想前途和升進，你有意思給平家出力麼？老老實實的說來。」競潛潛的流淚說道：

「雖然有世代相傳的情誼，對於成為朝敵的人怎麼能是同謀呢？在這邊的府裡伺候吧。」宗盛說道：

「那麼，在這裡伺候吧。比起賴政法師給你的待遇來，決不會得差什麼的。」說了就進去了。自此以後，便在武士所伺候，裡邊問道：

「競在那裡麼？」這邊答應說：

「在這裡。」一會兒又問道：

「競在那裡麼？」答應說：

「在這裡。」這樣的從早晨直到晚上。看看漸將日暮了，大將出來，競恭恭謹謹的說道：

「三位入道聽說是在三井寺，想來一定是派人去討伐吧。這一點沒有什麼可怕的。不過那些三井寺的法師們，以及我所熟悉的那渡邊黨而已。我想去挑選那些強敵來打倒，但是我本來有一匹騎了出戰的馬的，卻給夥伴們偷走了，所以現在想請賞我一匹馬騎才好。」大將道：

「這話很有理。」便將一匹白葦毛的名叫熒廷的祕藏的馬，加上好的鞍韉，賞給了他。競回到了宿所，說道：

「趕快的天暗下來吧。我好騎了這馬，奔赴三井寺去，給三位入道公去打頭陣，去戰死了吧！」不久天也就暗了，他將妻子們分別躲藏在知人的地方，自己到三井寺去了，他這心裡的悲壯是可想而知的。他穿著綴有大形菊花繼子的平文狩衣，家中世傳的紅色長鎧甲，戴了有銀白星點的盔，佩著精製的大腰刀，背上箭筒裡插著廿四根大中黑的箭，並且似乎還沒忘記那瀧口武士的作法，添上了兩根用鷹的羽毛做的的矢。手裡拿著纏

164

六　競

著藤的大弓，騎了熒廷，還帶上一名從卒騎著換乘的馬跟著，叫牽馬的人挾著手盾，把自己的宿舍放火燒卻，逕自奔赴三井寺去了。

在六波羅方面，聽說競的宿所裡起火了，便都喧擾起來。大將趕緊出來，問道：

「競在這裡麼？」回答說：

「不在。」大將說道：

「呀，那廝只因粗忽了一點，所以上了他的當了。趕快追去！」可是雖然是這樣說，可是競本來乃是善於使硬弓的兵士，又是快射的名手，大力的剛勇的人，所以有人說：

「他只消用插著的二十四根箭，便可以射死二十四個人了。噓，別則聲吧。」並沒有人出去追趕。

在這時候，三井寺方面也正有說競的事情。渡邊黨的人說道：

「本來競也該叫他同來，如今只有一個人留在六波羅，不知道要吃到什麼苦頭呢？」三位入道可是知道他的本心，說道：

「那個人可是不會隨便被捕的。他是對於這入道有很深的情誼的人。我們看吧，他現在就會到這裡來的。」話猶未了，競就突然進來了。三位入道說道：

「這可不是麼！」競規規矩矩的說道：

「我把伊豆守的木下，從六波羅換了熒廷來了。現在就獻上吧。」就獻給了伊豆守。伊豆守非常高興，立刻就把馬尾和鬃毛剪去了，加上烙印，第二天夜裡趕回六波羅去。到了夜半，進到門內馬房裡，和別的那些馬咬了起來，那馬伕們都出驚了，嚷道：

卷四

「爕廷回來了！」大將趕緊出來看時，見馬身上有烙印道：

「昔為爕廷，今為平宗盛入道。」大將說道：

「可惡的競那廝，因為疏忽了不曾殺卻，所以被他騙了，實在是遺憾之至。這回去攻三井寺的人們，務必把競那廝生擒了，用鋸來鋸他的腦袋！」雖是氣得跳起來，可是爕廷的尾巴並不生長，烙印也不會得消去。

七　山門牒狀

且說三井寺吹起海螺，撞起鐘來，召集大眾，開會議說道：

「竊觀近來世上的形勢，佛法衰微，王法停頓，至此已極了。在這個時候如不來懲罰清盛入道的暴惡，更期待何時呢？高倉宮來到本寺，不是正八幡宮的保佑，和新羅大明神的神助，怎麼能成呢！天地神祇的眷屬都有示現，佛力神力對於降伏怨敵加入援助，這是無疑的事。而且北嶺是圓宗學習之勝地，南都乃夏臘得度的戒場也，如送牒文前去，請求協助，想沒有不可以的道理。」大眾一致決議，對於比睿山和奈良都送牒狀去。致比睿山的牒狀如下：

「園城寺謹致牒於延曆寺寺務所，為特請助力，俾本寺得免破滅事。

竊查淨海入道，恣意胡為，踐亂王法，破滅佛法，舉世愁嘆，無有記極。前十五日夜裡，法皇的第二王子偷偷的來到本寺。於是聲稱有院宣，叫把本人交出去，但是本寺不能照辦，傳聞說要派官軍到來。那麼本寺的破滅，就在目前了，這是令天下的人們無不愁嘆的。本來園城、延曆兩寺，門派雖然分而為二，所學同是天臺的法門，圓頓一味的教理，譬如鳥

之有左右兩翅，又如車之有兩輪，若闕其一邊，那一邊豈能沒有悲嘆麼？為此特請助力，俾本寺得免於破滅，而且過去年中的意見也悉行捐除，回復昔時同住一山的狀態，甚幸。眾徒會議的結果如上，須至牒者。治承四年五月十八日，大眾等。」

八　南都牒狀

山門大眾接到牒狀，開啟看時，說道：

「這是怎麼的，三井寺乃是本寺的下院，卻說什麼如鳥之有左右兩翅，又如車之有兩輪，將比睿山降下一格去，這樣寫法真是豈有此理。」所以就並不給回信。而且入道相國又有話給天臺座主明雲大僧正，叫他去安撫眾徒，於是座主趕緊上山去了。因此對於高倉宮的回答，是說能否協助還在未定。這時入道相國又把近江米二萬石，北方的織延絹三千匹，送去當作訪問的禮物。把這個分配給各處上上下下山灣裡的僧眾，因為是急忙裡的事情，所以有一個人拿了好多的大眾，也有空手得不著一匹的人。不知道是什麼人幹的事，有這樣的匿名詩道：

「山法師的絹衣很是薄呵，

遮不住他那樣的醜態。」

又有這樣的，那或者是分不到絹的大眾所寫的吧：

「拿不到一片絹的我們，

也被算在那出醜的中間了。」

卷四

又致南都的牒狀如下：

「園城寺謹致牒於興福寺寺務所，為特請助力，俾本寺得免被滅事。

竊以佛法之尊勝，由於遵守王法，而王法得以長久，又實由於佛法。今有入道前太政大臣平朝臣清盛公，法名淨海，恣意胡為，私有國威，紊亂朝政，所有道俗之人，無不嘆恨。今月十五日夜，法皇第二王子為避意外的災難，突然來寺。於是聲稱有院宣，叫把本人交出去，但是眾徒一致加以保護。因此彼入道者乃想令武士闖入本寺，佛法王法，均要一時破滅了。從前唐朝的會昌天子，曾以軍兵圖滅佛法，清涼山的僧眾對它交戰，以為防禦，對於王權尚可如此，何況對於謀叛八逆之輩哉。特別是南都的沒有前例的事，將無罪的長者加以流配。不在這個時候，將何時得雪會稽之恥麼？務祈眾徒內則防止佛法之破滅，外則屏除惡逆之徒輩，加以協力，不勝幸甚。眾徒的會議結果如上，須至牒者。治承四年五月十八日，大眾等。」

南都大眾接到牒狀，開啟看時，就送回牒過去。其回牒如下：

「興福寺謹致牒於園城寺寺務所。來牒收到了，得悉因為入道淨海的關係，貴寺佛法有被滅亡的危險等情。竊維玉泉玉華雖立兩家之宗義，而金章玉句同出一代之教文，南京北京，等是如來之弟子，自寺他寺，應互伏調達之魔障。彼清盛入道者，實平氏之糟粕，武家之塵芥也。其祖父正盛，仕於藏人五位之家，執諸國受領之鞭。及大藏卿為房為賀州刺史時，任檢非廳的職事，修理大夫顯季為播磨太守時，又充廄別當的差使。所以其父忠盛特許升殿的時候，都鄙老少悉惋惜上皇的失政，內外賢豪皆嘆息於馬臺之讖文者也。忠盛雖刷青雲之翅，然而世間的人悉輕視為白晝之種，愛惜名譽的青年武士，沒有希望仕於其家的。但是那時平治元年十二

> 八　南都牒狀

月，太上天皇感於一戰之功，授予不次之賞，自此以來，尊居相國，兼給兵仗。男子或忝登臺階，或列於羽林，女子或備位中宮，或蒙宣準后，群弟庶子並登棘路，孫兒外甥悉握竹符。不但如此，統領九州，進退百司，所有臣僕，併為奴婢。一毫拂意，雖王侯亦即逮捕，片言逆耳，雖公卿亦遭囚繫。因此或為求免全性命於一時，或為逃避片時的迫害，即以萬乘之君猶不免為面前的服從，歷代主人反而為膝行之禮。強奪世代相傳的領地，上官亦恐懼而緘口，占有親王世襲的莊園，人皆畏威而不敢說話，更有進者，去年冬十一月，沒收太上皇的御所，配流博陸公的本身，叛逆行為莫甚於此，誠可謂冠絕古今矣。其時我等雖欲對於此等國賊進行問罪，但是或者考慮神意，又或因說是天皇的旨意如此，所以我等只能按住幽鬱的心情，度此月日，頃者乃又發動軍兵，包圍法皇第二王子高倉宮，但是八幡三所權現，乃春日大明神，有所示現，奉呈御輦，送至貴寺，暫寄跡於新羅大明神之宇下，此正可見王法之尚未盡也。因此貴寺不惜身命，守護高倉宮，此又凡是含識之倫，孰有不隨喜讚美的麼？我等雖遠在異地，亦感同情，而清盛入道尚懷噁心，欲進攻貴守，此間亦微有所聞，並預作準備。於十八日辰一刻召集大眾，致牒各寺，又通知下院，軍兵集合之後，再行奉聞，而青鳥飛來，投下芳翰，乃使日來鬱悶，一時消散矣。彼唐家清涼一山之苾芻，猶且戰退武宗之官兵，何況和國南北兩門之眾徒，為何不能摧毀懷有野望的邪惡之徒呢？請你們固守梁園左右之堅陣，以待我輩出陣之消息可也。請賜亮察，勿復疑慮。須至牒者。治承四年五月二十一日，大眾等。」

九　長時間的會議

三井寺又召集大眾，會議說道：

「山門方面是變了心了，南都也還沒有回信到來。這樣的拖延下去，結果是不好的。還是立刻就衝到六波羅，實行夜襲吧。這裡可以分作老少兩路，老僧們先從如意峰走往背面，率領步卒四五百人作為先鋒，在白河的民家放火延燒，京裡的人和六波羅的武士，一定驚呼，『大事起來了！』都衝到那方面去了吧。那時在岩坂、櫻本左近把他們騙住，暫時交戰著，在這時間從正面以伊豆守為大將軍，率領大眾惡僧，向著六波羅突進，順風縱火，一下子攻過去，就必然把太政入道燒了出來，可以除滅了。」

可是會議中間，有平時給平家做祈禱工作的一如房的阿闍梨真海，帶領了弟子和同宿的法師數十人，來到會場，出來說道：

「我這樣的說話，或者以為是站在平家的一面也未可知。但是縱使這樣的受到誤解，怎麼忍得破壞眾徒的道義，並且汙損我寺的聲名呢？昔時源、平兩家分成左右兩派，共同守護朝廷，近來源氏運勢就衰，平家得勢已二十餘年，天下一草一木亦無不靡然從風。竊觀六波羅內中的情勢，不是些小攻勢在短時期內所能攻下的。所以還應好好的謀劃，多集軍勢，日後再行進攻，乃是上策。」為的要延長時間，所以陳說很長的意見。

這時有乘圓房的叫做阿闍梨慶秀的一個老僧，在法衣底下穿著胸甲，前面掛著大腰刀，禿頭包裹著，拿了白柄的大長刀，當柺杖似的拄著，走到會議的中間，說道：

「不必引什麼別的證據。我等的願主天武天皇，還是在東宮的時候，為大友皇子所襲擊，逃到吉野的裡邊，經過大和國宇多郡的時候，其軍兵

一共才有十七騎,但是過了伊賀、伊勢,用了美濃、尾張的軍兵,終於把大友皇子滅了,即了帝位。書上說的話,『窮鳥入懷,仁人所憫。』別人是不知道,慶秀遂決定同了門徒,今夜攻進六波羅去,去戰死了!」圓滿院大輔源覺起來說道:

「會議老是討論,夜已經很深了。趕快吧,趕快吧。」

一〇　大眾齊集

　　進攻後面的老僧們的大將軍是源三位入道,以及乘圓房阿闍梨慶秀,律成房阿闍梨日胤,帥法印禪智,禪智的弟子義寶,禪永等,總共一千人,手裡都執著火把,向著如意峰出發。正面的大將軍是嫡子伊豆守仲綱,次男源大夫判官兼綱,六條藏人仲家,其子藏人太郎仲光,大眾是圓滿院大輔源覺,成喜院荒土佐,律成房伊賀公,法輪院鬼佐渡,這些都是力大無雙,拿起刀劍來,是不管鬼神也全對敵的,所謂一人當千的老兵。在平等院有因幡豎者荒大夫,角六郎房,島阿闍梨,筒井法師有卿阿闍梨,惡少納言,北院有金光院六天狗,式部,大輔,能登,加賀,佐渡,及備後等。其他松井肥後,證南院筑後,賀屋筑前,大矢俊長,五智院但馬,乘圓房阿闍梨慶秀同住的六十個人之內,加賀光乘,刑部春秀等諸法師,卻總不如一來法師。堂眾僧兵有筒井的淨妙明秀,小藏尊月,尊永,慈慶,樂住,鋏拳玄永,武士有渡邊省,播磨次郎授,薩摩兵衛,長七唱,競瀧口,與右馬允,續源太,清,勸,充當先鋒,總共兵力一千五百餘人,從三井寺一徑出發了。

卷四

　　高倉宮來到三井寺以後，在大關、小關地方都掘了壕溝，安置刺木柵欄等，現在要在溝上架橋，刺木柵欄也須得拿開，費了許多工夫，到得通逢坂關的路上時，已經雞叫了。伊豆守就說道：

　　「到這裡雞已叫了，那麼若是攻六波羅，恐怕要在白晝了。」圓滿院大輔源覺又同前回一樣，出來說道：

　　「從前在秦昭王時代，孟嘗君被召去關了起來，因為得到后妃的幫助，率領了三千兵士逃了出來，走到函谷關。可是雞沒有叫，關門是不開的。孟嘗君三千食客之中，有一個名叫田括的兵，因為善能學作雞叫，所以又叫做雞鳴。那個雞鳴走到很高的地方去，學作雞叫起來，於是關門左近的雞聽到了，也都叫了起來了。其時守關的人為這雞聲所騙，把關門開了，放了他們出去。那麼，這或者也是敵人的陰謀叫它叫的吧。沒有關係，徑往前去吧！」但是這時候五月的短夜，天就漸漸的亮了。伊豆守說道：

　　「若是夜襲，說不定還有希望，白晝打仗可是不行。那就回去吧。」於是攻背面的從如意峰折回，正面的一支從松坂轉回去了。年輕的大眾就說：

　　「這都是一如房阿闍梨的長時間的討論的關係，所以天也就亮了。我們把那宿舍打倒了吧。」便到那宿舍完全毀壞了，想加防禦的弟子們以及同住的幾十個人也都死在裡面。一如房阿闍梨連走帶爬的逃到六波羅，老眼裡流著淚，將這事由告訴了，但是六波羅方面已經聚集有軍兵數萬騎，聽了也並不覺得什麼出驚。

　　同月二十三日早晨，高倉宮說道：

　　「單是這個寺裡的人恐怕不行。山門是變了心，南都也還沒有來回

信。日後事情怕要不好。」於是便出了三井寺，預備往南都去了。高倉宮舊有兩支紫竹的笛子，名中蟬折與小枝。這個蟬折乃是從前鳥羽天皇的時代，曾將砂金一千兩贈送於宋朝皇帝，將這個作為回禮，把竹節像是一個活的蟬似的一節做笛子的竹送了過來。天皇說道：

「這樣一件寶物，不能隨便的雕刻了。」便叫三井寺的大進僧正覺宗，放在佛壇上，經過七天的加持祈禱，隨後才雕成笛了。在一個時候高松中納言實衡卿到了大內，吹奏這個笛子，他一時忘記以為是普通的笛子一樣，隨便放在膝下，大概笛子生了氣吧，這時候那蟬就折斷了，所以稱為蟬折。因為高倉宮是吹笛的名人，這笛遂為他所有。但是他大概感到他所有也以今時為限吧，乃將此笛捐獻於金堂的彌勒菩薩，在他龍華降生的時代，得與菩薩再相遇見，用心是深可哀感的。

老僧們都賜了假，留在三井寺裡。至於年輕的大眾以及惡僧等，全都同去。源三位入道率領他的一族，據說兵勢共總一千餘人。乘圓房阿闍梨慶秀扶了鳩杖，走到高倉宮的面前，從老眼裡潸潸的落下淚來，說道：

「本來雖是想不論什麼地方都跟了去的，無奈年紀已過八十，行步甚為困難。有弟子刑部房俊秀，可以伺候前去。這是平治之役，故左馬頭義朝的屬下，在六條河原戰死的相模國住人山內須藤刑部丞俊通的兒子，因為略有點關係，所以接收了來，養育長大，是心底裡都很知道的，叫他隨侍你前去吧。」說著掩了眼淚，就留下在後邊了。高倉宮也感到悲哀，說道：

「這是由於哪一世的恩義，承你們這樣的看待的呢。」說了也止不住眼淚流下來了。

卷四

一一　橋頭交戰

且說高倉宮在宇治與三井寺之間的路上，接連的六次落了馬，據說是因為昨夜裡沒有睡好覺，把宇治橋的橋板去掉了三間，就進了平等院裡，暫時在那裡休息了。六波羅方面人們說道：

「阿呀，聽說高倉宮逃到奈良去了。追上去將他消滅了吧。」於是以左兵衛督重衡，左馬頭行盛，薩摩守忠度為大將軍，武士大將的方面則有上總守藤原忠清，其子上總太郎判官忠綱，飛驒守景家，其子飛驒太郎判官景高，高橋判官長綱，河內判官秀國，武藏三郎左衛門有國，越中次郎兵衛尉盛繼，上總五郎兵衛忠光，惡七兵衛景清為先鋒，總兵力二萬八千餘騎，過了木幡山，走到宇治橋頭。他們猜想敵人是在平等院裡，便高聲吶喊了三遍，這邊也同樣的發出喊聲來答應它。平家方面的先鋒叫喊說道：

「橋板揭去了，不要掉下去！橋板揭去了，不要掉下去！」可是後邊的人沒有聽到，大家搶先的往前走，走在前頭的有二百餘騎落下去了，就都溺死了。於是在橋頭的兩邊，各自射出響箭去，作為交戰的開始。

高倉宮的方面，有大箭的俊長，五智院的但馬，渡邊省，授，續源太所射出去的箭，鎧甲也沒有用，盾牌也擋不住，直自透過去了。源三位入道賴政穿的是鎧底下的絹袍，和藍地白花革綴的鎧甲，好像想定今日是最後了的樣子，故意的不戴鐵盔。嫡子伊豆守仲綱穿著赤地的錦袍，用黑絲綴的鎧甲，因為要拉強弓，所以也沒有戴盔。這裡是五智院但馬，把大長刀拔出鞘來，獨自一個人站在橋上。平家方面看見了他，說道：

「把那人射下來吧。」力大善射的人們裝箭拉弦，不斷的放箭，但馬毫不慌忙，上邊來的箭就屈身躲過了，底下的一跳過去，當面來的用長刀劈

一一　橋頭交戰

了下去了。不問敵人或自己方面的人，都來觀看他的這種本領。因為這件事以後，人家就叫他綽號為斬箭的但馬。

　　堂眾僧兵之中，筒井的淨妙明秀穿著褐袍，外加黑革綴的鎧甲，戴了有五段項鎧的盔，帶著黑漆鞘的腰刀，背上箭筒裡插著廿四根黑雕毛的箭，手拿一張纏藤塗漆的弓，和一把特別愛好的白柄的大長刀，走到橋上面去。大聲報名道：

　　「你們平日想已聽見過聲名，現在卻來看看吧。我乃是三井寺沒有不知道的，堂眾裡邊叫做筒井淨妙明秀的，一人當千的一個兵士。誰有看得我起的請出來，我們試試手吧。」說了拿來廿四枝箭，裝箭拉弦，不斷的放箭，立刻就射死了十二個人，傷了十一個，在箭筒裡還剩下一枝箭來。隨後把那弓颯的丟掉了，解下箭筒也拋棄了，並且脫去了皮毛所做的鞋，裸了雙腳，在橋的直梁上很自在的走過去。在別人都害怕得不敢走的直梁，在淨妙房的心裡，好像是在一條二條的大路上走著的樣子。揮動著長刀，把敵人劈倒了五個，到了第六個敵人，那長刀在中間斷掉了，只好也就拋棄了。隨後拔了腰刀應戰，但是敵人很多。蜘蛛腳，八結，十字，翻筋斗，水車，八方不透風的使用腰刀，肆行砍殺。已經劈倒了八個人，到了第九個的時候，因為過於用力的打在盔頭上面，刀身在釘在刀把的地方折斷了，上半脫落，掉到河裡去了。現在剩下來的只有腰間的匕首，淨妙房更是發瘋的砍殺了。

　　這時乘圓房的阿闍梨慶秀所使用的一來法師是個大力剛勇的人，也顯出本領來了。他跟在淨妙房的後面戰鬥，但是橋的直梁很狹，傍邊又無路可走，他就在淨妙房的盔上用手一按，說道：

　　「對不起了，淨妙房。」便咚的一下子從他的肩頭跳過去了。可是後

卷四

　　來一來法師終於在此地戰死了。淨妙房也爬似的逃得回來，在平等院門前那草地上面，脫去了甲冑，在鎧甲上數了一數箭的痕跡一共有六十三處，射通裡邊的有五處，可是沒有受到什麼重傷，就這裡那裡的加以灸治，用布裹了頭，穿著淨衣，把弓折斷了當作枴杖，腳穿低的木屐，念著「阿彌陀佛」，向奈良方面走去了。這邊三井寺的大眾以及渡邊黨的人，都看了淨妙房渡橋的模樣，繼續的走去，爭先的渡過橋的直梁去。有些人獲得敵人首級或武器走了回來，也有人受了重傷，切腹自盡了，或者跳到河裡去了。橋上的戰鬥，真是像會得發出火來的那麼猛烈。

　　看了這個情形，平家方面的武士大將上總守忠清走到大將軍面前，說道：

　　「請看那個樣子吧，橋上的交戰很是激烈。那麼現在是應該渡河過去，但是適值五月梅雨的時候，水勢增加了，若是渡過去，人馬恐要損失許多。我們現在往澱和一口去好呢，還是繞道到往河內的路好呢？」下野國住人足利又太郎忠綱進前說道：

　　「澱和一口和河內的路，這是叫天竺震旦的武士前去呢，還是叫我們前去？現在目前的敵人不加討伐，卻放他進到南都，那時吉野十津川的軍兵都聚集了，就要成為一件大事了。在武藏與上野的國境上，有一條叫做利根川的大河。秩父黨和足利黨發生衝突，時常交戰，正面是從長井渡過去，後面是從古河杉之渡過去。上野國住人新田入道加入足利黨方面，想要從杉之渡過去，但是所預備的船隻都為秩父黨所毀壞了。他說道：

　　『現在如不渡河，將永久是執弓矢者的羞恥。淹在水裡死了，就去死吧。趕緊渡河！』就編成了馬筏，這樣渡過去了。這是坂東武士之常，大敵在前，隔著河交戰，不應計較河水的深淺。況且這河的水深流急，比起

利根河來，並沒有什麼優劣可分。跟著來吧，列位們。」說著就儘先的鞭馬進河裡去了，接著下去的有大胡，大室，深須，山上，那波太郎，佐貫廣綱四郎大夫，小野寺禪師太郎，邊屋子四郎，從卒們有宇夫方次郎，切生六郎，田中宗太等，總共三百餘騎接續了去。足利又太郎大聲說道：

「把強的馬站在上游，弱的馬放在下游方面。馬腳踏得著的時候，放開纏繩讓它走好了。（若是踏不著地）馬跳起來了，便收緊了叫它游泳著。如有掉隊的人，可以弓弰叫他攀住了走。各人都挽著手，並肩游過去。要穩坐鞍轎，用力的踩住踏鐙。馬的頭如沉下去，要把它拉起來，但也不要拉的太過把它蓋住了。水若是浸上來，可騎在馬的後部上頭。對馬要用弱，對水要用強一點。在河裡不要射箭，敵人射了，也不要應射。要常把項甲斜著，卻不要太斜了，給射中了盔的頂邊。不要亂流渡水給衝了去。只順了水流，斜渡過去就是了。」他說了這些指示，這三百餘騎一個都沒有漂失，颯的一下到了那邊岸上了。

一二　高倉宮最後

足利又太郎忠綱那天穿著朽葉色的綾袍，赤革綴的鎧甲，頭上戴了有高角的盔，佩了用黃金裝飾的腰刀，揹著黑白分明的雕毛的箭，拿著纏藤的弓，跨著連錢葦毛的馬，鞍轎上塗著金，和有楊樹上立著貓頭鷹的金屬飾物。他站在踏鐙上面，大聲報名道：

「你們在遠處的想已聽見過聲名，近處的就來看看吧。我乃是當年除滅朝敵將門，蒙賜勸賞的俵藤太秀鄉的十代孫，足利太郎俊綱的兒子，又

卷四

太郎忠綱是也。生年十七歲，以這樣無官無位的人，對於親王引弓放箭，雖然恐有天罰，但是我們乃是奉平家命令而來的，那麼弓矢之神和神佛的賞罰，也該算在平家身上吧。三位入道公方面的人，誰有看得我起的請出來，我們試試手吧。」說著就衝進平等院去，戰鬥起來了。

大將軍左兵衛督知盛見了這個情形，就下令道：

「渡過去，渡過去！」二萬八千餘騎於是一齊趕馬進到河裡去了。河水都給人和馬所堵塞住了，那樣急流的宇治河，就阻住在上流，偶然從空隙進出的水勢十分急烈，什麼東西都擋不住，就被沖走了。雜兵因為靠著馬的下手，渡河過去，所以有很多的人沒有溼到膝頭以上。但是不知道是怎麼搞的，伊賀、伊勢兩國的官兵，因為馬筏為水所衝破了，有六百餘騎給水衝了去了。淡綠的，紅色的，赤色的，各色各樣革綴的鎧甲，在河裡或浮或沉的飄動著那種情形，正如神南備山的紅葉，為山上的風雨所吹落，在龍田河的暮秋，給堤堰所擋住，難以流動的樣子一般。其中有穿紅色革綴的鎧甲的武士三人，被流到（捕冰魚的）魚梁上掛住了，在那裡搖動著，伊豆守看見了作歌道：

「伊勢武者都穿了紅革綴的鎧甲，

（冰魚似的）給宇治的魚梁所捕住了。」

他們這三個人原來都是伊勢國的人，叫做黑田後平四郎，日野十郎和乙部彌七。其中日野十郎是個老兵，他把弓弰塞進岩石的隙處，揪住了攀登岸上，隨後也將二人拉了上來。據說是這樣得救的。

全部既然登了岸，攻進平等院的門裡，開始戰鬥。在這混亂的時候，高倉宮已經先往南都去了，只有源三位入道的一派留下，射箭禦敵，作為掩護。

一二　高倉宮最後

　　三位入道已經過了七十歲了，還親自戰鬥，左邊膝蓋被射了箭，這乃是致命傷，心想平靜的自盡了，便退入平等院的門內，可是敵兵還是襲來。次男源大夫判官兼綱穿了藍地的錦袍，和唐綾綴的鎧甲，騎著白葦毛的馬，為得讓父親可以逃遠，屢次回馬前來接戰。上總太郎判官射的箭，正中兼綱的盔的正面受了傷，這時有上總守的侍童叫做次郎丸的，是個大力的剛勇的人，拍馬上來與他並排著，扭打起來，噹的落在地上了。源大夫判官雖然盔裡負了重傷，但是有名的大力，所以按住了次郎丸，斬下他的首級，剛想立起來的時候，有平家的兵士十四五騎，從馬上跳了下來，一齊都壓在上邊，所以兼綱就遇了害。伊豆守仲綱也受了許多重傷，在平等院的釣殿裡自盡了。他的首級由下河邊藤三郎清親取了，拋進本堂的闊廊底下去了。六條藏人仲家，其子藏人太郎仲光也非常奮戰，取得了不少的首級和武器，終於戰死了。這個名叫仲家的人，乃是帶刀先生義賢的嫡子，成為孤子，三位入道把他當作義子，加以養育，果然不背平日的恩情，一塊兒死了，也是夠悲哀的事情。

　　三位入道叫了渡邊長七唱來，對他說道：

　　「把我的頭顱砍了吧。」但是活著砍主人的頭，覺得太是可悲了，潸潸的落下淚來，說道：

　　「這到底不是奉命的，假如是自害了，那麼這以後或者可以。」三位入道說道：

　　「那也是的。」便面向西方，高聲念佛十遍，做了最後的歌，這是很可哀的。

　　「埋木似的花也沒有開過，

　　本身這樣結果是很可悲的。」

卷四

這是一生的最後的歌了,將腰刀的尖刺在肚腹,屈身下去,就為腰刀貫穿而死了。其時不是詠什麼歌的時候,但是因為在少年時代酷好此道,所以就是在最後也不會得忘記了。於是長七唱取了首級,哭哭啼啼的用石頭一起包好,在大眾混亂中走了出來,把它沉了宇治河的深處了。

競瀧口因為平家的武士總想怎樣的把他生擒了,他自己也原先知道,奮力戰鬥,受了許多重傷,也切腹死了。圓滿院大輔源覺大概這時覺得高倉宮已經走得很遠了吧,兩手裡拿著大腰刀和大長刀,突破敵人的包圍,跳進宇治河裡,武器一樣都沒有丟失,潛過水底,到對面登岸,走到高地上,大聲叫道:

「平家的爺兒們,到這地方來大概很吃力吧!」說了就回到三井寺去了。

飛驒守景家是個經歷戰陣的老兵,心想趁了這場忙亂,高倉宮怕已往南都去了吧,所以並不打仗,率領了部下五百餘騎,加鞭催鐙,追了下去。果然高倉宮只帶了三十餘騎正在趕路,在光明山的廟門左近被追著了,弓箭就如雨下的射來,不知道是什麼人射的箭,射中了高倉宮的左邊的腰腹,落下馬來,被取了首級去了。走在一起的鬼佐渡,荒土佐,荒大夫,理智城房伊賀公,刑部俊秀,金光院六天狗等,都叫喊道,在這時還要給誰可惜性命呢,就在一塊兒戰死了。

其中有高倉宮乳母的兒子,六條亮大夫宗信,因為敵人繼續前來,他的馬又乏力,所以跳進了贄野池裡,臉上蓋著浮萍,在那裡發抖,敵人就在他面前經過。過了一會兒,兵卒四五百騎喧嚷著走回來,有一個身著淨衣,沒有頭的死人在窗板上抬著,這是什麼人呢,看時卻正是高倉宮。他從前說過:「若是我死了,把這笛子放在棺裡吧。」這個有名的「小枝」的笛子,現在還是插在腰裡。心裡雖想跑出來,抱住了屍骸,可是因為害

怕，所以這也沒有能夠做到。等到敵人們都回去以後，才從池裡上來，將溼衣服絞乾了穿上，哭哭啼啼的回到京城裡來，世人沒有不非難他的。

且說南都大眾七千餘人，著了甲冑，來迎接高倉宮，先鋒已經到了木津，後陣還沒有出興福寺的南大門。但是隨即得到消息，高倉宮已經在光明山的廟門外遇害了，大眾沒有法子，遂掩淚留了下來。只有五十町的距離不及等待，卻給遇害了的高倉宮的運命，實在是很可痛心的了。

一三　王子出家

平家的人們把高倉宮的，以及三位入道的一族，三井寺的眾徒，總共五百餘人的首級，插在腰刀長刀的尖頭上，高高的舉著，於快晚時候回到六波羅來了。兵卒們的踴躍歡呼的情形，說起來簡直是可怕的了。其中只有三位入道的首級，因為長七唱拿去沉到宇治河裡去了，所以沒有見到，至於他的兒子們的首級，都在這裡那裡的給找到了。其中高倉宮的首級，平常因為沒有人到他那裡去，所以也就沒有一個人認得的。先年典藥頭定成曾經因為看病召去過，他應該看見過的吧，差人去叫，可是因為生病不能來。於是有那高倉宮平常所使用的女官給搜查了出來，叫到六波羅去問。那人和高倉宮正有不很淺的因緣，還生過兒子，是他所最寵愛的女官，哪裡會有看錯的道理呢？所以只消一眼看去，就把袖子掩著臉，流下眼淚來了，那才知道這真是高倉宮的首級了。

高倉宮還同了好幾個人的女性生下了好些王子。在八條女院那裡伺候的，伊豫守高階盛章的女兒，名叫三位局的女官，給他生有一個七歲的王

卷四

子，和五歲的女兒。入道相國叫他的兄弟池中納言賴盛卿去對八條女院說道：

「聽說高倉宮生有不少的子女，王女不成什麼問題，王子便快快的送他出來吧。」八條女院回答說：

「聽到那謠言之後，乳母不知好歹的帶了他，一直逃走了，不在這御所裡了。」賴盛卿沒有辦法，就這樣的報告了入道相國。他說道：

「哪裡會有這樣的事，不在御所裡還有什麼地方呢？那麼，就叫武士們去搜吧。」這中納言乃是女院那裡乳母的女兒，叫做宰相殿的女官的丈夫，平常往來八條院裡，覺得頗有好感的，但是為了王子來說話，像是別個人的樣子，女院就有點嫌惡了。但是王子說道：

「現在這事情已經鬧了很大，我也終於躲不過去的吧。可快點把我送到六波羅去吧。」女院潸潸的落淚，說道：

「人家七八歲的時候，還是什麼事也不懂得，現在卻是因為自己的緣故要成為大事，似乎對不起，所以說這樣的話呀。白費氣力的人，這六七年來加以撫養，卻落得今日來遇到這樣難過的日子。」眼淚就沒法止住了。賴盛卿第二次到御所來，說應該把王子送出去，女院沒法，只得將他送出御所了。母親三位局因為這是今生的永別，想定是非常惜別的吧。哭哭啼啼的給他穿好了衣裳，梳理頭髮，送他出去，覺得簡直是在做夢。自女院為始，以至各房的女官，女童等人，無不流淚至衿袖都溼的。賴盛卿接收了王子，把他坐在車上，帶到六波羅去了。

前右大將宗盛卿見了這個王子，走到父親入道相國的面前說道：

「不知道為什麼緣故，我看見了這王子，便覺得太是可惜了。請你格外的把這王子的命賞給了我吧。」入道相國道：

「那麼快點把他出家吧。」宗盛卿把這事告訴了八條女院，女院說道：

「沒有什麼意見。就讓他趕快出家吧。」於是使他成為法師，列為釋氏，給仁和寺御室做了弟子，後來東寺的首席長者，稱為安井宮的僧正道尊的，就是這個王子。

一四　通乘的事情

在奈良還有一位王子，是他的保傅讚岐守藤原重秀將他出了家，帶到北國去，後來木曾義仲進京的時候，想奉他為王，帶了來京都，給他重新行戴冠禮，稱為木曾親王，也稱還俗親王。隨後住在嵯峨那邊野依地方，因此又稱作野依親王。

從前有一個名叫通乘的看相的人，曾經對宇治關白和二條關白說道：

「你是三代當關白，年紀都過八十。」一點都沒有錯誤，又相權帥內大臣道：

「有流罪之相。」也並不錯。又聖德太子說崇峻天皇，有橫死之相，後果為馬子大臣所弒。不必一定是專門看相的人，古來就有這樣看的準確的，相少納言的給高倉宮看相，那麼豈不是看錯了麼？近世兼明親王，具平親王，人們也叫做前中書王，後中書王的，也都是賢王聖主的兒子，沒有即帝位，但是也不因此起了謀叛。又後三條天皇的第三皇子，輔仁親王才學出眾，在白河天皇還在東宮的時候，後三條天皇有遺詔給他說：

「在你即位之後，可傳位給他。」但是白河天皇不知道是怎麼想法，終於沒有將帝位傳授給他。可是作為一點補償，將輔仁親王的王子賜了源

姓，從無官無位的人一下子就敘三位，立即補了中將。在源氏的一世裡，從無位升到三位，這除了嵯峨天皇的皇子，陽院大納言定卿之外，乃是第一回了。這就是花園左大臣有仁公的事情了。

在高倉宮謀叛的時候，有些高僧們修行調伏之法，後來論功行賞，前右大將宗盛卿的兒子侍從清宗敘了三位，成為三位侍從了。今年才十二歲，在他父親當這個年紀的時候，剛才做到兵衛佐，他卻忽然升入公卿之列，這樣的事是除了攝政關白的兒子以外，是不曾有的。其時敘位任官的除書上寫的理由是「源以仁賴政法師父子討伐之賞」。追討真正太上法皇的皇子已經是豈有此理了，況且又把他庶人一樣看待，尤其是出於想像以外了。

一五　怪鳥

且說源三位入道賴政原是攝津守賴光的第五代，三河守賴綱的孫子，兵庫頭仲政的兒子。在保元的戰役裡，他站在後白河天皇的方面，率先奮戰，得不到什麼獎賞，後來平治之亂，他又棄捨了親族的關係，參加這邊，但是恩賞卻也微薄得很。被派大內守護之役，雖歷多年仍然得不到升殿的恩典。年齡快要衰老了，就做了一首述懷的和歌，這才得到許可升殿的。

「人家不知道的，大內山的看山的人，

只是隱在樹背後看那月光罷了。」

因了這首歌的緣故，許可升殿，敘為正下四位，過了好久，心想升三

一五　怪鳥

位，便做了一首歌道：

「沒有上去的機會，只好在樹底下

撿那椎子過這一世吧。」

因了這樣這才改成三位，但不久便即出家了，稱為源三位入道，今年是七十五歲了。

這人在一生裡頂出風頭的事情，是在近衛天皇在位的時候，仁平年間，主上每夜必要夢魘以至氣絕，叫有效驗的高僧貴僧，修各種大法祕法，但是都沒有效。這病的發作在每夜的丑刻，那時從東三條的樹林方面，有黑雲一簇起來，籠罩在御殿上面，那夢魘就必定起頭來了。因此公卿們開了會議。從前寬治年間，堀河天皇在位的時候，也是這樣的主上每夜要夢魘。當時的將軍義家朝臣來到紫宸殿的闊廊上，等到發病的時刻，接連的鳴弦三次之後，高聲報名道：

「前陸奧守源義家是也。」聽見的人都為之毛髮聳立，那發病就全好了。

因為這樣所以依照先例，叫武士來警衛，在源、平兩家的兵士中物色人物，結果便選上了賴政，其時他還是兵庫頭。賴政說道：

「從前朝廷設定武士，為的是撲滅叛逆，除滅違敕的人的緣故。叫去追捕眼前看不見的妖怪，還沒有聽見過哩。」雖是這麼說，因為出於欽命所以應命進宮去了。賴政只帶了一個向來信託的從卒遠江國住人井早太，背了用雙翼底下短翮所裝的箭跟隨著。他自己穿著表裡一色的狩衣，拿了用山鳥羽毛所裝的鋒箭兩枝，配了纏藤的弓，來到紫宸殿的闊廊上伺候著。這裡賴政帶著兩枝箭乃是別有理由的，其時雅賴卿還是左少辨，因為他曾經說：

「要追捕妖怪的人，只有賴政。」所以他預備拿一枝箭射那妖怪如是不

卷四

中,便將拿了那一枝箭去射雅賴卿那廝的腦袋了。

果然像人們所說的那樣,到了發病的時刻,從東三條樹林的方面,有黑雲一簇起來,瀰漫在御殿的上邊。賴政使勁的望上去,看見雲裡邊有什麼怪物的樣子。他想這回如是射不中,就不再想活著了吧。取箭裝在弓上,心裡默唸南無八幡大菩薩,就拉開弓,颼的射出箭去。手裡覺著受到有一種反應,啪的一下射中了。便發出喊聲來道:

「射著了,噢!」井早太趕緊走上去,在它落下的地方按住了,接連的刺上了九刀。其時殿裡上下的人手裡都拿著火,出來看時,這乃是猴子的頭,身子是狸,尾巴是蛇,手腳卻像是老虎,叫聲像是怪鳥。這樣子的可怕,說也是多餘的。主上非常稱賞賴政的功績,便將一把叫做獅子王的御劍賞給了他。宇治左大臣賴長公領得了,將要交給賴政,下到御前的臺階一半的時候,其時是四月中旬的時候,聽見空中子規叫了兩三聲飛去過了。這時候左大臣就吟出半首和歌來道:

「子規的聲名居然上達雲中了。」賴政屈了右膝,伸開左邊的衣袖,稍為斜過去看著月亮,接下去道:

「因了弦月就那麼的射去了。」領了御劍就出來了。君臣都嘆賞道:

「這於武藝方面不但是無與倫比,就是在歌道上也是很優長的。」至於那個怪物,拿去放在一個獨木舟裡,給河水流了去了。

又在過去應保年間,二條天皇在位的時候,有怪鳥名叫鵺的在禁中鳴叫,時常使得天皇感到苦惱。就依先例,召賴政前去。這時是在五月下旬,而且又是黃昏時刻,怪鳥只叫了一聲,第二聲就不再叫了。望過去只是一片暗黑,全看不見什麼形狀,沒有地方可以瞄準。賴政乃想得一計,先拿一枝大的響箭扣上,向著怪鳥叫著的大內的上空射去。怪鳥因為響箭

的聲音出了驚，在空中暫時咻咻的叫了幾聲，這時接連的扣上第二枝小響箭，呼的射了出去，怪鳥即跟了響箭同時落在面前了。宮中立刻就嚷了起來，天皇非常高興，賞給他被上御衣，那時是大炊御門的右大臣公能公領了御衣，轉交給賴政，說道：

「從前養由曾射雲外的大雁，現今的賴政卻射雨中的怪鳥。」又詠歌道：

「五月的暗夜裡，你今夜卻顯了你的名了。」賴政接下去說道：

「就只是覺得黃昏時是已經過了。」將御衣掛在肩頭，退了出來了。其後賞給伊豆國，將兒子仲綱任為國守，自己也敘為三位，得到丹波的五個莊，若狹的遠宮河的領地，本來可以平安過活的人，乃引起不會成功的謀叛，斷送了高倉宮，自身也滅亡了，這實在是可嘆的事情。

一六　三井寺被焚

　　山門大眾以前很是喜歡胡亂的上訴，這回卻是很穩重，沒有什麼聲音。「南都與三井寺是一氣的，或是收受高倉宮，或是要去迎接，因此是朝敵了。所以三井寺和南都非得去加以征伐不可。」這樣的說了，在同年五月二十七日，派入道相國的四男頭中將重衡為大將軍，薩摩守忠度為副將軍，總共兵力計一萬餘騎，向園城寺出發。在寺的方面，掘了壕溝，豎立垣盾，安置刺木柵欄等，到了卯刻各射響箭，開始交戰了。整整的戰鬥了一天，防禦方面的大眾以下法師等陣亡了三百餘人。到了夜戰，官軍趁了夜陰，攻進寺內放起火來。所燒的地方，計有本覺院，常喜院，真如院，花園院，普賢堂，大寶院，清瀧院，教待和尚本坊，以及本尊等，八

卷四

　　間四面的大講堂，鐘樓，經藏，灌頂堂，護法善神的社壇，新熊野的御寶殿，一總堂舍塔廟計六百三十七所，大津地方的民家計一千八百五十三戶，智證大師從中國拿來的一切經七千餘卷，佛像二千餘體，忽然成為煙塵，這是很可悲的了。諸天所享樂的五妙之音樂永絕聽聞，龍神所受的三患之苦惱將更熾盛了吧。

　　原來那三井寺本是近江的擬大領的私寺，後來獻給天武天皇，變了敕願寺了。那本尊也是天武天皇的御本尊，據說是彌勒菩薩轉世的教待和尚在這裡修行了一百六十年之後，就讓給了智證大師了。彌勒菩薩在睹士多天的摩尼寶殿住了多年之後，聽說要在龍華樹上成道，（他的化身曾經修道的地方卻是燒掉了）這是怎麼說的呢？智證大師以這裡為傳法灌頂的靈蹟之地，每早掬取寺井的井華水，因為這個緣故名為三井寺的。這樣可貴的聖蹟，如今卻什麼都沒有了。顯密之教滅於須臾，連伽藍亦已了無蹤跡。既無三密道場，也不復聽見鈴聲，沒有一夏之花，亦不聞汲取阿伽的聲音。宿老碩德的名師怠於進修，受法相承的弟子與經教永別了。三井寺長吏圖惠法親王停止了三井寺別當的職務，其外僧綱十三人悉褫奪官職，交檢非違使看管，惡僧筒井淨妙明秀等三十餘人，並予以流放，有心的人們聽了就說道：

　　「這樣的天下動亂，國土騷擾，不像是平常的樣子。這大概是平家的世界要完了的先兆吧。」

卷五

卷五

一　遷都

　　治承四年六月三日，聽說要到福原行幸，京中人情騷然。近日雖然有遷都的傳說，但是並不以為就是今天明天的事情，所以上下都騷動起來了。而且原來定在三日的，現在又提早了一天，改在二日了。在二日的卯刻，行幸的御輿已經到來了，主上今年才有三歲，還很幼小，也沒有別的想頭便坐上了。從前主上幼少時候總是母后同車，這回卻並不如此，乃是乳母的平大納言時忠卿的夫人帥典侍，和他坐了同一的車子。此外中宮，法皇，和上皇也一同前去。攝政藤原基通以下，太政大臣，公卿殿上人，也都爭先的侍從。三日到了福原，以池中納言賴盛卿的別莊當作皇居。四日對於賴盛捐獻家屋給予獎賞，升為正二位。這就超過了九條公的兒子右大將良通卿了。攝政關白門閥的兒子們，被普通人家的次男超越官位的，據說是以此為始。

　　且說入道相國後來漸漸的有點想開了，將法皇從鳥羽殿裡放了出來，移到京城裡，但是自從高倉宮謀反以來，非常的生氣，使他行幸福原，四面都釘上板壁，只留一個進出口，造了一所四邊都是三間大小的板屋，把他關在裡面。守護的武士是統由原田大夫種重一個人擔任，平常不讓人輕易進去，所以那些侍童們稱為囚籠御所。單是聽說也覺得是不吉的可怕的事情。法皇說道：

　　「現在絲毫沒有想要與聞政事的想頭，就只是想能夠往各山各寺去巡禮，自在遣悶罷了。」人們都說：

　　「平家的惡行實在幹的很多了，自從安元以來，把許多公卿雲上人或處流刑，或者殺了，將關白流放了，拿自己的女婿去當關白，把法皇關進

一 遷都

城南的離宮，又討伐第二王子高倉宮，現在餘下來的事情就是遷都了，這就惡事完成了吧。」

遷都的事並不是沒有先例的。神武天皇是地神第五代的帝王，彥波瀲武鸕鷀草葺不合尊的第四王子，他的母親是玉依姬，乃是海神的女兒。他繼承了神代十二代之後，是人代百王的帝祖。辛酉年在日向國宮崎郡即了皇位，五十九年己未這一年，十月東征，到豐華原中津國停住了，指定了其時叫做大和國的畝傍山建立帝都，開闢柏原的地方，建造宮室起來。這就稱作柏原宮。自此以後，歷代的帝王將都城遷到他國他處的有三十回以上，將到四十回了。從神武天皇到景行天皇這十二代，在大和國的各郡建立都城，沒有遷到他國去。但是在成務天皇元年，遷於近江國，建都於志賀郡。仲哀天皇二年遷於長門國，建都於豐浦郡。在那地方天皇晏駕了，中宮神功皇后繼承了御位，她以一個女帝，親自出征到了鬼界，高麗，和契丹等地方。平定了異國的軍兵之後，在筑前國三笠郡誕生了皇子，就把這地方叫做宇美宮。說起來也是很惶恐的，那即是八幡明神，即位之後稱為應神天皇就是。其後神功皇后遷都於大和國，住在岩根雅櫻之宮，應神天皇則居於同國輕島明宮。仁德天皇元年遷於攝津國難波，居於高津宮。履中天皇二年遷於大和國，在十市郡建都。反正天皇元年遷於河內國，住在柴垣宮。允恭天皇四十二年又遷於大和國，在飛鳥之飛鳥宮裡居住。雄略天皇廿一年在同國的泊瀨朝倉建都。繼體天皇五年遷於山城國綴喜者十二年，其後則居於乙訓宮。宣化天皇元年又回到大和國，居於檜隈入野之宮。孝德天皇大化元年遷於攝建國長柄地方，居於豐崎宮。齊明天皇二年又遷回大和國，居於岡本宮。天智天皇六年遷於近江國，居於大津宮。天武天皇元年更回到大和國，居於岡本南宮，因此稱為清見原之御門云。持統與文武這兩朝都在同國藤原宮居住。從元明天皇到光仁天皇這七代，

卷五

都住在奈良的都城裡。

但是到了桓武天皇的延曆三年十月二日，卻從奈良的春日裡遷都到山城國長岡，十年的正月，派遣大納言藤原小黑丸，參議左大辨紀古佐美，大僧都賢璟等，到同國葛野郡宇多村前去考察，據兩人共同奏稱：

「看得此地之形勢，左青龍，右白虎，前朱雀，後玄武，為四神相應之地，定為帝都最是適切了。」於是乃昭告於在愛宕郡鎮座的賀茂大明神，在延曆十三年十一月廿一日，從長岡遷都於此，以後帝王三十二代，經閱星霜三百八十餘春秋，沒有變改。桓武天皇對於此地特別中意，他曾說道：

「歷代的帝王，從古以來曾經在各處地方建立國都，卻沒有這樣的勝地。」於是命令大臣公卿以及各方面的才人，作長久的計畫，叫用泥土做了八尺長的偶人，穿戴上鐵的鎧甲，同樣的拿了鐵製的弓箭，在東山嶺山，朝西站著埋在土裡，並且同它約道：

「萬一末代有人想要把這都城遷往他處，你作為守護神（應該去阻止他）。」所以天下如有大事發生，此塚必然鳴動，稱為將軍塚，至今尚存。且桓武天皇者實為平家的先祖，而且此京名曰平安城，寫起來是平而且安的城，因此是平家所最應該尊重的都城。而且先祖的帝王所那樣中意的都城如今沒有什麼理由，便放棄了遷移到他國他所去，這正是說不過去的事情。在嵯峨天皇的時候，先帝平城天皇聽從了尚侍的勸告，造成亂世，已經要把這都城遷到他國去了，因了大臣公卿以及諸國人民的反對，終於沒有遷成。就是一天之君，萬乘之主，尚且不能隨意遷移的都城，入道相國乃以人臣之身，乃就遷移了，實在是豈有此理的事了。

那舊都實在是很為殊勝的都城。佛菩薩賜予和光，化作王城鎮守的神

| 一　遷都

道，特有靈驗的各寺在上下京屋甍相併的立著，百姓萬民安居無恙，五畿七道交通無阻。但是到了現在，十字路口多掘為溝塹，車輛行走很不方便，偶爾遇著行人，坐在小車上，繞道走過去。屋簷相接的人家住宅，也因了日久，日漸荒廢。家家都把屋材投入賀茂河以及桂河，組成木筏，將家財器具裝載了，運到福原去。繁華的京都倏即變為鄉間，真是可悲。

不曉得是什麼人的所作，在舊都大內的柱子上有人寫了兩首和歌道：

「經過了四個一百歲的

愛宕裡又將這樣的荒蕪了吧。」

「拋棄了開著花的都城，

到那風吹的福原去，前途是很不安呀。」

同年六月九日說是開始新都營造的事，首席的公卿是德大寺左大將實定卿，土御門宰相中將通親卿，執行的辨官是藏人左少辨行隆，一同帶了員司到攝津國從和田松原到西野，選定土地，原定分做九條的地域，但是從一條到下五條雖然有那地方，自此以下就沒有餘地了。事務官回來，把這事奏聞了。公卿會議說，那麼是播磨的印南野呢，還是攝津國的兒屋野，雖是這樣的說了，但是並未見諸實行。

舊都已經是離去了，新都還沒有建設起來。所有的人們都像是浮雲一般的不定，從來住在福原的人愁得失掉了土地，現在遷來的人又為家屋的建築很是愁嘆。一切的人都像是在那裡做夢似的。土御門宰相中將通親卿說道：

「中國書上說過，披三條之廣路，開十二之通門，況且這是要有五條大路的都城，怎麼樣可以造大內呢，還是即時造一個臨時的皇宮吧。」這樣的議定了，就臨時發表除目，加給五條大納言邦綱卿一個周防國，責成

卷五

他造進，這是入道相國的計畫。這個邦綱卿本來是個無比的富豪，承受營造大內的事可以沒有什麼問題，但是這不能不造成國家的耗費，以及人民的勞擾，這真是當面的一個大問題。大嘗會也延期沒有舉行，在這亂世時候，什麼遷都以及大內營造，是相時勢絕不相應的。有心的人們就說：

「在古昔賢王的時代，大內用茅草蓋屋，連簷前也不整齊，望見人民的炊煙稀少的時候，就免除本來有限的一點貢物，這就出於惠民為國的真心。楚靈王建章華臺，使人民離散，秦始皇起阿房宮，天下為亂。古時有一個時代，茅茨不剪，採椽不斲，用車不飾，衣服沒有文繡。所以唐太宗雖造了驪山宮，只因怕人民出費，終於不曾臨幸，所以瓦上生松，牆生薜荔，與現今的人相比，實在差得很遠了。」

二　賞月

六月九日開始營造新都，八月十日大內上梁，預定十一月十三日遷入新的皇居。舊都日益荒蕪，新都繁盛起來了。多事的夏天也已將過半，秋天已經到來了。在福原新都的人們都擬往名勝地方去賞月，或者追慕著源氏大將的舊跡，從須磨沿著明石的海岸，渡過淡路的海峽，到繪島看海邊的月色。或者又到白良，吹上，和歌浦，住吉，難波，高砂，尾上，看月上的光景回來。留在舊都的人們就看伏見，度澤的月罷了。

其中有德大寺左大將實定卿，懷戀故都的月，於八月十日以後，就從福原走了去了。那裡一切都已變了樣子，門前草長得很深，院子裡滿是露水，蓬蒿成林，淺茅遍地，荒涼得有如鳥巢，蟲聲如訴，黃菊紫蘭恍如野

二 賞月

邊的風景。留在故鄉的只有在近衛河原的大宮一個人，左大將便到她的御所，先叫從人去叩那總門，裡邊有女人的聲音回答道：

「什麼人呀，來到這蓬蒿的露水也沒有人打掃的地方的？」從人說道：

「從福原來的大將到了。」裡邊回答道：

「總門下了鎖了，請從東面的小門進來吧。」大將說道：「那麼……」於是就從東面的門進去了。大宮因為無聊，所以或者想起過去的事情來吧，將南面的窗板掛上了，正在彈著琵琶，這時看見大將來了，便說道：

「呀，這是怎麼的，（因為太是高興了）不知道這是做夢呢，還是真實！請這邊來，這邊來。」在《源氏物語》宇治之卷裡，那優婆塞宮的女兒因為對於秋天的惜別，彈著琵琶，整夜一心不亂的彈著，到了殘月上來，還覺得餘情未盡，拿了琵琶的撥招那月亮，那時的情狀彷彿可以想見吧。

有一個女官，叫做待宵小侍從的，也在這御所裡。這叫做待宵的緣因有一件故事，有一回大宮問她說道：

「等著人的晚上和回去的早晨，是哪一邊覺得悲哀呢？」那個女官回答道：

「聽著等待人的晚上深夜的鐘聲，

覺得回去的早晨的雞聲是不算什麼了。」

因了這首歌所以便被稱作「待宵」了。大將把那女官叫了出來，談種種今昔的事情，夜也漸漸的深了，故都荒廢的情狀有如時調歌裡的所說的：

「來到故都看時，荒廢成了淺茅的原野，

月光無處不照看，秋風呵直沁進身裡去。」

這樣反覆的唱了三遍，從大宮為始，御所裡的女官們無不是淚溼衿袖的。

卷五

　　且說這樣的天也就亮了，大將就告別回到福原去了。他叫了同來的藏人來說道：

「看侍從似乎很是惜別的樣子，你可以回去，對她怎麼說吧。」藏人走了回去，說道：

「奉命教說：

妳說不算什麼了的那雞聲，

為什麼今朝覺得那樣的可悲呢？」女官掩著淚說道：

「等待著聽了更深的鐘聲覺得難過，

尋常交遊的催歸的雞聲更是難堪呵。」

藏人回去把這話告知了，左大將說道：

「因為這樣我所以差你去的。」非常的賞識他，自此以後他就被稱為「不算什麼」的藏人。

三　妖異事件

　　自從遷都福原以後，平家的人們都看見惡夢，平常總是心裡鬧得慌，妖異的東西出現很多。有一天夜裡，入道相國正在睡著，有一個大臉，一間房裡還放不下，出來窺探。入道相國毫不驚擾，就只是張眼和它對看著，隨即消滅不見了。叫做山岡御所的地方乃是新建築的，那裡並沒有什麼大樹，可是在一天的夜裡聽見有大樹砍倒的聲音，要是真的人的話，大約有二三十人的鬨然的笑聲。據人家說，這無論怎樣想法，都是天狗的所

三　妖異事件

為，所以設定了警備的人，夜間一百人，白天五十人，互動相守衛著，叫做響箭的值班人，專管射響箭，凡是射的時候，如向著天狗所在的方向射去，這便沒有聲息，向著不在的方面時，就鬨然起了笑聲。

又有一天早晨，入道相國從帳臺裡出來，開啟側面的小門，向著院子裡觀望，只見有死人的骷髏，不計其數的充滿庭院，滾上滾下，忽而離開，忽而碰著，或從邊裡滾進中央，或又從中間滾了出去，軲轆軲轆的發出很大的聲響。入道相國便叫道：

「有人麼，有人麼！」但那時適值並沒有一個人來，其時許多的骷髏疊成一大堆，在庭院裡幾乎容不下了，高到大約十四五丈，像山一樣的大。這些頭骨後來變成一個的大頭，卻有千萬雙活人似的眼睛，都對著入道相國睨視，一眨也不眨。入道相國卻毫不張皇，也瞪著眼向著它對看。那個大頭因為被睨視的太是強烈了，所以像霜露為日光所消的樣子，旋即消失沒有形跡了。此外在特別建造的馬房裡，有好些馬伕們管著，朝夕愛撫飼養的一頭馬的尾巴裡，在一夜的時間有老鼠做了窠，養下了些小鼠。說道：

「這不是平常的事。」叫陰陽師七個人去占卜，結果說是：「這須要嚴重的謹慎。」這馬乃是相模國住人大庭三郎景親說是關東八國的第一名馬，獻給入道相國的，是一匹黑馬，額上有白色，名為望月。這馬後來就給了陰陽頭安倍泰親了。從前天智天皇的時代，御馬寮的馬也是一夜裡尾巴上老鼠做了窠，生下小鼠，其時異國凶賊蜂起雲，見於《日本書紀》。

又在源中納言雅賴卿那裡侍候的一個青侍所看見的夢，也是很可怕的，夢裡像是大內裡的神祇宮，好許多人都束帶整齊的元老在那裡會議，末座的有些好像是平家的一邊的人，卻在中間被迫令退去了。那個青侍在

197

卷五

夢裡問道：

「那些元老是什麼樣的人呀？」他問旁邊的一個老翁，答道：

「這是嚴島大明神。」其後坐在上席看去很是尊嚴的一位元老說道：

「那個以前交給平家的節刀，如今給那伊豆國的流人，前右兵衛佐賴朝吧。」在他身旁的別一個元老說道：

「這以後也交給我的孫兒吧。」青侍在夢裡又一一尋問這說話的是誰，據答說：

「那個說把節刀交與賴朝的，是八幡大菩薩，其後說也給我的孫兒的是春日大明神，對你這樣說的老翁乃是武內大明神。」他看見了這樣的夢，對人家說了，入道相國也就聽說，乃叫源大夫判官季貞到雅賴卿那裡去，說道：

「看見那夢的青侍，趕緊到這裡來！」那看見夢的青侍立即逃走了。雅賴卿趕快跑到入道相國那邊去，說明並沒有這樣的事，以後就沒有什麼消息了。平家以前擁護朝廷，守衛著天下，但是如今違背敕令，所以節刀也收回去了，實在很可寒心的，人家都這麼傳說。

這件傳聞到了在高野的宰相入道成賴，他便說道：

「唉，平家的時代也漸漸的快到末代了吧。嚴島大明神是平家一方面的人，這原是很有道理的。本來她是沙羯羅龍王的第三個女兒，所以我們當她是女神。八幡大菩薩說，把節刀交給賴朝，也是對的。只是春日大明神說，其後也給我的孫兒，那就有點難懂了。或者是平家滅亡，源氏的時代過去以後，大織冠的後裔，攝政關白家的公子們，也要做天下的將軍罷。」其時恰巧有一個僧人來到，他說道：

「且說神明和光垂跡，有種種方便，有時或現俗體，或為女神。嚴島

大明神雖說是女神，但既是三明六通的靈神，所以出現為俗人的形狀也不是什麼困難的事。」成賴入道厭棄塵世，歸心正道，除了一心專念後世菩提之外，沒有別的世務了，但是聽見善政加以讚賞，聽了百姓愁苦的聲音，也要嗟嘆，那全是人情之常罷。

四　快馬

同年九月二日，相模國住人大庭三郎景親用了快馬，報告到福原來了：

「過去八月十七日，伊豆國流人前右兵衛佐賴朝派遣他的岳父北條四郎時政，對於伊豆代官和泉判官兼隆在山木進行夜襲，把他消滅了。其後土肥，土屋，岡崎等三百餘騎，退守石橋山。景親與有志者共一千餘騎，率領往攻，交戰之下兵衛佐只剩七八騎，散發抗戰，逃往土肥的杉山去了。後來白田山次郎重忠以五百餘騎參加此方，三浦大介義明及其兒子等共三百餘騎則幫助源氏，在由井小坪浦一帶交戰，白田山敗了，退入武藏國去了。其後白田山一族，與河越，稻毛，小山田，江戶，葛西，及其他七黨的兵卒共計三千餘騎，圍攻三浦衣笠城，大介義明戰死，其兒子等都從久里濱之浦乘船，渡到安房上總方面去了。」

平家的人在遷都以後，都沒有什麼興致了。年輕的公卿殿上人都說道：

「阿呀，事情愈快愈好，出發討伐軍去吧。」說這樣不負責任的話。白田山莊司重能，小山田別當有重，宇津宮左衛門朝綱因為派差守衛大內的差使，適值在京裡。白田山說道：

「反正這是沒有道理的事。北條因為是親戚，所以說不定，至於其他

的人未必肯和朝敵弄在一起。現在不久情報便會變化。」但是也有人說：

「這的確是如此。」也有些人私下談論道：

「不，不，現在就要成為天下的一件大事了。」至於入道相國的憤怒尤其是激烈了，他說：

「那個賴朝本來是應該處死罪的，只因為故池殿竭力求情，所以減為流罪。但是現今忘記了恩典，對於我家卻以一矢相報，神明三寶怎麼能饒恕他，遲早賴朝總是要受到天罰的。」

五　朝敵齊集

且說如要調查朝敵的起頭，那是在日本磐餘尊的在位四年，紀川名革郡高雄村有一個土蜘蛛，身軀矮小，手腳很長，力大勝過常人，人民多受其害，派遣官軍去，誦讀宣旨，結了葛藤的綱，終於把他捕殺了。自此以後，持有野心，想消滅朝廷的威權的人，有大石山丸，大山王子，守屋大臣，山田石河，蘇我入鹿，大友真鳥，文屋宮田，橘逸勢，冰上河次，伊豫親王，太宰少貳藤原廣嗣，惠美押勝，早良太子，井上皇后，藤原仲成，平將門，藤原純友，安倍貞任，安倍宗任，對馬守源義親，惡左府藤原賴長，惡衛門督藤原信賴，共二十餘人。但是沒有一個人能夠達到目的，都是陳屍山野，首級掛在獄門罷了。

在現代固然把王位看得很輕了，但在往昔只要對著誦讀宣旨，那就是枯槁的草木也立即開花結實，飛鳥也服從說話。這是近代的時情。延喜御門臨幸神泉苑，其時有一隻鷺鷥在池的水邊，便召六位藏人來說：

「把那隻鷺鷥捉了來。」藏人心想這怎麼能夠捉到呢,但是聖旨這樣說了,所以直向前走去。鷺鷥振翅預備飛走,藏人說道:

「有宣旨!」鷺鷥便伏在地上,不曾飛去,藏人就拿了到天皇這裡來。天皇說道:

「你服從宣旨所以來了,很是老實。就敘為五位吧。」於是這鷺鷥就成了五位,又拿一塊牌來,上邊寫道:

「從今天以後著為鷺中之王。」給它掛在脖子上。雖然這在鷺鷥全然是無用的東西,只是可以叫人知道王威有怎麼樣的大而已。

六　咸陽宮

又如求先例於異國,有燕的太子丹,為秦始皇所捕,被監禁了十二年,太子丹流著眼淚說道:

「我有老母在故鄉,請你給假去看她一看吧。」秦始皇冷笑道:

「你要給假,須等到馬生角,烏頭白,那時才可以哪。」燕丹乃仰天臥地,禱告道:

「願得馬生角,烏頭白,使我可以回故鄉去一看母親!」昔日那妙音菩薩在靈山淨土,(聽世尊的說法)訓誡那不孝之輩,孔子、顏回出現於中國,發揮忠孝之道。冥顯三寶無不哀憐那孝心,所以生了角的馬來到宮中,頭白的烏棲集於庭前的樹。始皇帝見了烏頭馬角的奇蹟,相信聖旨不能更變,只好饒恕了太子丹,叫他回本國去了。但是始皇終覺得這是遺

卷五

憾,在秦、燕兩國交界地方,有一個楚國,其間有一條大河流著,架在河上的橋叫做楚國橋。始皇派了一支官兵去,布置了一番,使得燕丹渡過去的時候,踏著橋便落到河裡邊去,那麼燕丹渡橋時怎麼會得不掉下去呢?果然掉到河裡去了,但是一點都沒有淹在水裡,恰同平地上行走著一個樣子,到了對面的岸上。這是怎麼的呢,回過去看後面,只見有不知其數的烏龜,浮在水上,把龜甲排列著讓他行走。這便是因為他的孝心,所以冥顯兩方都垂憐的緣故了。

太子丹心裡懷恨,不肯順從始皇帝。始皇派遣官軍,要去討伐燕丹,燕丹聽見了大為恐懼,前去勸說一個叫做荊軻的勇士,任他為大臣。荊軻又去勸說老兵田光先生,先生說道:

「你知道我少壯時候的事所以來說的吧。麒麟雖走千里,老了就不及駑馬。現在年老怎麼也不行了。結局添了一個兵士罷了。」說罷便想回去的時候,荊軻說道:

「這事很嚴重,請你不要對人說。」先生道:

「唉,被人家懷疑,沒有比這更可恥的了。假如此事洩漏了,我就首先被疑了。」於是在門前的李樹上把頭撞碎而死了。

又有一個叫做樊於期的勇士,乃是秦國的人,他的父親,叔父以及兄弟都被始皇消滅了,逃到燕國來躲著。始皇下詔旨於天下道:

「有持樊於期的頭來的,與黃金五百斤。」荊軻聽見了,便到樊於期那裡說道:

「聽說拿你的頭去的賞金五百斤。請把你的頭借給我吧。我拿了去給始皇帝。他一定高興了來檢視,我那時拔劍刺他的胸膛,那是很容易的事情。」樊於期跳了起來,嘆息說道

六　咸陽宮

「我的父親，叔父以及兄弟，都給始皇消滅掉了，我晝夜想念這事，恨徹骨髓，不可忍耐。假如真是得以消滅始皇帝，我把頭給你，比塵芥還容易。」於是自刎而死了。

又有一個叫做秦舞陽的勇士，這也是秦國的人，他在十三歲的時候報仇，逃到燕國來躲著。這是無比的勇士，遇著他的發怒，大男子也要氣絕，又他笑著的時候，嬰兒也要他抱。（荊軻）就叫他做嚮導到秦的都城去，他們到了一處偏僻的山村住下，夜裡聽見近地有管絃的聲音，憑了那調子來占卜這事的成否，卻見敵方是水，自己這方面乃是火。這時候天就亮了，白虹貫日而不透。於是（荊軻）說道：

「看來我們成功的希望是很少的。」

可是現在也不好退回去，便到了始皇的都咸陽宮。他們拿了燕國的地圖和樊於期的首級來了，把這情形奏聞，始皇便命臣下來接收，但是（荊軻）說道：

「這不能由別人轉手接收，須得直接獻上。」於是乃準備朝會的儀式，召見燕的使者。咸陽宮在都的周圍是一萬八千三百八十里，裡邊宮殿是離地面築高三里，再在上邊建造房屋。有長生殿，不老門，用黃金作為太陽，白銀作為月亮，真珠的砂，琉璃的砂，黃金的砂，遍地鋪著。四面有四十丈高的鐵鑄的回牆圍繞著，殿上也是同樣張著鐵網。這就是冥途的使者也不能進去的了。秋天田裡的鴻雁在春間回到北國去，也是飛行自在的障礙，所以在回牆上面叫做雁門，別開鐵門以便通行。其中有阿房殿，始皇帝所時常臨幸，處分政事的御殿。高三十六丈，東西九町，南北五町，地板底下立著五丈高的幡幢，還不到頂。上面蓋著琉璃瓦，底下以金銀作飾。荊軻捧著燕國地圖，秦舞陽拿著樊於期的頭，登著玉石的殿階上去，看見大內裡太是壯麗了，所以秦舞陽不禁顫抖起來了。臣下看了怪訝說道：

卷五

「舞陽有謀反之心。刑人不在君側，君子不近刑人，近刑人則輕死之道也。」荊軻道：

「舞陽並無謀反之心，只因習慣於鄉下卑賤的事物，未曾見過皇居，所以驚慌失措罷了。」臣下聽了都靜下去了。這時已經走到秦王的近傍，請他看燕國的地圖和樊於期的首級，他一見裝地圖的匣子底裡，有冰一樣的劍的時候，立刻想要逃走。荊軻一手抓住他的袍袖，把劍直指著他的胸前。（始皇帝）也想這回是完了。數萬的兵排立在庭院上，卻都沒有救護的法子，就只眼看著君上將被逆臣所殺，大家悲嘆著而已。始皇說道：

「請給我一刻的猶豫，願得一聽我最愛的王后的琴聲。」荊軻聽了便不立刻動手。始皇共有三千個的后妃，其中有華陽夫人最是彈琴的好手。凡是聽到這個王后的琴聲的，勇猛的武士為之怒氣平歇，飛鳥下墜，草木搖動，何況這是供皇上的最後的聽聞，所以哭泣著彈奏，一定是情趣更深了吧。荊軻也垂著頭，豎著耳朵聽著，使這胸懷異志的人心中也放鬆了警惕了。這時王后又新奏一曲，彈道：

「七尺屏風高可越，一條羅縠掣可絕。」但是荊軻聽了不了解歌的意思，始皇卻是明白了，便掣斷了袖子，跳過七尺的屏風，躲在黃銅柱子的後面。荊軻大怒把劍扔了過去，恰巧有殿上值班的御醫，投擲藥囊過來，正和荊軻的劍碰著。劍和藥囊掛在一起，還把直徑六尺粗的銅柱砍進一半去。荊軻沒有劍，不能繼續的扔了，這時王回過身來，用了自己的劍，將荊軻切作幾塊，秦舞陽也被殺了。又派了官軍，除滅了燕丹。蒼天不曾許可他的計畫，所以白虹貫日而不透。秦始皇得免於難，燕丹卻被消滅了。有些人也附和著說：

「那麼現今賴朝恐怕也要這樣吧。」

七　文覺苦修

　　且說那賴朝還是在過去平治元年（一一五九）十二月，因為他父親左馬頭義朝謀反的關係，在永曆元年三月二十日，他剛是十四歲，流放到伊豆國的蛭島，已經過了廿餘年的歲月。那賴朝這些年來都是平安過去了，為什麼到了今年忽然發起謀反的心來的呢，這便是由於高雄的文覺上人勸說的緣故。

　　那個文覺原來是渡邊的遠藤左近將監茂遠的兒子，叫做遠藤武者盛遠，是上西門院所屬的武士。十九歲的時候發起道心，出家修行，說道：

　　「所謂修行，是什麼樣的苦行呢，我去試它一試看。」就在六月天裡，日光照著，連草也一根都不動的炎天，走到偏僻的山裡叢莽中間，仰臥著，讓蚊虻蜂蟻等一切毒蟲聚集到身上來，連螫帶咬，身子卻一動也不動。一直七天都沒有起來，到了第八日這才起身，問別人道：

　　「所謂修行就是那個樣子麼？」別人答道：

　　「要是那個樣子，怎麼活得成呢。」他說道：

　　「那麼這修行是很容易的。」於是就從此出去修行去了。

　　走到熊野，當初想在那智閉關，但是開始修行，去到有名的瀑布裡給沖打了看，於是到了瀧本。其時是十二月中旬的事，山裡下著雪，水也凍了，谷間的小河也沒有聲音，從嶺上吹下來冷凍的風，瀑布的白絲變成了冰柱，一切都是白的，四面的樹梢也看不清。但是文覺下到瀑布的潭裡，水浸到脖子底下，要念不動明王的慈救咒語三十萬遍，當初二三日倒還沒有什麼，等到四五日，就不能忍受了，文覺終於浮了起來。從數千丈的高

卷五

處落下來的瀑布，怎麼能受得了呢，所以就一直給水勢所沖，在許多刀鋒似的岩角之中，或沉或浮的漂流了五六町。這時候有一個看去很可愛的童子走來，拿住文覺的兩手，把他拉了上來。人們覺得奇怪，生起火來，給他烤暖，因為定命不該死，不久就醒過來了。文覺略為有點意識，便張大了眼睛發怒道：

「我要在這個瀑布裡沖打三七二十一天，念滿慈救三洛叉的大願，現在才只有五天，連七天都還未滿，是什麼人把我拉上這裡來的？」聽的人都毛髮聳然，連話也說不出來了。於是文覺便又回到瀑布的潭去，讓瀑布沖打去了。

到了第二天，有八個童子到了，想要拉他起來，可是竭力抵抗，不肯上來。第三日，文覺終於是不行了。似乎不讓瀑布潭給汙染了似的，兩個總角的天童從瀑布上邊降了下來，用了溫暖而且芳香的手，從文覺的頂上，以至手腳的爪尖和掌心都加以撫摩，這才如夢初醒似的又活過來了。說道：

「你們這樣的垂憐於我的，可是什麼人呢？」童子們答道：

「我們是大聖不動明王的使者，矜羯羅和制吒迦二童子是也。因為得到明王的敕令，說文覺發無上的大願，修勇猛的苦行，可去加以助力，所以來的。」文覺厲聲說道：

「那麼明王在哪裡呢？」答說：

「在都率天上。」說罷便遠遠的升到空中去了。文覺合掌禮拜，說道：

「那麼我的修行就是大聖不動明王也已經知道了。」心裡很是高興，從新回到瀑布潭裡，讓瀑布去打著。其後卻出現了好些瑞相，吹來的風並不覺得刺骨的冷，落下來的水有如熱水一般，這樣子三七日的大願得以完

成了。以後就在那智坐關經一千日，又到大峰三回，葛城兩回，高野，粉河，金峰山，白山，立山，富士山，信濃戶隱，出羽羽黑，所有日本的各處名山無不遍歷修行。但是似乎還有點眷念故鄉，終於來到京都，成為有祈禱得使飛鳥落地的功夫，被稱為快刀似的修驗者云。

八　募化簿

其後文覺到了高雄山的深處，一心從事修行。在高雄地方有一個名叫神護寺的山寺，這是在稱德天皇的時代，和氣清丸所建立的伽藍，但是長永沒有修理，所以春天為霞所籠罩，秋天為霧所遮蓋，門戶被風吹倒，朽腐於落葉底下，屋頂為雨露所侵，佛壇更是暴露於風日之下了。那裡沒有住持的僧人，平時沒有供奉的東西，要有那也只是日月之光罷了。文覺就發起大願，想怎樣的修造起來，便拿了募化簿，請求十方檀越的布施。有一天走到法皇所在的法住寺殿，請把捐助的事情奏聞上去，但是適值在奏樂當中，付之不理。文覺乃是一個天性不敵的莽和尚，不知道在御前胡鬧是不對的，以為是周圍的人不給奏聞，便胡亂走入中庭，大聲嚷道：

「是大慈大悲的主上，為什麼不肯聽聞這一點事的呢？」於是攤開募化簿來，大聲的念道：

「沙彌文覺敬白。特別求貴賤道俗助成，在高雄山靈地，建立一寺，以勸行二世安樂之大利，乞賜布施事。

伏以真如廣大，佛與眾名雖別立假名，而法性為妄念之雲所掩蔽，以致十二因緣的連峰曼延莫絕，本有心蓮之月光微茫，還不能出現三德四曼

的大空，豈不悲哉。佛目早沒，生死流轉之途冥冥黑暗，只是耽溺於酒色，有誰能除掉狂象跳猿的迷妄的呢？徒爾謗人謗法，怎麼能夠免於閻羅獄卒之苛責的呢？今茲文覺，偶拂除俗塵，以法衣飾身，但是惡行猶是蟠據心中，不論日夜，害言猶覆逆耳，徹於晝夜。豈不痛哉，將再度歸於三途之火坑，永受四生輪迴之苦趣。是故，釋迦牟尼的經文千萬卷，卷卷明說成佛之理法，以隨緣至誠之方法，無一不是至菩提彼岸者。因此文覺悟人生之無常，感激墜淚。奉勸上下道俗，為求得上品蓮臺的往生而努力，建立等妙覺王之靈場也。抑高雄山者，其山甚高有如靈鷲山的樹梢，其谷幽深有如商山洞的苔席。巖泉咽而散布，嶺猿叫而嬉遊，人寰遠隔，無有囂塵，環境良好，適於信心，地形優勝，宜於崇拜佛天，為此請救布施，有誰不願助成的呢？竊聞兒童聚沙為塔，以此功德，忽感佛因，何況施捨一紙半錢之寶財者哉，所願建立成就，金闕鳳曆御願圓滿，乃至都鄙遠近鄰民親疏，悉歌頌堯舜無為之化，際遇椿葉再改的太平吧。並且死者的靈魂不問死之前後，身分之上下，悉迅速至於一佛真門的蓮臺，必能度三身萬德的日月吧。為此敘述募化修行的旨趣如上。治承三年三月日文覺。」

九　文覺被流

且說那時在御前的，適值有太政大臣妙音院師長公，在彈著琵琶，很漂亮的歌著朗詠，按察大納言資賢卿用朝笏打著拍子，歌風俗和催馬樂，右馬頭資時，四位侍從盛定則彈和琴，歌種種的時調，玉簾錦帳之內也漏出歡聲來，這場奏樂十分有意思，就是法皇自己也來和著歌唱。經文覺大

九　文覺被流

聲一嚷，調子亂了，拍子也脫了板。裡邊有人喝問：

「是什麼人？把這廝轟出去吧！」話猶未了，在坐的血氣旺盛的少年人都爭先出去，資行判官走在先頭，說道：

「說什麼事呀，快出去吧！」文覺答道：

「非把一所莊園捐給高雄的神護寺，文覺決不退出。」說罷一動也不動。因此想要叉他的脖子，文覺卻拿好了募化簿，啪的一下把資行判官的烏帽子打掉了，隨後握拳打在資行判官的胸前，仰天倒在地上，髮髻也打散了，只好訕訕的逃到闊廊上去了。其後文覺從懷中取出柄纏馬尾的短刀，拔出冰雪一樣的鋒刃來，預備給來的人一下子。他左手裡捏著募化簿，右手拿著刀，這樣子是意想不到的事，所以人家看過去，像是左右兩手都拿著刀的模樣。公卿殿上人也都看的呆了，說道：

「這是怎麼的，這是怎麼的。」奏樂也打亂了，一時御所裡非常騷亂。信濃國住人安藤武者右宗，其時還在法皇警衛所裡當差，說道：

「這是幹什麼。」便拔出腰刀，趕了出來。文覺便高興的迎上來，大概安藤武者覺得如當真砍了過去不大好吧，所以掉過腰刀的背來，在文覺拿著刀的手腕上結實的敲了一下。文覺被打，攻勢稍為頓挫，安藤武者乃棄去腰刀，說道：「好，這就成了。」說走過去揪過，文覺雖然被抓，還是在他的右腕紮了一下，可是安藤武者仍舊抓住不放。兩人都是無雙的大力，所以上下翻滾，一時不分勝負，院中的人都出來幫打，隨著文覺滾到的地方，提心吊膽的從旁加以打擊，可是他毫不在意，更是放口大罵。拉到門外邊，交給了檢非違使廳的下屬，被帶了出去，卻還是站著對於御所瞪目而視，大聲怒號說：

「勸捐不給倒也罷了，還叫文覺吃這樣的苦頭，將來總會知道利害。

卷五

三界皆是火宅，雖然說是王宮，也不能免於此難。縱使誇說什麼十善的帝位，將來到了黃泉的路上，免不了牛頭馬頭的責苦的了。」氣得跳上跳下的罵。人說道：

「這個法師，真是豈有此理！」就決定下到監獄裡去了。資行判官因為烏帽子被打落了的恥辱，有好久不曾出仕。安藤武者因為揪住文覺的事情得到獎賞，就超過一級，升為右馬允。其時美福門院去世，遇見大赦，文覺就沒有多少時候被赦免了。本來可以暫時到別處去修行，但是並不如此，仍是拿著募化簿，到處募捐，卻也並不單純的勸募，總是說道：

「唉，世上現今就要大亂，君臣都要滅亡了。」說這些可怕的話。人家就說：

「這個法師不能留在京裡，把他遠流吧。」於是流放到伊豆國去了。

源三位入道的嫡子仲綱，其時做著伊豆守，所以因了他的命令，叫由東海道乘船下去，帶他到伊勢國，有檢非違使廳的差役兩三人押解了去。那差役們說道：

「廳裡的下屬押解罪人的習慣，照例有些偏袒。怎麼樣呢，像你這樣修道的法師，被罰流放遠國，沒有什麼認識的人麼？可以問他們要一點土產或是食料之類吧。」文覺答道：

「我沒有知己可以請求這樣的事，但是在東山方面，卻還有些人。那麼就寫個字兒去吧。」差役們便找了些不很好的紙給他。文覺道：

「這樣的紙，好寫要緊的信的麼！」將紙丟還給他們了，於是去找了厚紙來給他，文覺卻笑說道：

「這個法師不會得寫字，你們給寫吧。」就教寫道：

「文覺有建立供養高雄神護寺之志，進行勸募，卻遇著這樣的政府，

九　文覺被流

不但所願未能成就，反遭禁獄，並且流放於伊豆國。因為遠路，土產食料之類甚為重要，乞予惠賜，交來人帶下為要。」差役照所說的寫了，問道：

「那麼，是寫給誰人的呢？」答道：

「寫給清水的觀音大士。」差役說道：

「那不是對官廳的下屬開玩笑麼？」文覺道：

「別這麼說，文覺對於觀音很是信託，此外就沒有可以說話的人了。」

從伊勢國阿濃津乘船出發，到了遠江的天龍灘，忽然發起大風來，掀起大浪，船就即刻要顛覆了，水手拿舵的人們雖然竭力設法，可是風浪更是猛烈，看看沒有辦法，或是高唱觀音的名號，或是預備最後的十念。但是文覺卻什麼也不管，只是打著高鼾臥著，不知道是怎麼想的，但等到真是危險的一剎那，便吧的跳了起來，立在船頭上，向著洋面睨視著，大聲吆喝道：

「龍王在那裡麼，龍王在那裡麼？」隨說道：

「在這船上乘著發有這樣大願的聖僧，你要是把它弄沉了，那麼你們龍神就立刻要受到天罰的呵！」不知道是不是為了這緣故，風浪就靜下去了，到著了伊豆國。原來文覺自從出京之日起，立下了誓願：「我若是再歸京都，能夠成就高雄神護寺建立供養，那我就不會得死。倘若此願不能成就，就讓我死在路上吧。」從京都來到伊豆，其時沒有順風，所以沿海沿島的走去，費了三十一天的工夫，文覺在這期間一直斷食。可是他的氣力卻一點都沒有減退，仍舊做著每日的功課，在他的確有許多事情不像是平常一般的人的樣子。

一〇　福原院宣

　　文覺到了伊豆國，被交給近藤四郎國高，命令在奈古屋地方居住，與兵衛佐賴朝離開不遠，所以時常到那裡去閒話消遣。有一天文覺對他說道：

　　「平家裡面只有小松內大臣，性情剛直，智謀也是超群，但是因為平家已經到了末運的關係吧，去年八月裡死去了。現在源、平二氏的裡面，沒有一個人像你這樣的有將軍的相貌的。早點興起謀叛之師，把日本國取得好了。」兵衛佐卻說道：

　　「你這位上人，真是說出意想不到的話來呀。我是承故池襌尼救了這無價值的命，到了現在，為的報她的恩，只是每天轉讀《法華經》一遍，不管別的事情了。」文覺又說道：

　　「書上說，天予勿取，反受其咎，時至不行，反受其殃。我這樣說，或者以為我是來試試你的心吧，你這樣想也難說。但是我知道心裡有很深的志願，就請你看吧。」說著從懷裡取出一個白布包來，裡面是一個骷髏。兵衛佐說：

　　「那是什麼呢？」文覺說道：

　　「這是你先父故左馬頭的首級呀。平治之後，埋在監獄前面的青苔底下，後來沒有憑弔的人，文覺有所感觸，便從獄官請求得來，這十幾年來掛在脖子上，到各山各寺修行，為求冥福，想必很久就得度了吧。那麼文覺一向對於故左馬頭也竭誠效勞的了。」兵衛佐覺得這個骷髏雖然並不一定真是義朝的，但說及父親的頭來，也感覺懷念，便落下淚來。以後便說心腹話道：

一○　福原院宣

「賴朝的欽案還沒有寬免，怎麼能夠去發起謀叛麼？」文覺說道：

「那個很是容易。我就上京都去請求免罪好了。」兵衛佐道：

「這怎麼成？你本身還犯著欽案，卻保證給別人去請求免罪，這話似乎未必可靠吧。」文覺說道：

「假如我是去請求自己免罪，那或者是不對的。但是說的乃是你的事，這有什麼妨害呢？到現在的京都，福原的京城裡去，不過三日就可以到。請求法皇的院宣，逗留一天，總共不過七八日罷了。」說罷，便忽然出去了。回到奈古屋，告訴弟子們說，要避人到伊豆的雄山去蟄居七天，就出去了。的確過了三日，他就到了福原新都，因為同前右兵衛督光能卿有點瓜葛，所以走到他那裡，說道：

「伊豆國流人，前兵衛佐賴朝如能赦免欽案，得到院宣，就可以糾集關東八國的家人，消滅平家，平定天下，請把這事奏聞上去。」兵衛督說道：

「哎，那個，現在我本身的三官均已停職，正在很是煩惱的時候，況且法皇也是被關了起來，這事怎麼辦呢？但是總之且去奏聞了看。」便將這情由祕密奏聞了，法皇立即發下院宣，文覺乃把這個掛在脖子上，又過了三天，就回到伊豆來了。這時兵衛佐正在想，這個上人憑空說起了無聊的事情，不知道要使自己吃到什麼樣的苦頭，便這樣那樣的想個不了，在第八天的午刻他卻已經從京都下來了。對兵衛佐說道：

「你看，這是院宣呀！」兵衛佐聽說是院宣，便很恭敬的洗手漱口，換上新的烏帽子和淨衣，朝著院宣拜了三拜，然後披讀，裡邊寫道：

「近年以來平氏蔑視王室，私擅政事無所忌憚，破滅佛法，紊亂朝威。夫我朝乃神國也，宗廟相併，神德顯著，故朝廷開基之後，數千餘

卷五

歲，凡有欲傾皇位，亂國家者無不敗北。是以一則憑神道之冥助，一則守敕宣之旨趣，速誅平氏之族類，而退朝家之怨敵。其繼續世傳之兵略，發揮累世之忠勤，以立身興家者。院宣如上，相應傳達。治承四年（一一八〇）七月十四日，前右兵衛督光能奉敕，謹上前右兵衛佐殿。」兵衛佐將這院宣裝在錦袋內，據說在石橋山交戰的時候，也掛在兵衛佐的胸前。

一一　富士川

且說在福原開了公卿會議，說趁那邊軍隊未曾齊集之前，趕快的派出討伐的兵出去，於是派小松權亮少將維盛做大將軍，薩摩守忠度做副將軍，總共兵力三萬餘騎，於九月十八日由棄都出發，十九日到了舊都，二十日就向東國去進行討伐了。大將軍權亮少將維盛生年二十三，姿容美麗，武裝整齊，連畫也不能畫的那麼好，平家祖傳的鎧甲叫做唐皮的，裝在唐櫃裡，叫人抬著，自己在路上穿著一件赤地的錦袍，外加淺綠色的綴甲，騎在連錢葦毛的馬上，跨著黃金緣飾的馬鞍。副將軍薩摩守忠度是穿了藍地的錦袍，紅色綴的鎧甲，騎在黑色壯大的馬上頭，鞍是漆塗上面更灑金粉的。這些馬，鞍，鎧甲，盔，弓箭，腰刀以及短刀等，都是光輝照耀，這一路出發的情形，煞是可觀。

薩摩守忠度在這些年來，曾經同一位女官要好，她的母親乃是一位皇女。有一天他在那裡去，恰巧正值有身分很高的一位女官來了，等到夜已很深了，客人卻還沒有回去。忠度站在簷下，暫時吧嗒吧嗒的使用著摺

一一　富士川

扇，這時聽見那女官用了優雅的口調吟著一句歌詞道：

「滿野高吟的蟲聲呵！」薩摩守就停止了用扇，就走回去了。以後會見的時候，女官問道：

「那一天為什麼就停止了用扇的呢？」薩摩守答道：

「啊，那就因為說是『好喧鬧呀』，所以停止使了。」以後這個女官送了一件襯衣給忠度，當作千里遠行離別的紀念，附了一首歌：

「分開東國的草葉前去的你的袖子，

倒還不如在京裡住著的我更為露所溼了。」

薩摩守給返歌說道：

「這離別你又何須愁嘆呢？

前去的關所乃是先人所走過的。」

從前往外邊去討平朝敵的將軍，先行朝見，賜予節刀。天皇御紫宸殿，近衛府的人排列階下，內弁、外弁的公卿悉行參列，舉行中儀的節會。大將軍、副將軍各各整飭禮儀，接受節刀。但是承平天慶的先例因為年久，已經難以依據，前回讚岐守平正盛去討伐前對馬守源義親，往出雲國去那時候的例子，只是賜給驛鈴，裝在皮袋裡，掛在雜役的脖子底下。古時候為了討滅朝敵出都去的將軍，須有三種覺悟。賜給節刀的當日，把家忘記，走出家門的時候，把妻子忘記，在戰場和敵人打仗時便把身子也忘記了。那麼，現在平氏的大將維盛和忠度，一定也有這種覺悟吧。想起來真是很可感慨的事。

同月二十二日高倉上皇又臨幸安藝國嚴島。過去三月中曾經臨幸過，或者是這個緣故，那一兩個月裡國泰民安，情形很好，但是自從高倉宮謀叛後，天下又亂了，世間很不平靜。現在因此，為的祈求天下太平，而且

卷五

祈求上皇的病體全愈,所以到嚴島神社去的。這回是從福原臨幸,沒有什麼跋涉。上皇親自動手,做了一篇願文,叫攝政藤原基通代為謄寫了。文曰:

「蓋聞法性雲開,十四十五之月高晴,權化智深,一陰一陽之風旁扇。夫嚴島之社者,稱名普聞之場,效驗無雙之地也。遙嶺迴繞社壇,自彰大慈之高峙,巨海近接祠宇,實表弘誓之深廣。竊某以庸昧之身,忝踐帝王之位,今玩謙遊於靈境之群,樂閒放於射山之居,然竊竭一心之精誠,詣孤島之幽祠,仰明恩於瑞籬之下,凝懇念而流汗,垂靈託於寶宮之中,誦聖訓而銘心。其中特別表示怖畏謹慎之期,重在季夏初秋之候。病痾忽侵,猶未有醫術之有效,萍桂頻轉,彌知神感之不空。雖乞求祈禱,而霧露難散,但仍竭心腑之志,重企頭陀之行,漠漠寒嵐之底,臥旅宿而驚夢,悽悽微陽之前,臨遠路而望眼。遂於枌榆之境,敬展清淨之席,書寫色紙墨字之《妙法蓮華經》一部,開結二經,阿彌陀,般若心等經各一卷。親手書寫金泥之提婆品一卷,於時蒼松蒼柏之陰,共植善利之種,潮去潮來之響,漫和梵唄之聲。弟子辭北闕之雲者八日,星涼燠之候改變無多,凌西海之浪者二度,深知機緣之非淺。朝禱之客非一,夕賽者且或千人,但尊貴之歸仰雖多,而院宮之參詣未之前聞,則自禪定法皇初作之儀也。彼嵩高山之月前,漢武未辨和光之影,蓬萊洞之雲底,天仙亦徒隔垂跡之塵。仰願大明神,伏乞一乘經,重新鑑照丹忱,賜予玄應,是為至幸。治承四年九月二十八日,太上天皇。」

且說這些人離去九重的都城,出發往千里的東海去了。將來平安歸還的事的確很是難說,或者寄宿於原野之露,或者旅臥於高峰之苔,過山渡河,日數漸增,於十月十六日乃走到駿河國的清見關。出都的時候是三萬餘騎,沿途加進去不少士卒,據說一總有七萬餘騎了。前鋒已經進到了蒲

| 一一　富士川

原富士川，後方還在平越宇津谷這一帶地方。大將軍權亮少將維盛乃把武士大將上總守忠清召來問道：

「據維盛的所想，過了足柄山，在坂東地方作戰吧。」上總守答道：

「在福原出發的時候，入道公的命令是，把作戰交付給忠清的。坂東八國的兵都是服從兵衛佐的，恐怕有幾十萬騎吧。這邊的兵力總共雖說有七萬餘騎，卻都是從各國徵發來的士卒，人馬也都已疲倦了。伊豆駿河方面應該來的兵力，也還沒有到來。現在只應當在富士川的前面，等待友軍的到來才是。」維盛聽了沒有辦法，就將進攻展緩了。

且說在兵衛佐方面，過了足柄山，已經到了駿河國的黃瀨川了。在甲斐和信濃的源氏已都跑了來，合在一起，在浮島原會師，帳上記著一總有二十萬騎。常陸源氏佐竹太郎的雜兵當作主人的使者，帶著信前往京都，在路上給平家先鋒上總守忠清留住了，拿過信來，開啟一看，乃是給他的妻子寫的。因為沒有什麼妨害，所以把信交還給他了，但是問道：

「現在兵衛佐的兵力共有若干呢？」答道：

「這八九日在路上，沒有間斷的在野間山上，海裡河裡，都是武人。下士只能知道四五百千的數目，這以上就不知道了。或者更多，或者更少，都不能知道。昨天在黃瀨川聽人家說，源氏的兵力有二十萬騎。」上總守聽了說道：

「唉，大將軍的舉動寬緩實在是可惋惜。假如我們早一日進行討伐，走過足柄山，進出到東國的話，白田山的一族和大庭兄弟便一定參加。他們到了，坂東便不至於草木都靡然從風了。」他雖是後悔，可是如今已經沒用了。

大將軍權亮少將維盛又把東國的嚮導，長井齋藤別當實盛召來，問道：

217

卷五

「實盛，像你這樣善射的人，在關東八國有多少人呀？」齋藤別當冷笑答道：

「你這樣的說，大概是把實盛當是能射長箭的人吧，其實我不過射到十三束罷了。像實盛這樣射箭的人，在關東八國不知道有多少。說到射長箭，普通沒有射十五束以下的。弓的堅強的，須要壯漢五六個人才能把它拉開。這樣的精兵射起來的時候，鎧甲的兩三領也很容易射穿。一個稱作大名的人，就說是部下頂少的，也不少於五百騎，騎在馬上不會掉下來，走過險惡的地方馬也不會倒，打起仗來父親死了也罷，兒子死了也罷，死了就爬過去，爬過去更是打仗。西國的打仗（便不相同），父親戰死了，先將供養，等忌滿了再來，兒子戰死了，便因了悲嘆不再攻打了。兵糧米若是沒有了，種了田，等收穫了再來打仗，夏天說是太熱，冬天又是太冷，都是嫌忌。東國卻全不是這樣。甲斐和信濃的源氏因為熟悉這裡的地理，或者會從富士山腰繞後路過來也未可知。我這樣說，似乎要使你感覺恐惶，實在卻並不如此。打仗的事不因兵力，卻靠計謀，我要說的只是這個意思。實盛在這回打仗，已經覺悟並不想活出性命，再回到京裡去了。」實盛這樣說了，平家的兵士聽了都嚇得發抖了。

這樣子到了十月二十三日，源、平兩家預定在明天在富士川互放響箭布告開戰，到了夜裡平家兵卒望見源氏的陣地裡，伊豆駿河人民農夫因為害怕打仗，或到原野，或進入山裡，或者乘船浮於河海，都燃著火預備煮飯。便都說道：

「阿呀，源氏陣地裡遠地的火光真多呀！那真是所說的，野裡山裡和河海裡都是敵人了。這怎麼好呢？」便都恐慌起來了。這天的半夜裡，富士川沼澤中群棲的水鳥不知道為什麼事忽然驚動了，立刻一起的飛了起來，那羽音彷彿像大風和雷一樣，平家兵卒便都驚起道：

「呀，源氏的大軍襲擊來了！一定如齋藤別當所說，從後方迂迴到了。被包圍了，那就不妙，不如從這裡退卻，在尾張河和洲股地方防戰吧。」於是連東西也來不及取，便爭先的逃走了。因為太是張皇擾攘了，拿了弓的人忘記了箭，拿了箭的又忘記了弓，有人騎了別人的馬，卻把自己的馬讓人家騎走了，又或騎了絆著的馬，只是繞著椿子打圈子。從近地宿場叫來些藝妓歌女，歌唱行樂，也或者被蹴傷了頭，踹壞了腰，叫喚吵嚷，鬧成一氣。

同月二十四日卯刻，源氏大軍二十萬騎，擁到富士川河邊，驚天動地的吶喊了三回。

一二　五節的事情

平家的陣地卻是一點聲音也沒有。派人去看，回報說：

「都已經跑掉了。」有的人拿了敵人所忘記的鎧甲來，有的或者拿了敵人所棄捨的大帳篷來的。報告說：

「在敵人的陣地裡，連一個蒼蠅也沒有。」兵衛佐從馬上下來，脫了頭盔，漱口洗手，朝著王城的方面跪拜說道：

「這不是賴朝私人的功勳，實在乃是八幡大菩薩的御計畫。」於是把打下來的領地來分配了，將駿河國交給一條次郎忠賴，遠江國交給了安田三郎義定，本來對於平家還該繼續進攻，但是覺得後路不大安全，所以從浮島原引退，回到相模國去了。

東海道一帶各宿場的藝妓歌女都嘲笑說：

卷五

「阿呀，真是太不像話！出去討伐的大將軍，箭也不射一枝，就逃回來了，實在不成話。打仗時看見就逃，已經很是難聽，現在這是聽見就跑，更是豈有此理了。」寫匿名揭帖的尤其多得很。在京裡的大將軍叫做宗盛，出去討伐的大將聽說是權亮，又把平家讀作平房，有一首歌說道：

「平房裡看守棟梁的人不知怎樣的著忙，

所倚恃為柱子的撐條卻早掉下了。」

又一首云：

「比那衝過淺灘岩石的富士川的水，

流得更快的是那伊勢的瓶子。」

上總守把他的鎧甲拋棄在富士川裡，歌裡說道：

「把鎧甲拋棄在富士川裡了，

還不如著那墨染的法衣，為了那來世。」

「忠清騎了二毛的馬，

雖是掛著上總的馬鞦，可是沒有用。」

同年十一月八日，大將軍權亮少將維盛回到福原新都來了。入道相國大為生氣，說道：

「大將軍權亮少將維盛，流放到鬼界島去，武士大將上總守忠清等處死刑。」同月九日，平家的武士老少集會，討論忠清死罪的事。主馬判官盛國出來說道：

「忠清以前並不是胡塗人，記得在他十八歲的時候，有五畿內唯一的強盜兩個人，逃到鳥羽殿的寶藏裡面，躲了起來，沒有人敢進去捕捉他們的，這個忠清在白晝獨自一個人，跳牆進去，格斃一人，另外一人生擒

了，這個名聲留下到了後世。這回的失著看來不是平常的事情，關於這事似乎還應好好的謹慎，使兵亂下息才好。」

同月十日，大將軍權亮少將維盛，升為右近衛中將。人家都私下批評說：

「雖然聽說是討伐軍的大將，卻並沒有做出什麼功績來，這是什麼事情的獎賞呀？」

從前為了討伐平將門，平將軍貞盛，田原藤太秀鄉受命，出發到坂東去，但是將門卻並不是容易滅亡，所以公卿會議，再派討伐軍出去，任命宇治民部卿忠文，清原滋藤為軍監。到了駿河國清見關住宿的夜裡，滋藤遠望漫漫的海面，便高聲吟漢詩道：

「漁舟火影寒燒浪，驛路鈴聲夜過山。」忠文聽了感覺優雅，不禁流淚。但是將門就為貞盛秀鄉所殺，拿了他的首級上京來，在清見關前相遇，於是先後的大將軍相率一同上京。在勸賞貞盛秀鄉的時候，公卿提議是否對於忠文滋藤也加以勸賞，九條右丞相師輔公說道：

「這回討伐軍向坂東出發，但因將門並不容易滅亡，所以這些人也奉了敕命，前往關東，其時朝敵卻已經滅了，因此對於他們怎能沒有勸賞呢？」但其時的攝政關白小野宮卻道：

「《禮記》上說，疑事毋質。」於是終於不給獎賞。忠文對於此事很是遺恨，說道：

「小野宮的子孫我把他們做奴隸，但是九條公的子孫，我將為守護神，保佑他們到底。」這樣的立下誓言，就不喝湯水乾喝而死了。以後九條公的後人很是繁榮，但是小野宮的子孫沒有什麼像樣的人，現在卻已完全斷絕了。

卷五

且說入道相國四男頭中將重衡任為右近衛中將。同年十一月十三日，在福原的大內落成，主上就遷幸過去了。本來應該舉行大嘗會，這大嘗會是在十月末，駕臨東河，先有御禊，在大內的北野築了齋戒的場所，預備種種神服神具，隨後在大極殿前面，龍尾道的壇下設回立殿，在這裡天皇進行沐浴。在這壇的並排，建立大嘗宮，供奉神膳，舉行奏樂，歌唱，在大極殿裡行大禮，清暑堂裡奏御神樂，豐樂院裡宴會。但是在福原這個新都，既無大極殿，沒有行大禮的地方，也無清暑堂，沒法奏那神樂，豐樂院也沒有，更無從舉行宴會。所以公卿會議，今年只舉行新嘗會的五節，至於新嘗祭則在舊都的神祇官廳去舉行。

這五節乃是在古昔天武天皇的時代，在吉野宮裡，當月白風高的夜晚，天皇靜著心正彈著琴，有神女從天上下降，五回翻那衣袖，這就是五節的起源了。

一三　還都

這回的遷都，君臣上下無不愁嘆，比睿山和奈良及諸社寺也相率訴說，此事的不相宜，於是這慣於胡為的入道相國也就說道：

「那麼還舊都吧。」同年十二月二日，就急忙的還都了。這新都福原北面沿著群山地勢很高，南邊又和海很近，甚是低下，波浪的聲音很是喧擾，海風甚是利害。所以高倉上皇總是生病，就趕緊的離開了福原，從攝政公起，太政大臣以下公卿殿上人都爭先隨侍。入道相國以下平家一門的公卿殿上人，也都搶先上京都來了。在新都住得夠苦惱了，有誰還願意多

留一刻呢？從過去六月起，拆了房屋，運來資財家具，又建立起來像了樣子了，現在又發瘋似的說要還都，卻不及布置什麼，只好都丟棄了回到京裡來。各人住處都沒有，只得在八幡，賀茂，嵯峨，太秦，西山，東山那些偏僻地方，或者在佛堂的迴廊，或在神社的拜殿裡，暫時寄宿，這裡邊還很有些有身分的人們。

至於這一次遷都的理由何在，據說因為舊都與南都北嶺都很相近，略為有點事情的時候，奉了春日的神木，日吉的神輿，便要亂來。福原則隔著山，間著海，路程也遠，那樣的事便不大容易有了。據說這是入道相國原來的計畫。

同年十二月二十三日，對於近江源氏的反叛進行討伐，派左兵衛督知盛，薩摩守忠度，為大將軍，共總兵力二萬餘騎，向近江國出發，先將散開在山本，柏木，錦古裡的源氏一一攻下以後，就向著美濃和尾張推進。

一四　奈良被焚

京裡又有些人說：

「當高倉宮進園城寺的時候，南都大眾表示同心，並且還差人來接，因此這也是朝敵，所以也應該同三井寺一併討伐。」奈良方面聽到了這樣的消息，大眾蜂起，很是擾攘。攝政基通告知他們道：

「有什麼意思只管說來，無論幾次都給轉奏上去。」可是奈良方面一切都付之不理。派了任有公職的別當忠成充當使者下去，大眾聚集起來說道：

卷五

「把那廝從乘坐的東西上拉下來！剪掉他的髮髻！」叫嚷騷動，忠成惶恐失色，逃了回去了。隨後再派右衛門佐親雅下去，大眾也是叫嚷：

「剪掉他的髮髻！」什麼事情也沒有做，也逃回去了。其時勸學院的役夫二人，被剪掉了髮髻。南都又做了一個很大的球杖的球，說這是平相國的頭，喧嚷說：

「打吧，踩吧！」書上說過：

「言之易洩，召禍之媒也，事之不慎，取敗之道也。」那所謂平相國的，說來也惶恐，是當今天皇的外祖父嘛。這樣說話的南都大眾，大概是天魔之所為罷。

入道相國傳聞這些事情，心想怎麼辦好呢，首先是要使得這些胡鬧平靜下來，於是把備中國住人瀨尾太郎兼康補了大和國的檢非廳，叫兼康率領五百餘騎向南都出發，對他說道：

「要十分注意，即使眾徒有些胡鬧，你們卻不可以那樣。不要著甲冑去，別帶弓箭。」但是大眾並不知道私下曾有過這番囑咐，把兼康帶的部下抓住了六十餘人，都一一的斬首，掛在猿澤池的旁邊。這使入道相國大為生氣，說道：

「那麼進攻南都罷！」便派頭中將重衡為大將軍，中宮亮通盛為副將軍，總計兵力四萬餘騎，向著南都出發。大眾也不分老少，共有七千餘人，繫緊了盔帶，在奈良坂和般若寺兩處，路上掘斷作坑，設立楯垣，安放倒生樹枝，嚴陣以待。平家四萬餘騎分作兩路，向著奈良坂和般若寺的兩處城郭進攻，發出吶喊。大眾都是徒步，拿著刀仗，官軍卻騎了馬，四處賓士，這邊那邊的追趕，箭如雨下，防戰的大眾幾乎盡數戰死了。從卯刻開始決戰，接續的戰了一天，到了夜裡奈良坂和般若寺的兩處城郭都已

| 一四　奈良被焚

陷落了。在戰敗的人裡邊，有一個坂四郎永覺的惡僧，無論拿了刀或是弓箭，氣力的強大是七大寺，十五大寺中間第一個人。穿了一件淺綠的腹鎧上面，再加黑線綴的鎧甲，在帽盔上加著五重的頸甲，左右兩手拿著白柄的茅葉似的向上翹起的大長刀，和黑漆的大馬刀，與同宿的人十餘人，前後左右的排著，從碾磴門殺出來，這就暫時抵住了官軍。許多官軍的馬腳都被砍斷了，人也被殺了。但是官軍乃是多數，他們互動輪番的攻上來，在永覺前後共同防衛的同宿的人都已陣亡了。永覺獨剩了一個人，雖是勇猛，無奈後路空虛，所以也只得向南逃走了。

　　到了夜戰，天色太是黑暗了，大將軍頭中將站在般若寺的門前，便命令道：

　　「放起火來！」平家兵士裡邊有個播磨國住人福井莊下司二郎大夫友方，便將楯劈破了，作為火把，在民家放起火來。這是十二月二十八日夜間的事情，適值風很猛烈，雖然火的根源只是一個，但是因為風的亂吹，許多伽藍都延燒了。那些知道羞恥，愛惜名譽的人，都已經在奈良坂戰死，或是在般若寺陣亡了。負傷還能行動的人，悉向吉野十津河方面逃亡了。只有不能行路的老僧，以及還在修學的人們，男兒，女童，都逃到大佛殿和山階寺的裡邊去，爭先的躲避。在大佛殿的樓上有一千多人走了上去，為的叫追來的敵人不能上來，所以把樓梯也抽掉了。猛火卻直逼過去，叫喚的聲音真像是焦熱，大焦熱，無間阿毗地獄火焰中間的罪人，恐怕也不過如此罷了。

　　這興福寺乃是淡海公御願建立，藤原氏歷代的寺。在東金堂的是佛法傳來以後最初的釋迦的像，在西金堂的是從地上自然湧出的觀世音的像，琉璃鑲成的四面的廊，丹朱塗飾的二階的樓，九輪在空中發光的兩座塔，這些都一時化為煙塵，實在是很可悲的事。在東大寺，有那常在不滅，實

225

卷五

報寂光現身的佛的御像，聖武天皇所親手磨光的金剛十六丈高的廬遮那佛，烏瑟高顯，為半天之雲所遮，眉間白毫，恰如新見之滿月，今則頭髮被燒落在地上，身體熔化，有如小山。四萬八千之相好，已如秋月為五重之雲所掩，四十一地之瓔珞，有似夜星為十惡之風所吹。煙塵漲天，火焰滿空，使眼見者目更不能直視，遠聞者亦為喪膽。法相三論之法門聖教，全無一卷存留，在我朝不必說，就是天竺震旦，也不曾有這樣的法滅吧。優填大王磨「紫磨金」，毗須羯磨雕赤栴檀以作像，但此僅等身的佛像而已。況此乃南閻浮提之中唯一無雙之佛像，以為永無朽損之期的，今乃蒙毒焰之塵，長留悲哀之跡。梵釋四天，龍神八部，冥官冥眾，一定也大為吃驚吧。擁護法相宗的春日大明神，不知道如何想呢！所以春日野的露也變色，三笠山的風聲也聽去如在怨訴的吧。

燒死在火中的人數記起來是，大佛殿樓上一千七百餘人，山階寺裡八百餘人，別個御堂裡五百餘人，又一個御堂裡三百餘人，一一列記起來共計三千五百餘人。死在戰場上的大眾有千餘人，少數的斬首在般若寺門前號令，少數的拿了首級到京裡去了。

二十九日，頭中將消滅了南都，回到京都去了。入道相國一個人總算出了氣，覺得很高興。中宮，法皇，上皇，及攝政以下的人卻都悲嘆道：

「算是除滅了惡僧，伽藍怎麼可以毀滅呢！」當初公卿會議，把大眾的首級原來要在大街遊行，隨後掛在獄門的樹上示眾，但是後來聽了東大寺和興福寺毀滅的慘淡的光景，似乎吃了驚，也就沒有消息了，就在這裡那裡的拋在什麼溝或是坑裡了。聖武天皇宸筆的詔書裡說：

「我寺興福，天下亦興福，我寺衰微，則天下亦將衰微。」那麼天下衰微，可見是無疑的了。這樣悲慘的一年也已過去，治承也成為第五年了。

卷六

卷六

一　上皇駕崩

　　治承五年正月一日，大內裡因為有東國的兵亂和南都的火災的關係，停止朝拜的典禮，主上不臨朝，不奏音樂，也沒有舞樂，吉野的國棲人沒有來到，藤原氏的公卿也一個沒有到的，因為氏寺燒失的緣故。二日殿上舉行的淵醉也沒有，男的女的都一聲不響，禁中顯得充滿了陰慘之氣，彷彿佛法王法都已消滅了的那個模樣。法皇嘗嗟嘆說：

　　「我因了十善的餘慶，所以得保萬乘的寶位，四代的帝王，想起來都是我的兒子，我的孫子。為什麼卻被停止了萬機的政務，過這樣的年月的呢？」

　　同月五日，南都的僧綱等官都免了職，停止參加法會的資格，寺院的首長也都免除職務。眾徒是不論老少，或被射殺，或被斬殺，或者在火煙裡走不出來，多被燒死，剩下來的僅少的人也都遁跡山林，沒有一個遺留下來的。興福寺別當花林院僧正永緣，眼看著佛像經卷化作煙塵，心想阿呀，真是傷心的事。受了一種打擊，就因此生了病，不久即故去了。這僧正是個風雅知情的人，有一天聽到杜鵑鳥的叫聲，作歌道：

　　「每回聽到杜鵑都是很新奇，

　　那就覺得總是最初的聲音。」因此就被稱作初音的僧正。

　　但是御齋會就是形式也罷，總是要舉行的，須得選定出席的僧侶。如今南都的僧綱都已停職，那麼便叫京都的僧綱擔任舉行麼，召集公卿來會議，說那麼就把南都除外也覺得不行。於是將三論宗的學匠成寶已講從他隱伏著的勸修寺裡叫了出來，照例的舉行了御齋會。

一　上皇駕崩

上皇因為前年父親的法皇被拘禁於鳥羽殿的事，去年兄高倉宮的被害，以及遷都這一件使得天下騷然的大事情，心裡苦惱，以致生病，一向聽說是不大好，後來聽到東大寺和興福寺的滅亡的消息，那病就更加沉重了。法皇非常的著急慨嘆，到了正月十四日，上皇終於在六波羅的池殿晏駕了。御宇十二年，德政有千萬端，復興詩書聽說的仁義之道，繼續理世安民的已絕之跡。死亡這事是三明六通的羅漢所不能免，幻術變化的權者所不能逃避的事，說是有如無常的人世的常道，想起來這也是過於講道理了吧。遺體就在這夜裡，奉移東山山麓的清閒寺，變成晚上的煙，升到春天的霞彩中去了。澄憲法師心想來送葬，趕緊從山上跑了下來，卻已經成了空虛的煙了。法師見此情形，乃詠歌曰：

「平時常見的上皇的行幸，今天卻是

上不歸的旅途，是很可悲的事呀。」又有一個女官，聽說上皇晏駕了，作了這樣一首歌，表現她的哀思：

「雲上可以永遠看著的月光，

聽說消滅了，這可悲的事呀。」

其時天皇御年二十一歲，內守十戒，外保五常，整飭禮儀，正是末世之賢王，舉世所珍惜者，如失掉了日月的光明。這樣國人的願望不能成就，百姓也就沒有福氣，人間的境遇也實在可悲的了。

二　紅葉

　　古來最是得民心的大概無過於延喜和天曆這兩朝的天皇了吧，可是大抵被稱為賢王，有些仁德施及於人民的，總是須得天皇到了成年，有了分別以後，但是這位主上卻是在幼年的時候，生就是柔和的性格。

　　在過去承安年間，剛才即位的時候，那時御年才得十歲左右吧，非常愛好紅葉，在大門北邊叫築了一座小山，種些黃櫨楓樹等有美麗的紅葉的樹，稱作紅葉山，終日看了都還看不夠的樣子。但是在一天夜裡，猛烈的颺起大風來，紅葉都已吹落。落葉頗是狼藉。殿守的官奴早上起來掃除，便把這些都掃集棄捨了，剩下的枝條葉子集在一起，因為那是早上風寒的天氣，所以大概在縫殿衛所裡當做溫酒的材料用了吧。管理紅葉山的藏人在天皇臨幸之前，趕快去一看，紅葉卻已是蹤影全無了。問是怎麼了，如此如此的回答，藏人聽了大驚道：

　　「呀，這可了不得！把天皇那樣心愛的紅葉，弄成那個樣子，真是豈有此理。你們大概是要辦監禁流放的罪，就是我也不知道會遇見怎樣的責罰呢！」正在那裡愁嘆，天皇卻比平時起來得更早，臨幸那個地方去看紅葉，看見沒有了，便問「這是怎麼的」，藏人覺得無法奏上，只好從實直說了。天皇的氣色卻是很好，只微微的笑著說道：

　　「這是林間暖酒燒紅葉的詩趣，不知怎麼人教了他們了，所以做了很風流的事情。」那個官奴反而得到稱賞，並沒有什麼責罰。

　　又在安元的時候，有一回值避忌方角的行幸，即使是在平日，「雞人曉唱，驚明王之眠」，那麼的說的時候，也就容易驚醒，不大能安眠，況且又值極寒冰凍的夜裡，想起延喜聖代的事來，天皇懷念人民不知道是怎

二　紅葉

樣的寒冷，夜中在御殿裡特為脫下自己的衣服來的事情，深自嘆息帝德遠不及先王的廣大了。等到夜很深了的時候，遠遠聽見有叫喚的聲音。供奉的人都沒有聽見，但是天皇卻聽到了，便說道：

「在現在這個時候，叫喚的是什麼人呢？快去看來。」隨侍的殿上人便吩咐值日的武士前去檢視，四處奔走尋找之後，在一處路上見有一個窮苦的女童拿著一個長方的箱子蓋，在那裡啼哭。問她是怎麼了，她回答道：

「我的主人是一位女官，在法皇宮裡當差，種種苦心的結果才做了這一套裝束，由我送過去，此刻卻有兩三個男人走了去，把衣服搶去了。她有了這套裝束，這才可以到法皇宮裡去，若是不能去了，她又沒有別的親類可以寄託的，我為了想起這事來所以哭著的。」於是便把那女童帶來，奏知此情，天皇聽了說道：

「真是可憐，這是什麼人幹的事呢？帝堯時代的人民以堯的正直的心為心，所以都是正直的，今代的人民卻以朕之心為心，所以邪曲的人在朝市裡去犯罪。這不是我的恥辱是什麼呢？」便問道：

「那麼那被拿去的衣服是什麼顏色的呢？」回奏說是這樣這樣的顏色。其時建禮門院還是中宮，就問她說：

「有這樣的衣服麼？」隨即取了來，卻是比原來的還要漂亮的多，便把這給了那個女童了。天皇又說道：

「現在夜還很深，說不定還會遇見那樣的事情。」便派了一個值日的武士，送她到主人的女官那裡，這實在是十分惶恐的事。因此就是很卑賤的匹夫匹婦，也無不祈禱這位天皇，能夠保有千秋萬歲的寶壽的。

卷六

三　葵姬

　　但是這裡更有一件可悲的事件，在中宮那裡出仕的一位女官，使用著一個少女，卻不意的得到天皇的寵愛。這並不是世間常有的只是臨時的愛情，卻時時為主上所召幸，真心深深的愛著，所以那做主人的女官也就不好使用，反而像主人似的鄭重對付著了。她說道：

　　「書上說的，當時有謠詠說，生女勿悲酸，生男勿喜歡，男不封侯女為妃。女人是忽然會立為王后的。這人說不定會成為女御王后，以至國母仙院，真是可慶賀的幸福呀。」因為她的名字是葵姬，所以私下便稱她做葵女御。天皇聽到了這個消息，後來就不再召她了，這並不是因為愛情沒有了，只因為考慮到世間對於這事會有什麼誹謗的緣故。可是此後時常見得憂鬱，老是（稱病）躲在寢殿裡。其時的關白松殿知道了說道：

　　「這一定有什麼不快意的事情在心裡，須得進去慰解一番。」便趕緊的進宮裡去說道：

　　「既然是這樣關心的事，那樣這有什麼關係呢？我想只要趕快的去召那女官來好了。也不必查問她的出身，基房就立即認她為義女就是了。」天皇答道：

　　「怎麼好呢。你所說的雖是可行，但這要是在退位之後，那間或有之，現在卻是在位的時候，有這樣的事恐要受到後世的非難。」不肯聽從他的意見，關白沒有辦法，只得掩淚退了出去。其後天皇在一張綠色特別濃厚的薄的楮紙上，寫下一首記起來的古歌道：

　　「隱藏著的我的戀情卻終於顯露出來了，

人家詢問你是在想著什麼事情呀。」

這幅御筆的字，冷泉少將隆房拜領了，交給了那個葵姬，她紅了臉說：

「現在覺得有點不舒服。」便回到家裡去，只睡了五六天，終於死去了。詩裡說的「為君一日恩，誤妾百年身」，就是說這樣的事情吧。從前唐的太宗曾想把鄭仁基的女兒任為充華，魏徵諫道：「那個女兒已經與陸氏有婚約了。」就把入宮的事停止，這兩件事情正是沒有什麼不同的。

四　小督

中宮因為天皇老是為了戀慕而悲嘆，想有以慰藉他，便將自己所用的一個叫做小督君的女官，送到他那裡去。這女官乃是櫻町中納言成範卿的女兒，是宮中第一個美人，又是彈琴的名手。從前冷泉大納言隆房卿還是少將的時候，最初看上了的女官。少將作了許多歌，寫了許多信，表示戀慕的至情，可是一點沒有聽從的氣色，但是最後還是被他的愛情所挑動了，終於聽從了他了。這回召在天皇的旁邊去，隆房卿沒有辦法，只好悲哀的灑淚為不願意的離別，眼淚溼了袍袖也沒有乾時。少將這以後總想再會見小督一次，所以時常進宮去，在她的房屋旁邊，簾子的周圍，這邊那邊的行走站立，可是小督卻說：

「我現在被君所召，無論少將怎樣的說，我就不好答話，或是看他的來信了。」所以便是託人代傳的，說一句情話的事已並沒有。少將做了一首和歌，試一試或者會有效用，把這投進了小督君所在的簾子裡邊去。歌曰：

卷六

「戀慕不勝的心情滿於空間，有如陸奧

千賀的鹽釜，可是近了也沒有用。」

小督君見了就想給回信，只是想到天皇，心裡覺得不安，所以連手裡拿了看也不一看，便叫使女拾起來，丟在院子裡了。少將覺得難堪頗為怨恨，但是又怕給人家看見了不好，趕快去把這撿起來，放在懷中，就出去了。回去之後又做一首歌道：

「便是信也不想手接了麼，

雖然是心裡是已經被捨棄了？」

少將覺得在此世既然難得相見，倒不如願意死了好了。

入道相國聽見了這個消息，心想中宮本來是我的女兒，冷泉少將是我的女婿，現在兩個女婿都被小督君所占有了，所以說道：

「不，不，小督在那裡，世上不會太平。須得叫了出來，把她消滅了才好。」小督君也聽到這話，說道：

「我個人的事情不管怎麼樣都行，只是對不起天皇罷了。」就在一天傍晚，從禁中出來，從此行蹤不明了。天皇為此非常悲嘆，白天也在寢殿裡，流著眼淚，到了夜裡才出南殿，看著月光稍為得到一點慰安。入道相國聽見了說道：

「那麼主上是為了小督的緣故，形以意氣銷沉了，既然這樣，我也有打算。」於是不派遣侍候的女官進去，對於進宮去的臣下也表示憎惡，大家懾伏於入道的威光，所以沒有人出入，宮中現出一片陰慘的氣象了。

時候是八月初十日以後，天氣是一片晴空，但是天皇總含著眼淚，月光也只是朦朧的看到罷了。到了深更，天皇問道：

四　小督

「有人麼，有人麼？」卻沒有什麼回答。其時彈正少弼仲國適值宿值宮中，遠遠的伺候著，便答應道：

「仲國在此。」天皇道：

「走近前來，有話吩咐。」心想是什麼事呢，便走近前去，只見天皇說道：

「或者你知道小督的行蹤麼？」仲國答道：

「這怎麼能夠知道呢？全然是不知道。」天皇道：

「阿，想起來了，有人說小督在嵯峨近旁，住在單扇門的屋子裡。那家主人的名字雖是不知道，你可以去給我找她一下麼？」仲國說道：

「主人的名字要是不知道，這怎麼能夠找得著呢？」天皇答說：

「那倒也是的。」可是臉上流下淚來了。仲國於是細細的想，小督君的確是善於彈琴的，說不定乘此月光的皎潔，想起君王的事情，在那裡彈起琴來。從前在宮中的時候，御前彈琴，是仲國擔任吹笛子的差使的，所以聽見琴聲就能夠知道。又在嵯峨方面的人家不會很多的，我就一家家的去尋找，想一定可以聽得出來。便說道：

「那麼即使不知道主人的名字，我也去找尋了看吧。但是假使尋著了，沒有親筆的書信，或者要以為是虛假的。請你給一封書信帶了去吧。」天皇說道：

「這倒也是的。」便寫書信交下，並且說道：

「就騎了御馬前去吧。」仲國便借乘了御馬寮的馬，在明月底下，舉鞭逕自漫無目的的走了去了。

昔時歌人所詠為「牡鹿鳴叫的這個山鄉」的嵯峨的秋月，那裡的情趣

卷六

一定是很深的吧。看見有單扇門的人家,心想說不定在這屋裡吧,便拉住馬韁,側耳細聽,可是沒有什麼彈琴的地方。或者在清涼寺的御堂裡參詣也說不定,便從釋迦堂開始,到所有的堂都看到了,連近似小督君的一個女人也都沒有看見。與其找不到而空自回去,倒還不如不問去的好,心裡想或者從此自己也就躲到那裡去吧,但是「普天之下,莫非王土」,沒有隱身的地方。怎麼辦好呢,正在煩悶,忽然想起道:

「可不是麼,法輪寺就在近地,或者為今夜的月光所誘引,到那裡去參詣了也未可知。」於是便策馬向那方面去了。

在龜山相近,有松樹一群的方面,聽見隱隱有彈琴的聲音。這是山嵐,還是松風,或者是所尋的人的琴聲,雖然不能確定,催馬上前去聽,才知道是在單扇門的人家裡邊,確是有人彈琴。住馬聽著,那確實是小督君彈琴的爪音,再聽它這是什麼調子,這乃是照字義講的〈想夫戀〉的樂曲。果然是想起主上的事情,世間樂曲雖然眾多,卻特別彈這個曲調,足見感情的優美,覺得十分可佩,便從腰間抽出橫笛來,噼的吹了一聲,咚咚的敲起門來,裡邊的琴聲隨即停止了。這邊乃高聲說道:

「是宮裡差了仲國到來了,請開門吧。」可是儘管敲著卻沒有人答應,過了一會兒,裡邊有人出來的聲音,高興的等著的時候,只聽得開了鎖,把門稍為開啟一點,一個幼小的女人,只將臉伸了出來,說道:

「怕是打錯了門了吧,這裡並不是這樣的地方,宮裡會得差使者來的。」仲國心想要是回答得不好,便要關門落鎖,反而不好,所以就將門推開逕自進去了。

走到側面的門外廊下,說道:

「為什麼來到這樣的地方的呢?主上為了你的緣故很是悲嘆,連生命

四　小督

已經看去有點危殆了。這樣說或者要當作虛假也說不定，因此帶有書信在這裡。」便取出御書來，從前那個女人接了，送給小督君，開啟看時的確是主上的信。一會兒寫了回信，打成一個結，加上一套女官的裝束，交了出來。仲國把女官的裝束斜披在肩上，說道：

「若是別人來當使者，既然領到回信，此外沒有說的了，可是從前在宮裡彈琴的時候，仲國曾經被派作笛子的配角，這事情想來不會忘記了罷。假如不能得受直接親口的回信，就這麼回去，那是十分覺得遺憾的。」小督君聽了也覺得有理，便親身給回通道：

「這大概你也聽到吧，入道相國說的話聽了太是可怕，所以便逃出宮中，住在這個地方，琴什麼是早已不彈了，但是這總也不是辦法，所以本想明天就進到大原的裡邊去了。這裡的女主人因為只有這一晚了很是惜別，說現在夜已深了，大概也不會有偷聽的人，便勸且來彈一回，的確過去宮中的情景也有點懷戀，彈起熟練的調子來，所以就給你容易的聽出來了。」說著流下淚來，仲國也袖子都溼了。過了一會兒，仲國掩淚說道：

「你說明天想要到大原的裡邊去。豈不是要改裝落飾麼？這事萬萬使不得。你這樣做了，天皇的愁嘆將怎麼辦呢？——（你們也注意）不要讓她走出這裡去！」說了就把帶來的馬寮的部下和吉上留在那裡，叫守護著那房子，自己卻騎了寮的御馬，策馬徑回到宮裡，天色已經微明了。心裡想道：

「現在應該已入寢宮裡，那麼叫誰去傳話呢？」便將御寮的馬繫了，那套女官的裝束搭在躍馬的屏風上頭，向著南殿走來，只見天皇還在昨夜坐著的地方，口裡吟道：

「南翔北向，難付寒淫於秋雁，東出西流，只寄瞻望於曉月。」仲國逕

卷六

自進去，把小督君的回信送上，天皇非常感動，說道：

「你就趕快連夜把她帶來吧。」這事如給入道相國知道了很是可怕，但又因御言不好違背，所以備齊了雜役，牛和車子，往嵯峨去，雖然小督君說不想回宮裡去了，經過種種的勸說，這才坐上了車，來到宮裡，把她住在偏僻的地方，每夜召見，生了一個王女。這個王女後來就是坊門女院。

入道相國不知怎麼得知了這個消息，說道：

「說小督在宮裡不見了，原來全是虛假的事。」便把小督君抓住了，將她作為尼姑，這才釋放了。雖然小督君本來有出家的志願，但是這樣被強迫的作為尼姑，年才二十三歲，著了濃的墨染的服裝，住在嵯峨的近旁。這實在是聽了非常心痛的事情。因了這樣的種種事情，高倉上皇得了病，乃終於因此去世了。

在法皇方面接連的多有悲嘆的事發生。從前在永萬年間（一一六五），第一皇子二條天皇晏駕了。安元二年（一一七六）七月，皇孫六條天皇亡故。同時「在天願作比翼鳥，在地願為連理枝」，對著天河的雙星深深契約的建春門院，為秋霧所侵，化為朝露。年月雖是過去。還是同昨今的離別一樣悲傷，眼淚至今沒有停止。治承四年（一一八〇）五月裡，第二皇子高倉宮被殺，至今則現世後生所屬望之高倉上皇又復先逝，這樣那樣的愁訴實無窮盡，只有落淚罷了。「悲之又悲，莫悲於老後於子，恨而又恨，莫恨於少先於親。」彼朝綱相公因其子澄明先亡所寫的筆跡，至今看去還是鮮明。是故不怠於一乘妙典之誦讀。勤積三密行法之薰脩。既然是天下諒暗，宮廷裡的人的華麗的衣裳一變而為喪服，都黯然無色了。

五　檄文

　　入道相國一面既然這樣殘酷的予人以打擊，但也覺得有點後果可怕吧，心想安慰法皇，便把安藝國嚴島的內侍所生的一個女兒，年紀十八歲，很是華美的，送進法皇那裡去。選了許多上臈女官隨侍著，也有公卿殿上人多人陪送，簡直如同女御進宮一樣。人們都私下說話，上皇去世以後只有二七日，這樣的做似乎很有點不適宜。

　　且說這時候在信濃國，有一個名叫木曾冠者義仲的源氏，這是故六條判官為義的次男，就是帶刀先生義賢的兒子。父親義賢於久壽二年八月十六日為鎌倉的惡源太義平所殺，其時義仲只有兩歲，母親哭哭啼啼的來到信濃，到木曾的中三兼遠那裡，說道：

　　「你把這個無論怎樣撫養長大，成為一個人吧。」兼遠接受了這個囑託，用心養育二十餘年，等到長大起來，力氣強大，氣性剛勇，世無其比。人家批評他說：

　　「強弓利矢，馬上徒步，均能戰鬥，即如上古的田村，利仁，餘五將軍，致賴，保昌，先祖賴光，義家朝臣，恐怕也不能及吧。」

　　有一天，將保傅兼遠叫來說道：

　　「聽說兵衛佐賴朝既已起兵，征服了關東八個國，從東海道進攻，追討平氏。義仲也想收復東山北陸兩道，趕快除滅平家，給人家說是日本國的兩將軍哩。」中三兼遠聽了大為喜悅，說道：

　　「正是為此所以養育你這些年的。聽你這說話，這才真是八幡君的子孫呀！」於是便立即計畫謀叛了。其實以前也同了兼遠常到京都去，探聽

卷六

平家的人們的舉動樣子，十三歲加冠的時候，到石清水八幡宮，參詣八幡大菩薩，說道：

「我的四世祖義家朝臣，作為神的兒子，名字稱為八幡太郎，我也沿他的例吧。」於是就在八幡大菩薩的神前挽上髮髻，定名為木曾次郎義仲。兼遠說道：

「先發表檄文吧。」在信濃國，與根井小野太與海野行親說了，沒有人不同意，從此以後信濃一國的兵士沒有一個不服從的。上野國則因為故帶刀先生義賢的關係，多胡郡的兵也都聽從了。得到了平家末路近了的機會，源氏多年的素懷可以達到了。

六　急足到來

木曾這地方在信濃國裡是在南端，與美濃交界，和京都也很相近。平家的人們聽到這個消息，便騷然的說道：

「東國有變尚且不得了，這卻怎麼辦。」入道相國卻說道：

「那廝不足掛齒，即使信濃一國的兵都附和了他，在越後國有餘五將軍的子孫，城太郎助長和四郎助茂在那裡，他們兄弟都是有勢力的人，只要發出命令去，就可容易打下來。」但是也多有不服的人，私下說道：

「那看到底怎麼樣呢。」

二月一日任命越後國住人城太郎助長為越後守，聽說這是為的討伐木曾的用意。同月七日自大臣以下家家都供養尊勝陀羅尼和畫著不動明王的

| 六　急足到來

經文，這又是兵亂鎮定的祈禱。同月九日聽說住在河內國石河郡的武藏權守入道義基，同他的兒子石河判官代義兼，反對平氏，內通兵衛佐賴朝，日內就要到關東去了，入道相國於是就派人去討伐。討伐的大將是源大夫判官季定，攝津判官盛澄，總共兵力三千餘騎，向石河郡出發。在城內有武藏權守入道義基，他的兒子判官代義兼，以及兵士不過百餘騎罷了。兩面發起吶喊，射出響箭，戰鬥了好久，城內的兵盡力的防戰，戰死的很多，武藏權守入道義基也戰死了，兒子石河判官代義兼受了重傷，卻被生擒了。同月十一日，義基法師的首級被送到京城，在大路上遊行。在諒暗期中，賊眾的首級遊行大街的事，只在堀川天皇駕崩的時候，前對馬守源義親的首級遊行大路，據說是其前例。

同月十二日，從鎮西有急足到來，據宇佐大宮司公通的報告說：

「九州的人，從緒方三郎起頭，到臼杵，戶次，松浦黨的一族，都背叛了平家，與源氏協力了。」大家聽了都說道：

「東國北國已經叛亂，這是怎麼的？」都拍手驚愕，十分狼狽。

同月十六日，從伊豫國有急足到來。自從去年冬天，從河野四郎通清起頭，四國地方的人，都背叛了平家，與源氏協力，其時備後國住人奴可入道西寂因為對於平家很是忠誠，進到伊豫去，在道前道後的交界的地方，在高直城中把河野四郎通親除滅了。他的兒子河野四郎通信在父親被滅的時候，適值在他的舅父安藝國住人奴田次郎那裡，不在家裡。說道：

「父親被除滅，實在是不甘心，不論怎麼總要滅了西寂才罷。」在奴可入道西寂方面，滅了河野四郎通親以後，以為靜定了四國的叛亂了，於今年正月十五日來到備後的鞆浦，招集歌姬妓女，宴會遊戲，都已昏沉醉臥了的時候，河野四郎通信約好了決死的伴侶共百餘人，突然襲來。西寂的

卷六

方面原有三百餘人，可是事起倉卒，出於不意，所以很是狼狽，其出來抗拒的人率被射死或是殺死，便把西寂生擒了，回到伊豫國，在他父親被滅的高直城裡，用了鋸子鋸下頭來，把他殺死了，又傳說是釘了十字架的。

七　入道死去

其後四國的武士都附從了河野四郎，聽說就是熊野別當湛增，雖然是曾受平家重恩的人，卻也背叛了，與源氏協力了。東國北國既已反叛了，南海西海又復如是。夷狄蜂起之消息，既足驚人，天下叛亂之前兆頻頻奏聞，四夷忽然並起，今世遂將滅亡，雖然不一定是平家的一族，有心的人無不愁嘆。

同月二十三日，（在法皇的御所）開了公卿會議。前右大將宗盛卿說道：

「坂東方面雖曾派了討伐軍去，還沒有什麼成就，這回宗盛願以大將軍資格決心前去。」公卿們都恭唯道：

「這一定是有非常好的成果的。」於是法皇下令，凡是公卿殿上人任職武官，能使用弓箭的人，都奉宗盛為大將軍，從征東國北國的凶徒。

同月二十七日，前右大將宗盛卿聽說為了討伐源氏，本來要出發往東國去了，因為入道相國覺得不豫，所以中止了。從第二天二十八日起，說是重病，京中和六波羅的人們都私下說道：

「你看，報應來了！」入道相國自從得病的日起頭，連水也嚥不下去，

七　入道死去

身體熱如火焚。睡在那裡，相隔四五間以內，走近前去的人，都覺得熱不可當。所有說話，就只是說「燙，燙」罷了。看去並不像是尋常的毛病。從比睿山的千手井去汲了水來，放在石頭的浴槽內，把他浸在裡面，水就立即開了，一會兒變成了沸湯。或者這樣辦可以有點用處吧，用竹管的水澆在身上，宛如灑在燒過的石頭或是鐵的上面一樣，水都迸散了不能著體。偶然或有澆著身體的水，也變成了火焰，燃燒了起來。屋裡邊滿是黑煙，火焰成圈的上升。這正是從前法藏僧都應了閻王的招請，前赴冥府，尋訪母親的所在，閻王憐憫他的孝心，叫獄卒帶了去看焦熱地獄的情形。一走進那裡的鐵門的時候，火焰成團像流星似的升在空中，據說有幾百由旬的高，這個情形現在可見想見了。

入道相國的夫人二位君所看見的夢，非常的可怕。有人把一輛燃燒著猛火的車拉進門裡來，前後站著的那些人，有的像馬面那樣子的，有的像牛頭那樣子的，車子的前邊立有一面鐵牌，只見有一個「無」字。二位君夢中問道：

「這是從哪裡來的呢？」答道：

「從閻魔王的衙門裡來，是迎接平家的太政入道公來的。」又問道：

「那麼這牌是什麼牌呢？」答道：

「因為燒毀了南閻浮提的金剛十六丈的盧遮那佛的罪，罰墮無間地獄的底裡，在閻魔王的衙門裡已經決定了，剛寫了無間的無字，間字還沒有寫呢。」二位君這時驚醒過來，遍身是冷汗，把這事向人家說了，聽到的人都毛髮皆豎了。於是向那有靈驗的佛寺神社，捐獻金銀七寶，把鞍馬，盔甲，弓矢，大刀，以至腰刀，全取了出來，運到寺社裡去，進行祈禱，卻是毫無應驗。男女公子們聚集在病榻的前後，悲嘆著這怎麼辦好，看去

卷六

是他們的願望沒有能夠如願的了。

　　同年閏二月二日，二位君雖然是熱不可堪，來到枕頭的旁邊，哭哭啼啼的說道：

　　「看來你的病狀，因了日數的經過，覺得全愈的希望是日益稀薄了。對於現世還有什麼放不下的事情，趁著神志清明的時候，請留下遺言吧。」入道相國雖然平素那麼的剛毅，現在也十分苦惱的樣子，斷續的說道：

　　「我自從保元平治以來，屢次蕩平朝政，恩賞過分，說來也惶恐作為天子的外祖，進至太政大臣，榮華及於子孫。現世的希望已經無一遺恨了。但是只有一件不足的事，便是沒有見到伊豆國流人，前兵衛佐賴朝的首級，實是遺恨之至。所以我萬一什麼之後，不要建造塋塔，也不用修福供養，只立即派討伐軍出去，斬了賴朝的首級，掛在我的墓前，這就是最好的供養了。」臨終說這些話，真是罪孽深重了。

　　同月四日，因為病苦更甚，最後手段將水澆在木板上，把病人躺在上面，這也並不見得好，悶絕倒地，終於在地上跳躍而死。各處都來弔唁，車馬的聲音震天動地的響，便是一天之君，萬乘之主，萬一晏駕，也沒有更過於此的了。得年六十四歲，雖然不能算是衰老而死，但是宿命既盡，大法祕法也無效驗，神佛威靈悉皆消失，諸天也不加擁護，何況凡人智力更何濟於事。即使有不惜身命，竭盡忠誠的數萬的軍人，列居於堂上堂下，可奈敵人乃是眼前看不到，力所不能及的，無常的使者，沒有法子把他打退的。一旦過了死亡的山，渡過三途河，便不再能夠回來，冥土中有的旅途只得獨自行進了。平日所作下的罪孽剩了下來，化為獄卒，獨自迎接，這是很可悲的事情了。可是這事也不能耽擱，到了同月七日，將遺體

在愛宕付諸火葬，骨灰由圓實法眼掛於頸下，到攝津國去，葬於經島。這樣子那麼聞名日本全國，威振一世的人，身體化為一時的煙，升在空中，骨骼則暫時留在經島，與海邊的砂相混雜，終於歸於虛空了。

八　築島

　　就是在送葬的夜裡，奇怪的事情屢次的發生。西八條的府邸，琢玉鏤金的造的非常豪華，在這天的夜裡，忽然的著了火了。人家失火，也是常事，本來不足為奇的，但是這是很可驚的。是什麼人幹的事呢，有人說這是人家放的火。又其夜在六波羅的南邊，好像是二三十人的樣子，大聲的拍著拍子唱道：

　　「高興的是水呀，鳴響的瀑布的水！」跳舞著而且鬨然笑起來了。正月裡上皇剛才故去，天下正值諒暗，中間僅隔著一兩個月，又值入道相國去世了。所有的人們，下至匹夫匹婦，當沒有不感到悲傷的。這樣想來，恐怕是天狗的所為吧，在平家武士之中血氣旺盛的青年人共百餘人，向著笑聲的方向尋了去，這是在法皇所居的法住寺殿裡，這兩三年法皇也不常居住，所以由備前司基宗這人看守著，那個基宗同了相知二三十人，乘夜聚集飲酒。當初也相警戒，說在這個時候大家不要聲響，但是吃酒漸漸的醉了，就那麼樣的跳舞起來了。一擁上前，把酒醉的人一個也不缺，共總抓住了三十個人，帶到六波羅來，在前右大將宗盛卿的面前的院裡排著。但是將事件經過仔細訊問之後，宗盛卿說道：

　　「果然是些醉漢，那麼砍了也沒有辦法。」便把那些人都放免了。

卷六

　　平常一個人死了之後，便是身分卑賤的人也總是早晚鳴鉦，誦讀例時懺法，作為常例，可是入道相國死後，並不營供佛施僧的事，只是朝夕都討論打仗計畫，此外沒有什麼別的事情了。

　　講到最後臨終的情狀的確是有點悲慘，但是入道相國不是一個凡人，有好些事可以證明。前往日吉神社參詣的時候，平家不必說了，就是他家的公卿也多隨從了去，當時有人說：

　　「就是攝關家的人，前去春日參拜，和到宇治的儀式，比起來怎能及得呢。」又在一切事之外，建築福原的經島，直到今日為止，使得上下的船隻得以安心行走，這確是很好的事情。那個島是在應保元年（一一六一）二月上旬開始建築，可是在同年八月，忽然發起大風來，連著大浪，所以都倒掉了。同三年三月下旬，又以阿波民部重能為奉行，重又動工，當時公卿會議，以為應該豎立人柱，結果說這是罪業，於是在石面上寫了《一切經》，給築在裡邊，因此這島就名為經之島。

九　慈心房

　　據古老傳說，普通總以為清盛公是個大惡人，其實他乃是慈惠僧正的轉世。這事的緣由是如此的。在攝津國有一個名叫清澄寺的山寺。住僧之中有慈心房尊惠，本來是比睿山的學侶，專門持誦《法華經》，後來發起道心，乃離開本山，來此寺居住，人們便都歸依他。在承安二年（一一七二）十二月二十二日的夜裡，靠了小几，誦著《法華經》，到了丑刻，若醒若睡的看見一個五十歲左右的男子，穿著淨衣，戴著直豎的烏帽

九　慈心房

子，底下是草鞋和裹腿，拿著立文來了。尊惠說：

「你是從哪裡來的呢？」答道：

「我是從閻魔王府裡來的使者，這是閻魔王的諭旨。」便把立文交給了尊惠，尊惠開啟來看時，上面寫道：

「召請，閻浮提大日本國攝津國清澄寺，慈心房尊惠，來二十六日於閻魔羅城大極殿。召集持誦《法華經》者十萬人，轉讀《法華經》十萬部。仰即到來參加。奉閻王的命令，特此召請。承安二年十二月二十二日，閻魔王府。」尊惠覺得這是不能辭退的事情，便即寫了信件領收的收條，隨即醒過來了。自己以為完全是死過去了，便以此事告訴了院主光影房，大家都覺得甚為奇特。尊惠口唱彌陀的名號，心懷引攝的悲願，終於到了二十五日的夜裡，便照例到佛前，靠了小几，念佛誦經。到了子刻因為非常渴睡，回到住房裡睡下。在丑刻光景，同從前一樣穿著淨衣裝束的男子二人到來，催請道：

「趕快前去吧。」閻王的命令，如要辭退覺得很是惶恐，但如前去時則衣缽都沒有。正在為此覺得為難的時候，法衣自然著身，披於肩上，金缽從天上降下。又有兩個童子，兩個從僧，和十個低階的僧侶，同著一輛七寶大車，來到寺前。尊惠大喜，即時上車，從僧等都向著西北方騰空而去，不久就到了閻魔王府了。

　　尊惠看那王宮，外廊遼遠無垠，內部甚為廣大，其中有七寶所成的大極殿，非常高廣，金色燦爛，非凡夫言詞所能讚賞。這天法會終了後，召請的眾僧均已回去的時候，尊惠站在南方的中門，遙望大極殿，乃見許多冥官冥眾皆在閻魔王御前跪坐。尊惠道：

「這是難得再有的機會，趁此一問來世的事情吧。」便向著大極殿走去。

卷六

其時二人的童子為持華蓋，覆於頂上，二人的從僧拿著箱子，十人的僧侶的排作行列，緩步跟隨，走近前去的時候，閻魔法王與冥官冥眾都下階相迎。二人的童子乃係多聞天與持國天的化身，二人的從僧則是藥王菩薩，勇施菩薩所化，至於十人的低階僧侶是十羅剎女的變形，隨從《法華經》修行者的尊惠，給他服役的。閻王問道：

「眾僧都已回去，但是你一個人來了，卻是為什麼緣故呢？」尊惠答道：

「我想要知道死後是生在什麼地方。」閻王說道：

「死後往生不往生極樂國土，那就憑他對於彌陀的本願信不信罷了。」云云。閻王又命令冥官道：

「關於他的善行的記錄的文書，南方的寶藏裡有一個匣子裡藏著。可以拿來，給他一看，凡是他一生的行業和教化他人的事，都寫在裡邊。」冥官奉命，往南方寶藏，取來一個文書匣子，開啟蓋子來，將全部讀給他聽。尊惠悲嘆哭泣道：

「但願賜哀愍，將出離生死的方法教示給我，示我以證大菩提的捷徑吧？」其時閻王哀愍教化，為說種種偈，冥官染筆一一記錄。

「妻子王位財眷屬，死去無一來相親，

常隨業鬼緊縛我，受苦叫喚無邊際。」

閻王將此偈誦讀一過，隨即給與尊惠。尊惠非常歡喜，隨說道：

「日本有平大相國，在攝津國選定和田崎地方，四面十餘町建造房屋，像今日的十萬僧大會似的，招請許多專心誦經的人，在每個僧坊都坐滿了，說法讀經，丁寧修行。」閻王說聽，隨喜感嘆，說道：

「那個入道不是平常的凡人，乃是慈惠僧正的化身，為得護持天臺的

佛法，所以再生於日本。因此我每日三度對他禮讚，作有偈頌。今可攜此偈，交付給他。

敬禮慈惠大僧正，天臺佛法擁護者，

示現最初將軍身，惡業眾生同利益。」

尊惠領受了這偈語，走出大極殿南方的中門時，門外立著兵士十人，將尊惠坐上了車，前後簇擁著，騰空回來了。這樣尊惠如從夢中醒來似蘇生了。尊惠拿了偈語來到西八條，送給入道相國看了，他大為喜悅，種種予以招待，給予各色的禮物，並任為律師，作為報酬。人家說清盛公乃是慈惠僧正的轉世，這事情是由此而生的。

一〇　祇園女御

又有人說，清盛並不是平忠盛的兒子，他實在乃是白河上皇的皇子。這事的緣由是如此的。在永久年間，有一個為上皇所寵愛的人叫做祇園女御。這個女官的住所是在東山之麓，在祇園的近旁，白河上皇時常臨幸。有一天，同了一兩個殿上人，帶了幾個少數的武士，偷偷的去了，其時正是五月下旬黃昏的時候，四周暗黑看不清東西，而且又下著夏雨，是個很黯淡的夜裡。那個女官的住宅近地，有一個佛堂。看見在佛堂的旁邊，有什麼發光的東西出現來了。頭上是磨光的銀針似的閃閃有光，左右兩手似乎都舉著，一隻手拿著像是槌子模樣的東西，又一隻手裡便是那個發光之物。君臣看了都出驚道：

「阿呀可怕，這大概是真的鬼物吧！手裡所拿的東西或者就是所說的

卷六

隨意打出東西來的小槌了。怎麼辦好呢。」這時忠盛還是低階的武士，扈從在那裡，上皇便叫他來說道：

「這裡就只是你能夠辦得事，可將那個東西射死，或者砍殺了。」忠盛奉命，便向那邊走去，暗暗的自己想道：

「看那個樣子並不是什麼凶猛的東西，恐怕只是狐狸之類罷了。把它射死了，或是砍殺了，後來很要懊悔的。不如將它活捉了罷。」想著往前走去，一會兒就霎的發光，一會兒就霎的發光，到了第三遍發光的時候，忠盛便走上前去，一把抓住。那傢伙被抓，便嚷道：

「你這是幹什麼？」原來這並不是什麼妖怪，卻正是一個人。其時大家拿了火來看時，卻是六十幾歲的一個僧人。這是在那個佛堂裡服務的和尚，因為來點燈，所以一隻手裡捏著裝油的瓶，一隻手拿著瓦器，裡邊放著火種。天下著雨，怕得被淋溼了，所以頭上戴了麥稭編成的斗笠似的東西。瓦器裡的火光映照麥稭，便似銀針的發光了。事情既然完全清楚了，上皇說道：

「假如把這人射死，或是砍殺了，那事將要後悔，忠盛的做法是很有思慮的。這正是手執弓矢的武士的懂得情理的地方。」獎賞他這件事情，上皇就將所深加寵幸的祇園女御賞給了他了。

且說那個女官其時卻正懷著孕，上皇對忠盛說道：

「生下孩子來，若是女子，當作朕之子，倘若男子，便算是忠盛的兒子，養成他為一個武士吧。」後來卻是生了一個男孩，忠盛想把此事奏聞，等著機會，卻找不到方便，後來有一個時候，白河上皇臨幸熊野，在紀伊國的絲鹿坂這地方，停住御輿，暫時休息。忠盛看草叢中零餘子很是不少，便採了幾個放入袖裡，來到御前，說道：

「山芋的子已經能在地上爬了。」上皇也就立即覺得，接下去道：

「你就摘取了當作養分吧。」自此以後，忠盛就認為兒子去撫養了。這個公子卻很要夜啼，上皇得知了，寫了一首歌賜給忠盛道：

「縱使夜啼，你也就好好看待吧，

將來會得清華繁盛的。」

因為歌裡說清華繁盛，所以就取名叫做清盛。十二歲的時候任為兵衛佐，十八歲時敘為四品，說是四位的兵衛佐，不了解事情的人說道：

「華族出身的公子們才能這樣，但是他呢？」鳥羽上皇卻是知道的，說道：

「清盛要說華族，正是大大的華族哩！」

從前天智天皇曾將懷孕的女御賜給大織冠，說道：

「這個女御所生的孩子，若是女的當作朕之子，男子那就是你的兒子吧。」後來生了一個男子，那就是多武峰的開山祖師定惠和尚。在上代也有這樣的例，所以末代有平大相國，這真是白河上皇的皇子，能夠斷行天下的大事，像遷都那樣的很不容易做到的事情的吧。

同年閏二月二十月，五條大納言邦綱卿亡故了。他與平大相國交情很深，因緣也著實不淺，因此同日得病，也就在這個月裡故去了。

邦綱大納言乃是兼輔中納言以後的第八代孫，前右馬助盛國的兒子，沒有經過藏人，以進士雜色出身。在仁平年間近衛天皇在位的時候，宮中忽然火起，天皇雖然出至南殿，近衛司員卻沒有一個到來，正在站著沒法的時候，邦綱叫人抬著一乘腰輿到來，說道：

「在這樣緊急的時候，便請用這樣的御輿也罷。」天皇便乘坐了，問道：

卷六

「你是什麼人呢？」回答道：

「進士雜色藤原邦綱。」後來天皇對了關白殿下法性寺公說道：

「這樣機靈的人也是有的。可以使用吧。」便賜給不少領地，予以任用了。也是在那個天皇時代，到八幡臨幸，其時舞人的首領因為酒醉落水，把裝束弄溼了，奏神樂來不及了，邦綱說道：

「雖然沒有很漂亮的衣服，樂人穿的卻還帶著。」取出一套裝束來，於是穿了得以及時歌舞。時間雖然少了一點，可是歌聲響亮，舞袖也合著拍子，非常的有意思。音樂的興趣能夠深入人心，這在神與人都是一樣的，因此想到古代故事，說因聽神樂把天之岩戶推開了，這道理現在也可以知道了吧。

且說邦綱的先祖有一個叫做山陰中納言的人，他的兒子名為如無僧都，是個富於智慧才學，而且是淨行持律的僧人。在昌泰的時代（八九八至九〇〇年），寬平法皇臨幸大井河，勸修寺內大臣高藤公的兒子，冷泉大將貞國的烏帽子被從小倉山來的山風吹落在河裡，忙將袖子遮住了髮髻，沒有辦法的立著的時候，那個如無僧都便從三衣箱裡取出一頂烏帽子來。關於那僧都還有一件故事。他的父親山陰中納言任為太宰大貳，前往鎮西的時候，他還只有兩歲，繼母很是憎惡他，假裝抱他，卻把他丟入海裡去，想將他害死。可是死去的他的母親生存的時候，在桂川看見有養鸕鷀的人捕了一個烏龜，預備殺了當鸕鷀的食料，便脫下穿著的一件衣衫來，把它買來放了，為的報這個恩，所以小孩落下的水面浮了起來，將他載在它的甲上，所以得救了。這上代的故事，現在再說起來為什麼呢，因為後代的邦綱卿還有那有名的事，實在是少有的。在法性寺公做著關白時任為中納言，法性寺公故去以後，入道相國看中了他，和他特別要好。

一〇　祇園女御

因為他是大福長者，所以每天都有一種什麼東西，送給入道相國。入道相國曾說：

「現世的親友，沒有過於此人的了。」將邦綱卿的一個兒子，作為自己的養子，名為清國，又把入道相國的四男頭中將重衡，做那個大納言的女婿。

治承四年的五節在福原舉行，殿上人有些都上中宮那裡去，有殿上人誦「竹斑湘浦」的朗詠，邦綱大納言在外邊聽見了，說道：

「呀，叫人大吃一驚，聽說這乃是忌諱的話。聽到了這種事，還是不聽見的好。」於是便躡足逃了出來了。原來這朗詠的意思乃是說堯皇曾有兩個公主，姊姊叫做娥皇，妹子叫做女英，都是舜皇的王后。舜皇故去了，送往蒼梧之野，化成了煙之後，兩個王后非常惜別，追隨哭泣一直到了湘浦的地方，眼淚灑在岸上的竹子上面，都染成斑紋了。其後就常在那地方，彈瑟以慰追慕之思，直到現在那裡的竹還有斑紋。那朗詠是說彈瑟之後，雲都凝聚，哀思至深，故橘相公那麼的說。那個大納言在學問詩歌上雖然並不是那麼優長，但是萬事都很機敏，所以就是這樣的事也都聽說記住了。本來此人會升進到大納言，原也沒有想到，但是他的母親曾經徒步到賀茂大明神那裡，禱告說道：

「但願我的兒子邦綱，得做到藏人頭，便是一天也罷。」這樣披肝瀝膽的祈禱了一百天，在有一天夜裡做了一個夢，看見有人拿了一輛檳榔毛的車子來，放在自己的家門口。告訴人家，別人給解說道：

「這是說該當做公卿的夫人的夢兆。」但是她回答說道：

「我的年紀已經老了，現在更沒有想那樣的事情了。」可是她的兒子邦綱，這卻不止是藏人頭，並且一直升進到正二位大納言，也正是難得的

卷六

事了。

　　同月二十二日，法皇臨幸法住寺殿的御所。那個御所還是應保三年（一一六三）四月十五日所創造修造，近來又勸請日吉大明神，熊野權現等，造了新比睿神社和新熊野神社，此外山水樹木，無一不中法皇的意，只因這二三年來平家的多種惡行，所以不曾臨幸。現由前右大將宗盛卿奏稱，御所破壞的地方當加修理，請賜行幸。法皇回答道：

　　「不必那麼修理，就只要趕快好了。」於是就遷幸了。最先往故建春門院住過的地方一看，岸松江柳，都經過歲月高大得多了，因此想起「太液芙蓉未央柳，對此如何不淚垂」的句子來，眼淚自然流下來了。那南苑西宮的昔時遺跡，於今確實體會到了。

　　三月一日，南都的僧綱等都回復了本宮，末寺莊園也同往常一樣的管領，有命令下來。同月三日，開始再建大佛殿，始事的奉行聽說是藏人左少辨行隆。這行隆在先年參詣男山八幡宮，在那裡坐夜這天夜裡，夢見從御室殿之中出來了一個頭上結鬘的天童，說道：

　　「我乃是大菩薩的使者是也。你在大佛殿奉行的時候，可拿了這個。」夢裡賜他一支朝笏。醒過去看時，現實是有笏在那裡。他說道：

　　「這很奇怪，那時有什麼必要，去當大佛殿奉行呢？」便收在懷裡回到宿所來，鄭重的收藏起來。因了平家的惡行，南都被焚，行隆從辨官裡面選了出來，任為始事的奉行，這也是很難得的宿緣了。

　　同年三月十日，美濃國代官用了快馬報到京裡，說東國的源氏已經攻到尾張國，道途為塞，人都不能通行，於是便即派出討伐軍去。大將軍是左兵衛督知盛，左中將清經，小松少將有盛，共計兵力三萬餘騎出發前進。入道相國死後，還不及五十日，雖說這是亂世，也真是驚人的事情

了。源氏方面，大將軍是十郎藏人行家，兵衛佐的兄弟卿公義圓，總計兵力六千餘騎。隔著尾張川，源、平兩方相對設陣。

同月十六日夜半，源氏的兵六千餘騎渡過河來，吶喊著向著平家的三萬餘騎中間突進，第二天十七日從寅刻起雙方鳴鏑開戰，一直交戰到天明，平家方面毫不驚擾，只命令道：

「敵人渡了河，馬和裝備都是溼的。認定這個目標，打吧！」將源氏的兵包圍在大多數的裡面，說道：

「別讓留下，別讓漏掉了！」攻擊上來，所以源氏的兵多被殲滅了。大將軍行家好容易逃得性命，退往河東，卿公文圓因為深入敵陣，所以戰死了。平家隨即渡河過去，追擊源氏的兵，像射野獸似的一直追去，源氏雖然也隨處防戰，可是敵眾我寡，無論如何也總是不敵。後來人家說：

「兵法上說不可背水為陣，這回源氏的謀畫是太不高明了。」

且說大將軍十郎藏人行家退到三河國，毀壞了矢作川上的橋，架起垣盾來，嚴陣以待。平家不久衝上前去，也守不住，終於陷落了。平家若是繼續的追擊下去，三河遠江的兵都會服從平家了，可是大將軍左兵衛督知盛生了病，從三河國回京去了。這回只是破了頭陣，對於殘黨沒有加以攻擊，所以沒有什麼大的效果。平家在前年裡小松內大臣重盛去世了，今年入道相國又復故去，平家命運已經到了末路，很是明顯，所以除了長年受著恩顧的人以外，沒有更是隨從的了，可是在東國方面，連草木都是傾向著源氏一面倒了。

卷六

一一　沙聲

　　且說越後國住人城太郎任為越後守，感恩圖報，決定討伐木曾，總共三萬餘騎，於同年六月十五日出發，明日十六日卯刻就將出陣。到了半夜，大風忽發，繼以大雨，雷鳴甚烈，天霽以後，空中有沙啞的聲音大聲叫喊道：

　　「燒毀南閻浮提金剛十六丈的盧遮那佛的平家的幫手有在這裡，把他逮捕了！」這樣的叫了三聲，就過去了。從城太郎起，許多聽見的人無不毛髮豎立，從卒都說道：

　　「既然有這樣可怕的天的警告，請勉強且把出征停止了也罷。」但是城太郎答說：

　　「凡是拿弓矢的人，不能聽從這樣事情。」於是在十六日卯刻出城，才走了十餘町遠近，突然有黑雲一簇出現，看它籠罩在助長的身子上面，他便立刻覺得遍體竦然，失了知覺，落下馬來了。抬在轎子裡，回到住所來睡下，過了三個時辰終於死了。差急足出去，將此情由報到都中，平家的人們都大為驚恐騷動。

　　同年七月十四日，改元號作養和。其日對於筑後守貞能賜以筑前肥後兩國的領地，叫他平定鎮西方面的叛亂，向西國出發去了。這一天裡又有非常的大赦，凡是前治承三年（一一七九）被流放的人都召回來了。松殿入道殿下從備前國還都，太政大臣妙音院師長公從尾張國上來，按察大納言資賢卿則從信濃國回到京裡來了。

　　同月二十八日，妙音院公到法皇御所裡進見。從前長寬年間回都的時候，曾在御前的竹簾上奏〈賀王恩〉和〈還城樂〉兩曲，現今養和還都，卻

在法皇御所奏〈秋風樂〉。這兩回都是所奏樂曲的風趣都和那時候相應，這種用心實在是很難得的。按察大納言資賢卿也於同日進見。法皇對他說道：

「怎麼樣呢，朕覺得完全是夢一般。在不習慣的鄉下住久了，恐怕郢曲都已經忘記了吧？現在且來一個時調也罷。」大納言就用笏打拍子，歌起「信濃聽說有一條木曾路河」這首時調來，但是因為這是自己看了來了的，所以改唱作「信濃有著一條木曾路河」，這也改得時機恰好，很是成功的事。

一二　橫田河原交戰

八月七日在太政官廳舉行大仁王會，這聽說是依照討伐平將門時的例。九月一日又仿照討伐藤原純友時的例，將鐵的鎧甲進獻於伊勢大神宮。敕使是祭主神祇權大副大中臣定隆，從京都出發，到近江國甲賀驛生起病來，在伊勢離宮裡死去了。為了鎮壓謀叛的人，受命舉行五壇法的，擔當降三世明王的大阿闍梨覺演算法印在大行事權現的彼岸所裡於睡眠去死去。這顯然可見神佛都不接受這些鎮壓的請願了。又受命修大元法的天祥寺的實元阿闍梨，於修法完成，呈進卷軸的時候，開啟來看時，卻只見裡邊寫著請求鎮壓平氏，這實在是可怕的事情。問這是怎麼的，答說：

「命令說是鎮壓朝敵，看當世的樣子，是平家是朝敵，所以請求鎮壓了。這有什麼錯誤呢。」有人說道：

「這法師真是豈有此理。該當死罪，或是流罪呢。」但是大小的事情紛

卷六

集一起,忙亂之中沒有再提起這事來了。到了源氏的時代,鎌倉公知道了這事,很是賞識,說道:

「神妙得很。」聽說就任他為大僧正,當作獎賞。

同年十二月二十四日,贈予中宮院號,曰建禮門院。主上還在幼小的時候,進母后的院號,是以此為始。這樣子養和也成了二年了。

二月二十一日太白侵犯昴星。據《天文要錄》裡說,太白侵昴,四夷並起,又云,將軍蒙敕命,出於國境。

三月二十日舉行除目,平家的人們大抵皆加官進級。四月十日前權少僧都顯真在日吉神社如法的轉讀《法華經》一萬部完畢,法皇為了結緣的緣故,也去行幸。不曉得這是誰說起頭的,說法皇要命令山門大眾討伐平家,謠言四起,於是軍兵群集宮內,嚴守四方的衛所,平家一族也悉奔赴六波羅。本三位中將重衡卿帶了三千餘騎的兵卒,往日吉神社,去迎接法皇。山門方面又聽說平家要攻山,率了數百騎登山來了,於是大眾都下來到東坂本,說「這是怎麼的」,加以商議。山上和都中都有不小的驚擾。供奉法皇前去的公卿殿上人都面無人色,侍衛的武士有的過於張皇,至於吐黃水了。本三位重衡卿在穴太地方附近,接著了法皇,一同回都。法皇說道:

「像是這個樣子,以後就是想參詣什麼地方,也是不能如意了。」實在是,山門大眾討伐平家的事固然沒有,平家也並沒有攻山的事情。這些都是毫無影蹤的事,人家說這是天魔的搗亂。同年四月二十日,臨時派遣敕使,至二十二社進獻官幣,這是因為祈請饑饉與疫病的退散的緣故。

五月二十四日又有改元,叫做壽永。其日又任越後國住人城四郎助茂為越後守。助茂在其兄助長死去之後,以為不吉,屢次辭退,可是因為是

一二　橫田河原交戰

救命的關係沒有辦法。助茂便改名為長茂。

同年九月二日，城四郎長茂因為討伐木曾，率領越後出羽和會津四郡的兵，總共四萬餘騎，向信濃國出發。同月九日在同國橫田河原擺開陣勢。木曾是在依田城內，聽了這個消息，乃出了依田城，帶了三千餘騎奔來。用了信濃源氏井上九郎光盛的計策，趕快做了赤旗七幅，將三千餘騎分作七股，在這邊的山頂上，那邊的洞窟裡，手裡高舉著赤旗，逐漸走近前去。城四郎看見這個情形，說道：

「阿呀，在這國裡也有平家的幫手，那就增加了氣力了。」便振起精神，大聲的號令，這時對方的兵已經走近，一聲暗號，七股合做一起，同時吶喊起來，把準備的白旗颯的一下舉了起來了。越後的兵見了失色道：

「敵人有幾十萬騎吧，這怎麼能敵得過呢！」便周章失措，或者被趕落河裡，或者被迫落懸崖，僅有少數得免，大部分都戰死了。城四郎所最為倚恃的，越後的山太郎，會津的乘丹房那些有名的剛勇之士，也都在那裡戰死了。城四郎自己也受了傷，好容易才逃得性命，沿著千曲川退進越後國去了。

同月十六日，在京都的平家把這回的敗戰並不當作什麼事，前右大將宗盛卿回復大納言的原職，十月三日任為內大臣。同月七日進宮謝恩，當家公卿十二人扈從，以藏人頭以下，殿上人十六人為前驅。東國北國的源氏現在已如蜂起，現今就要攻上京裡來的時候，卻還是哪裡有風吹浪立都不知道的樣子，只是幹那麼豪華的事，正反是叫人看得是不中用的材料罷了。

這樣子，壽永也是二年了。但是節會以下還是照常舉行，擔任指揮之役的內辨是由平家的內大臣宗盛公充任。正月六日，主上因為朝覲，行

卷六

幸法皇御所法住寺院，鳥羽天皇六歲時朝覲行幸，這是依照此例。二月二十二日宗盛公晉給從一位，就在這一天裡，上表辭內大臣之職，聽說這是由於兵亂相續，負責表示謹慎的緣故。南都北嶺的大眾，熊野金剛山的僧徒，以及伊勢大神宮的祭主神官，現今無不反叛平家，與源氏同心協力了。雖然有諭旨下到四方，院宣送達諸國，可是大家知道所謂諭旨院宣都是平家的命令，所以沒有人來遵從的了。

一二　横田河原交戰

周作人之平家物語：
世事無常，見證一段家族興衰的史詩

作　　　者：	佚名	
譯　　　者：	周作人	
發 行 人：	黃振庭	
出 版 者：	複刻文化事業有限公司	
發 行 者：	複刻文化事業有限公司	
E - m a i l：	sonbookservice@gmail.com	
粉 絲 頁：	https://www.facebook.com/sonbookss	
網　　　址：	https://sonbook.net/	
地　　　址：	台北市中正區重慶南路一段61號8樓 8F., No.61, Sec. 1, Chongqing S. Rd., Zhongzheng Dist., Taipei City 100, Taiwan	

國家圖書館出版品預行編目資料

周作人之平家物語：世事無常，見證一段家族興衰的史詩 / 佚名 著，周作人 譯. -- 第一版. -- 臺北市：複刻文化事業有限公司, 2024.10
面；　公分
POD版
ISBN 978-626-7595-10-7 (平裝)
861.5474　　　　113014826

電　　　話：(02)2370-3310
傳　　　真：(02)2388-1990
印　　　刷：京峯數位服務有限公司
律師顧問：廣華律師事務所 張珮琦律師
定　　　價：375元
發行日期：2024年10月第一版
◎本書以POD印製
Design Assets from Freepik.com

電子書購買

爽讀APP　　　臉書